SWALLOWS AND AMAZONS

燕子号与亚马逊号

保卫白嘴潜鸟

[英] 亚瑟·兰塞姆 著　刘仲敬 译

山西出版传媒集团　山西人民出版社

图书在版编目（CIP）数据

保卫白嘴潜鸟 / (英) 亚瑟・兰塞姆著 ; 刘仲敬译 . -- 太原 : 山西人民出版社 , 2021.1

（燕子号与亚马逊号）

ISBN 978-7-203-11569-4

Ⅰ . ①保… Ⅱ . ①亚… ②刘… Ⅲ . ①儿童小说–长篇小说–英国–现代 Ⅳ . ① I561.84

中国版本图书馆 CIP 数据核字 (2020) 第 168024 号

保卫白嘴潜鸟

著　　者：［英］亚瑟・兰塞姆
译　　者：刘仲敬
责任编辑：孙宇欣
复　　审：贺　权
终　　审：张文颖
装帧设计：仙　境

出 版 者：山西出版传媒集团・山西人民出版社
地　　址：太原市建设南路 21 号
邮　　编：030012
发行营销：0351–4922220　4955996　4956039　4922127（传真）
天猫官网：https://sxrmcbs.tmall.com　电话：0351–4922159
E–mail：sxskcb@163.com　发行部
sxskcb@126.com　总编室
网　　址：www.sxskcb.com

经 销 者：山西出版传媒集团・山西人民出版社
承 印 厂：三河市明华印务有限公司

开　　本：710mm × 1000mm　1/16
印　　张：14.75
字　　数：240 千字
印　　数：1—5000 册
版　　次：2021 年 1 月　第 1 版
印　　次：2021 年 1 月　第 1 次印刷
书　　号：ISBN 978-7-203-11569-4
定　　价：42.00 元

目录

CONTENTS

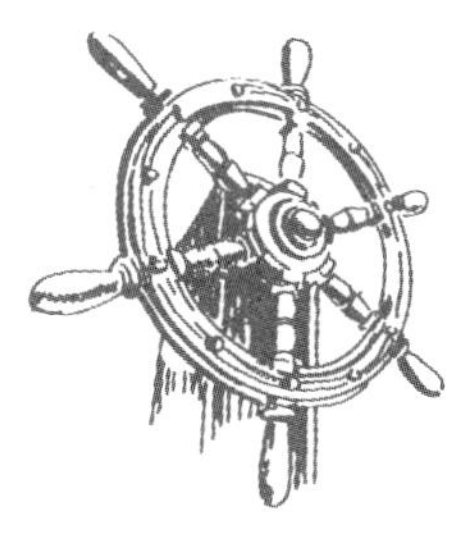

说　明

我们竭尽全力（除了篡改事件过程以外），不让好奇的读者弄清楚：北极熊号到底去了哪些地方；随船博物学家有什么发现。如果有人缠着作者打听更多消息（无论他们的来信有没有邮票），作者不负责回答。而且，如果有人特别了解赫布里底群岛，确定了潜鸟筑巢的地方并骚扰它们，他就是约翰、苏珊、提提、罗杰、南希、佩吉、多萝西、迪克和作者本人的敌人。在这种情况下，作者会后悔不该写出来。

第一章　北极熊号

一个男孩子身穿苏格兰高地服装，在山岭悬崖上眺望。他首先俯视山谷里的野鹿，接着遥望海上。他看到远方的风帆——在这个距离上无异于一粒白色微尘。然后，他转过身，继续俯视野鹿。

北极熊号由南希掌舵，沐浴着阳光，悠然驶向赫布里底群岛的峭壁海岸。北极熊号是艘挪威旧领航船，弗林特船长（南希和佩吉的吉姆舅舅）把船借到手，由自己和手下的船员布莱凯特姐妹、沃克兄妹和卡勒姆姐弟驾驶。明奇海域多风暴，但他们成功地经受住了恶劣天气的磨砺。北极熊号度过了愉快的两个星期，几乎每天晚上都停留在不同的港口。他们把船拖到隐蔽峡湾的岸上，刮掉藤壶和杂草，给吃水线下的部分重新上漆。然后，他们驶回大陆出发港，把崭新的、立刻就可以再次出海的船只还给原主人。

“没有人喜欢借船给别人。”弗林特船长说过，“至少我们得让马克收回时的船况比借出时的船况更好。”

“那他也许还会借给我们的。”罗杰表示同意。

南希掌舵，她妹妹佩吉当大副，在驾驶舱里坐在她身边，随时准备搭一把手。弗林特船长坐在甲板天窗上抽烟，瞭望陡峭的山顶。山顶是他们目的地港口的标志。罗杰坐在前舱口守望，心里在想：从早晨开始，风就越来越小，还要等多久，其他人才会同意开启引擎。除了苏珊，其他船员都在甲板下。苏珊看看时钟，走进瞭望室，给普里默斯汽化炉点火，为全体船员煮茶。

北极熊号自领航以来，船舱变化不大。舱内仍然有六位领航员的铺位，嵌入船壁内，位于长椅上方。提提说得好：在这种床铺上睡觉，就像钻进兔子洞。不过，你一上床就可以拉上帘子，与世隔绝。疲倦的领航员完全可以在帘子里面睡觉，让其他人在船舱里开灯打牌。船尾附近还有两个铺位，分居升降梯两侧，从这里可以就近登上甲板。领航船过去的任务是出海迎接返航的大船，换下他们的领航员，重新出海。约翰和弗林特船长有自己的铺位，南希、佩吉、苏珊、提提、多萝西和迪克在主舱各有一个嵌入式铺位。罗杰最小，他在瞭望室的铺位无疑是以前的挪威侍应生留下来的。

约翰分开双腿，稳住身体，靠在升降梯边的绘图桌上。桌上的大图显示明奇海域两侧的海岸线：一边是苏格兰大陆，另一边是外海的赫布里底群岛。小地图显示小港湾。北极熊号船主马克在船上留下了许多小图，给约翰和南希带来了许多愉快的看图时光。弗林特船长说他想在物归原主以前好好擦洗一番。这时，约翰和南希向他挥舞一张地图。“瞧瞧这个，”南希说，“马克并没有费心入港擦洗船只。瞧瞧这锚，瞧他在这边画的十字形……擦洗北极熊号……我们可以如法炮制。船有支架，用不着入港，靠上岸边就行了。”弗林特船长勉勉强强同意了。

提提趴在她的嵌入式铺位上，咬着铅笔，记录她的私人航海日志。她的私人日志跟约翰和南希的官方日志有点不一样，后者记录所有航程和距离，标记风和天气的所有变化。北极熊号在风浪中颠簸时，趴在铺位上比坐在船舱桌前轻松多了。（不是说当时颠簸得很厉害，其实驱动船只的风正在减弱。而是说，提提经常遇见惊涛骇浪，因而养成了趴在铺位上写日志的习惯。）多萝西也在记录，但她记录的内容与船上的事情无关。她缩进桅杆跟前的角落里，靠在分隔瞭望室和船舱的舱壁上，一心琢磨她新小说里的恶棍形象：是黑胡子、戴耳环，还是剃光胡子、脸上有伤疤?

迪克出任随船博物学家，坐在右舷长椅上。他一手握铅笔，一手拿《袖珍鸟类手册》。笔记本从桌面上滑落，他在编列航行期间所见鸟类的名单。他留心观察的特殊鸟类一种也没有找到，但他还是说服自己相信这次航行是成功的。“我说，”他第一次听说要离开北方港口，访问群岛，就说道，“我们可以去看潜鸟。”多萝西说：“那就戴上黄铜头盔，下海寻找沉船里的金块。”迪克解释说：“我不是说潜水，而是说潜鸟。有的是红喉，有的是黑喉。我们还可能会看到白嘴潜鸟，不过现在大部分白嘴潜鸟都生活在冰岛。”在整个航程中，他一直期待白嘴潜鸟出现。现在，航程快要结束了，他安慰自己说，名单上许多鸟都是他亲眼看见，并且补充记录的。其中包括塘鹅、海鸠、燕鸥、海燕、管鼻燕、海鹦、刀嘴海雀、秋沙鸭等。迪克断定，有几张海鸥照片近乎完美。或许由于距离太远，照片上有一只海鸥正在忙着吞鱼。但他没有看到潜鸟。如果明天大家都要努力洗船，他就再也没有机会了。

“我说，约翰，”他说，“你了解地图上的湖泊地区吗？我们的抛锚地离那里有多远？让我看看吧。”

约翰坐到迪克身边的长椅上，举起小地图，让两个人都能看见。地图显示海岸线的入口，一个海岬和一条岩礁将海口一分为二。海岸南方是一片平原，北方是悬崖和山岭。内陆有一串湖泊，从港湾高地流出的溪水注入其中两个湖泊。港湾以锚地和岸上的十字架为标志。迪克心想，在这些湖泊里说不定能看到潜鸟。约翰对这些湖泊没有兴趣，却注意到地图顶部清晰的线条，勾画出海岸后山脉的轮廓。方山一角标有一条虚线，旁边有一条注释：“方山顶北面，方位W.1/2N，通向入口北方的悬崖。”前甲板突然传来顿足声，罗杰尖声叫道：“帆船！……不……摩托艇……右舷尾部……”

这是当天看到的第一艘船。约翰立刻拿起小地图，登上升降梯。多萝西绕过桌子跟着他。提提翻下铺位，追上多萝西。甚至连苏珊都动起来了。她仔细打量火炉，确定火焰不高也不矮。然后“砰”的一声，下了前舱口，推开正在舱顶上的罗杰，爬了出去。迪克回头瞥了一眼他的鸟类学著作，一转眼就上了甲板。书上说，海岸附近的山区湖泊发现过黑喉潜鸟。其他人都在甲板上。

大家七嘴八舌，一片嘈杂，轮流拿起双筒望远镜。罗杰说：“瞧这里，该我了，我先发现的。”约翰说：“不管怎么说，只是一艘摩托艇而已。”南希说：“它会从我们身边掠过。”弗林特船长说：“南希，继续开。航线没错，你不用担心。它会从我们船尾掠过的。”罗杰说：“擦身而过。”提提说：“大概是运货船。”多萝西说：“也可能是给灯塔送医生的船。”

迪克几乎没有注意听他们的唠叨，他在查看鸟类手册的彩图，其中包括他没有见过的潜鸟，明天就是最后的机会。甲板上叽叽喳喳的声音对他毫无意义，直到他听见自己的名字。

“这是迪克的船。”他听见佩吉的声音，“迪克！过来看看嘛。他上哪儿去了？嗨！迪克！”

多萝西向升降梯下面叫道：“迪克！迪克！你那位观鸟人刚从我们身边掠过！”

迪克沿着倾斜的船舱地板来到升降梯口。他一上甲板，多萝西就把望远镜递给他。他第一眼就认出观鸟船来，稳住望远镜，仔细调节，又认出了船名的许多字母，“PTER……”。北极熊号突然摇摆了一下，望远镜一下子错过船身，指向天空……迪克重新降低镜筒，读出最后几个字母：“ACTYL”。对，正是翼手龙号。翼手龙一半像鸟，一半像蜥蜴——当然，是一种已经灭绝的史前生物。他们接着上了岸，沿着堆满给养的海岸前进。看到船开出来，就停步打量。“他又去设得兰群岛观鸟了，”一位码头工人说，“今年都第四次了。”迪克问：“你说他去干什么？”那人回答说：“观鸟，大家都说，他愿意跑五百英里路。只要有人提供观鸟的地点，他就乐于以重金回报。”迪克目送大型摩托艇驶出防洪堤。大家回到船上，迪克从索具爬上横杆。他向船外瞥了一眼，摩托艇已经破浪而去，变成天际一点白斑，寻找海鸟在北方的筑巢地去了。或许，他有朝一日也会拥有这样一条船。他会用各种鸟类学著作塞满船上的图书馆，配备暗室，准备长焦镜头照相机。这样，他就可以远距离拍摄鸟类照片，不用惊扰它们。只要能登上翼手龙号，跟观鸟人交谈，他情愿付出任何代价。其他人都笑话迪克，只有罗杰例外（因为迪克也喜欢引擎）。他们说，犯不着大惊小怪，不就是一条小小的摩托艇吗？驾帆船一样可以观鸟，享受航海的种种乐趣。从此以后，大家每一次看到摩托艇，就会说：“迪克的船来了！”不过，迪克不在乎他们的调侃。翼手龙号有了引擎，在迪克这样的观鸟人手中，完全变成定居观察船。任何人有了这样的船，都可以一路追踪鸟类。

翼手龙号掠过北极熊号船头，距离只有二三十码。

“真没礼貌。”南希说。

“他完全有这样的权利。”弗林特船长说，“他擦身而过，是觉得我们不会动。虽然如此，他也应该更礼貌一点，用不着这样直接擦过去。”

迪克手持望远镜，想看清观鸟人的身影。但翼手龙号的舵轮在船舱内，他看不到掌舵的人。大型摩托艇破浪飞驰，船头白沫纷飞，甲板上空无一人。

“他看到的鸟儿一定不少。”迪克自言自语。

“看到什么？”佩吉问。

“迪克满脑子都是鸟儿。”多萝西说。

“潜鸟。”迪克说。

“一小时以内，船就能进港。”弗林特船长打量时针，时钟嵌入横杆，方便船员从甲板上看时间，“我是说，如果返航……”（本书有充分理由，不说明他们第一次遇见翼手龙号的港口的真实名称。）

“我们先在那边加油，然后再穿过去，就能再次看到它了。”多萝西对她弟弟说。

“它可能去其他地方。”迪克说。

“我们发动引擎吧。”罗杰来到船尾。他看到翼手龙号比北极熊号快得多，心里很不舒服。

“你要吓死我啊，”南希说，“你到这儿来干吗？快回前面去，引擎的事情用不着你插嘴。”

“用不了多久，你自己就会急着发动引擎的。”罗杰一面登上前舱，一面说，“风越来越小了。”

弗林特船长向他打量了一番。“罗杰说得没错。”他说，“看来情况就要变了。风力微乎其微。但我们的汽油不够用，除非马上加油。昨天没有风，我们的油箱差不多见底了。不过没关系，我们就快到了，马上就能看到那座山了。”

罗杰回到前甲板。苏珊又回到瞭望室，察看开始沸腾的茶水。迪克渐渐看不到观鸟人越来越小的船。南希一会儿看罗盘，一会儿看船帆，让帆张开，但没有张满，尽可能利用旧帆具。其他所有人（弗林特船长、佩吉、提提、多萝西和约翰）都在打量前方的青山。

“方山到了！”罗杰突然叫道，手指着船首斜桅。

“我没看见。”提提说。

“在哪儿？”多萝西问道。

“差不多，”约翰说，“马上就到了。”

他们前方的地平线不断变化，海岸近处的山岭越来越高，遮蔽了背后远处的山岭。约翰将小地图递给佩吉，从左舷索爬上横杆，因为站得高看得远。

“方山在即。”他叫道。

弗林特船长从佩吉手中接过地图。

“就在船头右舷方向。”约翰叫道，飞快地瞥了地图一眼。

“差不多。”弗林特船长说，“地图上面的线条就是我们现在的位置。南希，我们的方位如何？”

“向西偏北。”南希说。

“那我们就从右面进去，最恰当不过。”

“北极熊号一路平安。”提提说。

“继续前进，”弗林特船长说，“这阵风可以将我们直接送进入口。”

苏珊给同伴提供了一点帮助，拉起船上小铃铛绳头的玫瑰结。

“叮……叮……”

“两声！五点钟了，该喝茶了！”南希叫道，仿佛急于把其他人赶下甲板。

“我们没有时间，”弗林特船长说，“趁着有风，赶紧进港吧。”

罗杰听到第一声铃响，就开了前舱门，消失在下面。苏珊又一次向伙伴伸出手，这一次是把茶杯递给舵手。佩吉接过杯子，放在驾驶舱下风口，杯子在那里不会滑落。苏珊又给她递来一大块圆面包，佩吉伸手接住。

“我要不要再上甲板去？”她问。

“用不着。”南希说。

提提和多萝西下了梯子，佩吉跟在她们身后。

“约翰，继续，”南希说，“等我们再靠近一些，你就会看得更清楚……迪克，跟他们一起下去吧。你的翼手龙号已经看不见了。”

一团黑影从海岸南方突出，迪克向它瞥了最后一眼。它看上去像一座岛屿，实际上却是一条海岬。他们一开始跟观鸟船相遇时，海岬顶端还隐藏在港湾内。摩托艇已经看不见了，迪克跟着约翰下了甲板。

南希一个人留在甲板上掌舵。甲板下面传来茶杯和茶盘叮当作响的声音。她将杯中的茶水一饮而尽，狠狠咬了一口圆面包。其他码头虽然有浮标、灯塔、商店，但都比不上这里。她独自驾船，驶向未知的海岸，观察海岸线上细微的缺口。

迪克坐在船舱桌前，打量翻滚的几片茶叶。他把茶叶舀出来。

“茶叶说，生客就要来了。”提提开始占卜。

“说不定就是你的潜鸟。”多萝西说，“也许你终究能看到它们。”

迪克像科学家一样，不相信茶叶算命法：“现在已经没有多少希望了。”

“事情永远说不准。”多萝西说。

船在未知的锚地靠岸，地点由船员而非船长选择。这时，谁也不愿意留在甲板下面。南希独自驾船的时间没有多久。没有人继续悠然自得地喝茶，大家都再次上了甲板，眺望方山顶，查看罗盘。峭壁现在清楚可见，他们用马克的小地图对照实际地形，都想第一个看见港湾。北极熊号以前在这个港湾里洗船，这一次仍然如此。

“就在这里！”约翰叫道，向横杆抬起望远镜，“就在峭壁左边……南面的低地。对准船头，一直向前。”

这时，他们都能从甲板上看到峭壁下狭窄的入口。山脊北面有农舍和灰色的房屋。

“房屋一目了然。”佩吉一面打量地图，一面说。

“无论如何，”提提说，“地图上看不到我们要去的房子。”

“无关紧要。”多萝西说，“房子在山脊后面的另一个山谷里。我们甚至都看不见。”

“我现在甚至都看不清。”罗杰说。

海上没有确定无疑的事情。他们驶入港湾入口前最后一分钟，情况突然变了。向南的山顶越来越模糊，风越来越柔和，北极熊号越来越慢，阳光变暗了。海岸上发生了怪事，内陆山峰突然变得尖利而清晰，下面的山腰上仿佛挂起了白色的面纱。

“我早就说过，应该开启引擎。”罗杰说。

弗林特船长转过身，一脸忧郁。

“我们大概只能改变计划了。”他突然说，走下升降梯，注视前方。大家看到他手持两脚规，在海军上将的地图上测量。

“注意！”南希说，“他不可能现在放手的。”

“哎，我们差不多都到了。”提提说。

船帆突然摆动起来，南希只得改变方位，让船帆重新鼓起来。空气突然变冷了，仿佛有人一下子把阳光关闭了。

“我看不见山头了。”约翰叫道。

甲板下面传来叫声：“嗨！南希，你干吗改变航向？”弗林特船长从地图桌上抬起头，看地图桌上方的舱顶挂着的悬吊式罗盘。

“风向变了。”南希说，“起雾了，我们看不见山顶。”

弗林特船长火急火燎地爬上升降梯，他向前方的峭壁瞥了一眼，跳向右舷帆索。

“准备就绪！”他叫道，“舵柄转向下风！”

北极熊号慢慢转动，清风从西北方吹来。

“风向正对着山顶。”弗林特船长说，“我们该怎么利用风力？明天怎么在港湾里洗船呢？”

“我们根本进不去。”南希说，“可你保证过进港的。”

“呃，注意看看。”弗林特船长说。迷雾遮蔽了方山的矮坡。方山犹如一个小岛，孤悬于白色雾海中。雾海覆盖低地，围绕山脚，向他们漫延过来。

“风向正对着山顶。”弗林特船长又说，“迪克可以向他的船多看一眼……迪克，是不是？”

“可这是看潜鸟的最后机会。”迪克说。

“瞧这儿，”南希说，“我们绕过山头，风就会对着我们吹。我们会撞到港口两侧的岩石上……”

“这倒是真的。”弗林特船长说。他向南面打量隐没的山头，然后抬头眺望峭壁。迷雾已经漫过了山顶。

“我们差不多准备好了。”南希说。

“太迟了。”苏珊说。

弗林特船长弯下腰，打量时钟。“潮水就要退了。”他说，“我得另想主意了。雾气还不会马上淹没我们。”他又从口袋里取出罗盘，测定方山的方位。此刻，方山不过是雾气中模模糊糊的灰色幽灵。“好吧，南希，你赢了。所有的帆都降下来！罗杰，启动引擎。上帝保佑，希望我们最后那一点儿汽油足够让我们进港。”

“哦，天哪！”提提说。

“好的，好的，长官，”罗杰跟着船长下了甲板，“我早就说过嘛。”

甲板下传来引擎启动的呼呼声和预热的持续跳动声。支索帆已经降下，佩吉和苏珊一起收三角帆。弗林特船长帮助约翰收起上桅帆，支起千斤顶。“你和苏珊拉住升降索，”他说，“我抓住中间往下拉。”北极熊号船员“倾巢出动”。几分钟后，所有船帆都已经降下来，旧帆布堆了一地，尘土呛人。

“南希测深，约翰掌舵，罗杰慢速前进！”

“好的，好的，长官。”

引擎声音变了，北极熊号开始前进了。

“西偏北。约翰，尽可能稳住。”

“现在就是西偏北。”

“可我们该做什么呢？”多萝西说。

“我们进港。”南希说。她带头在驾驶舱门前排好队。

“但愿如此。”弗林特船长说。

海岸线已经看不见了。方山顶完全隐没在雾中。引擎突突作响，北极熊号慢慢驶入一片白茫茫的雾气中。

悬崖上的男孩子看到雾气正在逼近，充满了山谷。他再也看不见野鹿，前额感觉到冰冷的气息，风向正在改变。他记下当天的日志，把随身带来的蛋糕吃了个饱。微弱的风笛声催他回家，他收起日志，把剩下的蛋糕放回饼干盒里。他把饼干盒当成保险箱，藏在视线外的秘密地点。雾气弥漫到他身边，他小心翼翼地在岩石和石南[1]之间觅路前进。陆地上没有一个人看到北极熊号落帆，没有一个人听到它驶向悬崖时引擎突突作响的声音。

[1] 原文 heather，帚石南，为杜鹃花科常绿低矮灌木，是欧洲西部及北部许多荒地的主要植被。

第二章 探 路

天色完全变了，无忧无虑的消暑度假航行再也维持不下去了，浓雾迎面而来。约翰掌舵，死死盯住罗盘，仿佛指南针能不能稳住关系到他的性命。人人提高警惕，等待命令，知道这时候一定不能有丝毫差错，需要做的事情一定要马上做到。引擎室开着门，罗杰站在引擎跟前，眼睛闪闪发光，双手在忙碌着。雾气在北极熊号上空翻滚，驾驶舱里几乎看不到桅杆上的小旗。钢索叮当作响的声音说明南希和弗林特船长正准备下锚，他们就像前甲板上灰暗的幽灵。

弗林特船长来到船尾，查看罗盘。

“约翰，保持原有方位。”他说。

“西偏北。”约翰说。

“控制台需要人手……迪克，不，我忘了你戴眼镜（迪克正在擦他模糊的眼镜）。佩吉，我需要苏珊帮忙下锚，南希现在可有得忙了。其他人擦亮眼睛，看到任何情况立刻报告。任何情况！不要等到完全弄清楚，看到什么就说什么。罗杰，你站在旁边，随时准备停船，我一下命令，你马上往船尾跑。”

“是，是，长官。”罗杰说。

“提提，下去把油罐拿上来，给水砣[1]用。瞭望室，右舷，顶层架子上。”

“是，是，长官。”提提下去了。

---

[1] 也叫测深锤，用以测量水深的重物。

突……突……突。

北极熊号驶入茫茫白雾的世界。

“真像虫子在茧里。”迪克想。他匆匆擦干眼镜戴上，想看清楚一点。他很难判断雾气到底在他的眼镜上，还是在他前后左右。

南希在右舷支索把救生索牢牢系在身上。这样她就能腾出双手摆动水砣而不会落到海里。水砣摇摆着，从她右手中下沉了三英尺或更多。她左手握着测深索，标记每一英寻[1]深度。她前后摇摆水砣，幅度越摇越大。她转来转去，越转越远，最后放开水砣，让它从船头飞出去，船上的人都赶不上她熟练。迪克可以看到她随着船身起伏拨弄测深索，就像钓鱼一样。

“水深不到十二英寻！”她叫道。

“继续！”弗林特船长叫道。

提提从升降梯上来，没有走前舱口。因为一旦抛锚，导缆器就会放出链子，离舱口不远。她手持油罐，蹲在桅杆附近，随时准备涂油。迪克一如既往地觉得别人都是有经验的水手，他和多萝西不过是乘客，他们俩能对付小船圣甲虫号，但出海还是第一次。他们俩唯一能做的事情，就是不要给其他人添乱，需要时听别人指挥。

泼剌！南希向前投出水砣，然后又向后投。她放了又放，从一只手换到另一只手。

“十二英寻没有到底。”

“我们一定很近了。”弗林特船长对约翰说，“我们差不多要触底了。”

泼剌！

南希拉线，放线，她突然叫道：“十二英寻！”

“准备涂油脂。”弗林特船长说。

迪克看到提提的手指从罐子里舀了什么东西出来，放进水砣底部的洞内。

“快点。”弗林特船长低声自言自语，没有让提提或南希听到。人人都明白，他们正在全速前进。

南希投出水砣，让它浸入水中。“十一英寻！”她喊道。然后继续牵引水砣，

[1] 1 英寻约合 1.8 米。

盘绕起测深索。她一拽出水砣就马上观察它的底部，“十一英寻，下面是软泥！”南希叫道。

迪克心想，原来就是这样。利用水砣底部的油脂从水底采样，帮助船长判断航程。他现在明白图表上的字母是什么意思了……“S”代表沙滩，“M”代表泥浆，“Sh”代表贝壳，诸如此类。这是他第一次看到水砣的运用：测量深度，准备抛锚。他们这一次还有更多目的。在这种伸手不见五指的白雾中，他们需要每一点有助于辨认方位的信息。

泼刺！

“九英寻半……泥浆与贝壳……”

“我们……”

“别出声。”弗林特船长说，“听！”

海鸥从他们头上飞过，在右舷什么地方尖叫。

“悬崖？”弗林特船长嘟囔说。

引擎的声音完全变了，好像他们从硬路走上木桥的脚步声。

“在西面。”弗林特船长对约翰说。

“就是在西面。”约翰平静地说。

“如果在北面，”弗林特船长说，“我们必须弄清入口处的所有潮流。”

“他看上去挺开心的。”多萝西对迪克轻声说。

“九英寻……泥浆与贝壳……”

一只鸟飞近船尾。

“海鸠。”迪克说，“至少，我觉得是海鸠。”

“噢，那是什么？”

“对不起，”迪克说，“我只看到一只鸟。”

“右舷有东西！”佩吉在浓雾中叫道，“不……它消失了。现在我什么都看不见。”

“她大概看到悬崖了。”弗林特船长对约翰说，“我们快到了。对不起，不要听我讲话，”他向迪克咧嘴笑道，“注意掌舵。”

“是西面。”约翰说。

接下来的声音跟海洋毫无关系，他们大吃一惊。“回去！回去！回去！”似乎是一只松鸡降落时发出的叫声。

“我们干得不错。”罗杰说。苏珊向他皱起眉头。

弗林特船长把地图递给迪克：“拿稳。”他向前甲板走去，加入那些模糊的身影中。

“八英寻！”南希叫道，“八英寻……泥浆。”

“七英寻。”南希说，一转身发现弗林特船长已经到了她的身边。

“停船！”弗林特船长叫道。罗杰立刻关闭引擎，引擎继续跳动了片刻。

“右满舵！”

“右满舵。”约翰回应，转动舵柄。

“放缆绳！”弗林特船长叫道，自己动手执行。

“关机完成。”

引擎的突突声变成了呜咽，最后停下来。

北极熊号抛锚了。迪克打量两侧，看到飞沫随着船身摇摆，漫过船体，船身以外只有白雾弥天。

“我们进港了？”南希问道。

“进港了。”弗林特船长说，“但我确定不了具体时间。帮我把小艇放下来。”

他们匆匆赶到吊艇架前。小艇在几分钟内下架，下水。

“约翰掌舵，”弗林特船长说，“南希你来管水砣。让铃声一直响。我们不会走远，但铃声可以保证我们能找到你。”

他划船，南希在船尾把测深索卷起来。几分钟内，他们俩的小艇就变成雾中的黑点。小艇走远了。船上其他人听到船桨搅水的轻轻泼剌声，彼此面面相觑，仿佛不知道接下来该做什么。

“无论如何，我们已经在海岸附近了。”约翰说，“有没有听到松鸡的声音？”

“已经抛锚了。”苏珊说，“总比在海上的浓雾中航行要好。”

“我们大概还得换位置。”约翰说，“我们离海岸太近了。”

“他们是不是去找地方了？”多萝西说。

“佩吉呢？”苏珊说，“船长把她忘了，现在她用不着留在上面。”

“佩吉，一起下来吧！”约翰叫道。

“拉铃！”雾中传来声音。

回应传来，“叮……叮……叮……叮……叮……”罗杰关闭阀门，给引擎擦好油，从引擎室出来，正好赶上这一阵声音。

“他说，让铃声一直响。”提提说。她从罗杰手中拿走擦引擎的破布，擦去手上的油脂。

“好，”罗杰说，“我来拉铃。”他让铃声一直响下去。“叮……叮……叮……叮。”

“安静一分钟。”约翰说。他在前甲板整理支索帆以方便随时使用，然后向船尾走来，“听！”

“七英寻。”他们听到南希的声音从雾中传来。

“叮……叮……叮……”

“再测一次。”弗林特船长说。

“八英寻。”

他们在北极熊号上面倾听桨声，想发现小艇的方位。

“七英寻。”

“他们现在到哪儿了？”提提问，“听起来好像就在跟前。”

“在船尾附近的什么地方。”佩吉说，“他们绕着走。哇，又湿又冷。”

“你能不能看见？”多萝西问。

“什么都看不见。”佩吉说，“但我有耳朵。”

“长耳朵。”罗杰说。

“看我怎么收拾你。”佩吉说。

“在西面。”约翰说。

“拉铃！”

“叮……叮……叮……”“别说啦，佩吉。我要让铃声一直响。”“叮……叮……叮……”

“八英寻。”

“好像在船头左舷。”约翰说。

“叮……叮……叮……”

“七英寻。”

“现在接近船腹。”约翰说，“辨认起来可真不容易。”

“他们在那儿！”提提叫道，小艇的身影闪现了片刻。

“太近了。”他们听到弗林特船长的声音，“等等……现在再试一次。”

“七英寻半。”

“叮……叮……叮……”

“约翰！”

“长官！”约翰向茫茫白雾回应。

“准备抛锚。”

“好的，长官……苏珊，快点儿！”约翰向前跑去。

“这就是说，我们一切顺利。”提提说。

“是吗？”多萝西说。

“当然。”佩吉说，“他去找新锚地，我们在那里过夜。”

小艇又出现了，这一次更清楚，不久就来到船边。

“南希，出来吧。他们下锚索时，你帮着他们。”

“锚索准备就绪！”约翰叫道。

南希上了船，被水砣弄湿了全身。弗林特船长将小艇靠在船头下，约翰放下小锚。

“不是在船上。稍待片刻，慢点儿，我从船尾接过来。好孩子，就是这样。现在，把绳子拿出来，靠近船尾就喊一声。动作要快，明白吗？”

“放心吧。”约翰说。

“不留神就会误事。”弗林特船长说，“我干过，所以我明白。”

他从北极熊号的侧面划向船尾，消失在雾中。约翰、南希和苏珊在他身后扔出锚索，确保锚索自由滑行。迪克和多萝西在驾驶室内看到锚索像蛇一样在水面上滑动，最后像其他所有东西一样，消失在几码外的水中。

“还剩下三英寻！”约翰叫道。

泼刺声从船尾传来。弗林特船长划到船尾，爬上船，走到船头，在放出另外两英寻前把锚索固定在主锚链上。

“船泊稳了。”他回到船尾说，“现在不会受损了。”

“海岸线呢？”迪克说，“松鸡都有了，海岸一定不远了。”

“我们什么都看不见。”弗林特船长说，“我们绕着船划行，什么都看不见。

不过我们测量水深、水底和摇摆的空间成绩不错。”

“我们在哪里？”多萝西问道。

“雾散了，我们就会知道。”弗林特船长说，“雾早晚会散的。风从陆地吹来，到早晨天就会晴。”

“我们就在这儿停船吗？”

“真见鬼！我们在又冷又湿的雾中熬了这么久，休息一下也好。”

“你应该说‘我牙齿冻得咯咯响’！”罗杰说。

“哎，用不着我说，事实就是这样嘛。”南希说。

“我也是。”佩吉说，“我们在舱里生火吧。”

“这个主意不错。”弗林特船长说。

大家从升降梯一拥而下。半小时后，船舱里炉火熊熊，全体船员都暖暖和和地坐下来。难以置信，不过几小时前，他们还沐浴在和煦的阳光下。船舱里点起灯，多萝西觉得，她的小说《赫布里底群岛罗曼史》正好可以添一章迷雾阴霾的内容。约翰开始写航海日志——“接近海岸，浓雾，七英寻深抛锚，水底是泥浆，抛小锚。陆地在北面。”弗林特船长聚精会神，翻阅航线指南。南希又在查看北极熊号自己的小地图，地图上标出了他们抛锚洗船的地方。迪克查看海军上将的大地图，地图上标示了许多小片的内陆水面，离海岸不远，只要他能上岸寻找，就能在这里找到潜鸟。佩吉和苏珊正在讨论晚饭，都同意做通心粉、土豆和荷包蛋。提提在写她私人的日志——“在茫茫大雾中抛锚，不知道我们在哪里。”罗杰玩弄他的六音笛，尝试适当的音调，他自得其乐，吹出的尖厉声音把大家吓了一跳，“我们今天早晨到不了啦。”

“噢，安静点儿。”约翰说，“如果你想玩那玩意儿，我们可以用长绳子把小艇系在后面，让你到小艇上面在雾里吹。”

罗杰吹了一两声《天佑吾王！》表示他的个人音乐会告一段落：“好吧。既然你们不喜欢真正的音乐，就让弗林特船长拉他的手风琴吧。”

“好吧，罗杰。”弗林特船长说，“我们来个二重奏，让他们开开心。”

“用不着让我们开心。”南希说，“现在是全程中最舒适的时刻。不过我们不在乎你们制造噪音。”

“简直跟北冰洋一样。”提提说，“南森[1]在冰川上想怎么闹就怎么闹，除了北极熊，谁也听不见。”

“我们就是北极熊嘛。”罗杰说，“我们想怎么闹就怎么闹，甚至南森也听不见。”

弗林特船长笑起来。佩吉把手风琴递给他，船舱里随即充满了周而复始的乐曲。他们唱起了心爱的老歌，顿足敲桌。以前，他们在湖上的船屋里就是这样唱歌。这时，佩吉和苏珊在厨房里忙着做荷包蛋和通心粉。但南希时不时抬起头，疑惑地打量弗林特船长。她很清楚，船长并不是真开心。

“吉姆舅舅，很好，”她说，“不可能更好了。马克会心满意足的，我们在他的海湾里，就在我们计划的地方。”

“是吗？”弗林特船长说，“我要是知道位置就好了。只要这可恶的雾气一散，我们就能看清楚了。船现在已经非常安全了，但我们还是要随时注意锚的情况。”

“为什么？”多萝西问。

“我们睡觉时，说不定会有人上甲板。”提提说，“如果有情况，就把所有人都叫起来。”

大家吃完饭，又唱了一阵子。然后，他们先在甲板上巡视了一周，再上床睡觉。雾气仍然浓重，卷起的主帆不断滴水，甲板湿漉漉的，光线从天窗射进来，把天花板映成一片洁白。除了远方的波涛声，万籁俱寂，北极熊号停泊在宁静的水面上。他们知道，这些波涛一定是在外海的什么地方轰鸣。

“船就是泊在真正的港口里，都不会这样安静。”南希说，“我不明白，你为什么不上床？”

“你看，”弗林特船长说，“这不是我自己的船。我们几个人沉了没关系，但只要我做得到，就不能让马克的船沉掉。”

“你用不着守一晚上吧。”

“不用，你三点钟来接班。如果那时雾气仍然很重，你和约翰负责守望。不过，那时候雾气应该散了。”

[1] 著名的探险家。

船员都进了铺位。灯光照耀下，船舱似乎空荡荡的，只有升降梯口还有一双大脚。北极熊号船长心里放不下，坐在那里抽烟。他时不时眺望四周的夜色，但迷雾笼罩，什么也看不见。

第三章　竖起支架

北极熊号这天晚上颇不宁静。甲板上的脚步声把船员们从睡梦中惊醒。他们翻过身重新睡着，又被闹钟的嗡嗡声惊醒，只好赶紧关掉闹钟。迪克躺在铺位上，满脑子都是地图上的小湖。他估算洗船需要多久，想知道回家以前还有没有看潜鸟的最后机会。有人在船舱里走动，有人登上升降梯。“第二斜桅和斜桅支索！我真希望它们的骨架都是铁打的。”一定是南希从那儿溜过去了。甲板上传来一路小跑的声音。“看！看！就是这里。”“别大喊大叫！”“好吧，不过他们睡得像死木头。”然后，小艇发出轻轻的碰撞声，桨架吱吱作响。宁静片刻……然后，“他在干什么？跺脚取暖？”“找个最好的地方，把船拖上岸。”“他挪石头干什么？”“做标记，这样方便我们涨潮时入港。”“他又过来了。”声音消失了许久。突然“砰”的一声。弗林特船长的声音从外面传来：“好好干。马克知道他在干什么。升降十英尺……水位低……我们倒进去，就能让藤壶脱落，清洗积累的污泥。”船舱里传来更多的声音。迪克下了铺，发现其他人差不多同时做了同样的决定。提提、多萝西、佩吉和苏珊都起了床，想看看发生了什么事情。迪克匆匆忙忙跟在她们身后。他还没有爬完一半升降梯，就听见一声吼叫：“你们这些小傻瓜，回去睡觉！睡觉时间只剩下几个小时了。明天的工作可不轻松啊。”雾已经散了，天色明亮，霞光万丈。

“我们就算看得一清二楚，也不可能干得更好了。”提提说。

“抛锚点在港湾中间偏右。”多萝西说。

“说真的，我们最好回去睡觉。”苏珊说。

“他已经上了岸，寻找竖立支架的适当地点。”佩吉说。

“竖立支架……”迪克真想看看发生了什么事情。或许所有船员都有用，但不是每天都有用，随船博物学家可不能变成多余人啊……迪克爬回铺位，又睡着了。他没有听到约翰、南希和弗林特船长进了船舱。外面安静了一两个小时，然后又传来更多噪音。瞭望室、甲板发出沉重的砰砰声。有人通过他的铺位，拿甲板下面的东西。绞车吱吱作响，汽化炉突然呼啸起来。迪克朦朦胧胧听到罗杰说：“闭嘴！”还有人说：“引擎！”罗杰突然钻出铺位，叫道：“来了！来了！等我来了再开始。”迪克再一次迷糊地睡着了，仿佛仅仅过了片刻，他醒过来，明白甲板下面只剩下他一个人。明亮的阳光洒满船舱，迪克揉揉眼睛，抓起眼镜，爬出铺位，爬上楼梯，发现所有的船员都在甲板上。北极熊号在阳光明媚的港湾水面上慢慢移动，他们昨天在迷雾中居然歪打正着。

船向港湾北面驶去，那里是悬崖和峭壁。岩壁从地面升起，长满石南，掩蔽了地图上标明的山谷。迪克在湾口看到，他们驶过时，海鸥绕着悬崖飞行，引擎的声音从悬崖反射回来。崖顶倾斜成小山，隐藏在山脊后的建筑物突然出现在他们眼前。他向船尾方向眺望，看到一条山岩。山岩隆起，形成海岬，海岬将他们所在的港湾和南方的另一个港湾隔开。一条小溪流入港湾顶部，形成瀑布。小小的海湾两侧都是岩石，北极熊号向中间驶去，船在这里面最安全不过。只有小片白云从天上飘过，向海滨飘去。悬崖外，白浪汹涌。

“悠着点儿。”弗林特船长说，“用不着靠岸。”

“好的，长官。”罗杰说。

“突……突……突……”

雾散了，今天上午还有一大堆工作。后甲板上有一大卷绳子。靠近驾驶舱，船上的小锚又一次准备就绪，从后甲板而非前甲板放下。前甲板上有更多的绳子，一卷绳子的末端扔到小艇上。系锚的缆绳固定在右舷侧支索上，而不是让它拖在船后面。苏珊在掌舵，因此其他事情需要约翰、南希和弗林特船长动手，而且刻不容缓。

“干得好，苏珊。”弗林特船长说，“我们现在到了标记地点，一块白石叠在另一块上面……一直对准标记。”

“迪克，”多萝西说，“在甲板上穿睡衣，不怕着凉吗？”

“我不冷。”迪克说，“我等一会儿就换衣服。”

“这片海滩多可爱，”南希说，“雾一退，我们就看到海滩了。弗林特船长上岸做了标记。”

“支架往哪儿竖？”迪克问。

“瞧这边，”南希说，“你没有听见我们安装螺栓的声音吗？”

迪克向那儿看去，发现船边竖起沉重的支架，左右舷各有一个。侧支索附近的大螺栓充当枢轴，支架的前端以此为中心旋转。

“干得漂亮吧？”提提说，“哪一个港口都比不上。”

“这地方最适合作为小说背景了。”多萝西说。她眺望内陆远方的青山，陡峭的悬崖荫蔽海湾，挡住了北风。

“哪一个港口都比不上。”提提又说，“就是这种地方，适合故事发生。”

“上帝保佑，我希望什么事都别发生。”弗林特船长匆匆经过，检查确定前甲板一切就绪，“这是一条大船，可不能出什么事。”

“我不是说那种事。”提提说。但弗林特船长没有听她说，他已经站在船尾，来来回回察看，仿佛想确定距离。

“放小锚吧。”他说。

北极熊号慢慢行驶，泼剌一声，他放出绳子。

“约翰，”他叫道，约翰立刻赶过来，“注意锚索，让它放完。但如果我们准备倒行，就马上停下来，把锚索绞回去，我们可不能让锚索绞进螺旋桨。”

“好的，长官。”约翰说。

“我来掌舵，让船靠岸。”弗林特船长说，“苏珊，你做得不错，这一次还是在旁边待命。南希，准备船头缆绳。”

“一切就绪！”南希叫道。

“突……突……突……”

北极熊号慢慢驶向海岸。

“停！”

“已经停下了。”罗杰说，把变速杆拉回来。引擎的“突突”声突然加快，螺旋桨不再转动。

北极熊号越来越慢，驶入小海湾，左右舷接近岩石，他们从右舷已经看不见溪口和后面的外海。再过二十码，船头就会撞到更多的岩石上，这条狭窄、弯曲的海岸到处都是岩石。

“随时准备。”弗林特船长平静地说。

大家屏息静气。

“咝咝咝——”

弗林特船长立刻放开舵柄，登上小艇，向海岸划去。

“他上岸了！”提提叫道。

他们看到船长下了小艇，一两步登上海岸，把锚固定在海岸的岩石间。

“绞紧船头的缆绳，打上结！”他叫道。南希立刻把绳结拴好。

“约翰，船尾的缆绳！绞紧！打结！”

“好的，长官。”

“南希，左舷缆绳！”

他再次走下小艇。南希把绳头递过来。他拿着绳头上岸，固定在岩石间。

“右舷缆绳！”

几分钟内，北极熊号从头到尾、左舷右舷的缆绳都系紧了。

“咝咝咝——咝咝咝——”

“船又浮起来了！”罗杰叫道，“要不要利用引擎再推一下？”

“关闭引擎。”

罗杰消失在甲板下。引擎的声音渐渐消失，罗杰又一次突然冒出头来，用浸油的破布擦手，一副兴高采烈的样子。

弗林特船长汗流浃背，上气不接下气地登上船。

“咝咝咝——”这一次声音很轻。

“船靠岸了。”提提说。

“好了。”弗林特船长气喘吁吁地说，“潮水还会上升一两英寸。我们现在可以降低船舷，首先右舷。我们有足够的时间，先把两边降下来，再安顿船身。”

再简单不过了。降低右舷肋骨后端。南希拉动船头的缆绳，约翰同时放松船尾的缆绳，直到肋骨竖立、下降。两条缆绳系紧，弗林特船长满面春风。横桅索系紧支架上端，对侧如法炮制。北极熊号龙骨准备着陆。一旦潮水退去，它就会停在两侧支架上。

“你最好把衣服穿上。”多萝西对迪克说。迪克正在下面拧螺栓，他知道马上就能上岸自由活动了。

“我们能做的都做完了。”弗林特船长接着说，“大家都干得漂亮。早饭好了吗？”

“麦片粥凉了。”苏珊说。

“谁在乎？”南希说。

“无论如何，我们还有热咖啡。”佩吉说，“你们把支架固定好，我重新打开汽化炉。”

他们还没有开始喝麦片粥，就感到船又一次着落。他们知道，潮水先把他们抬起来，再让他们落下去。大家抢着爬上升降梯和瞭望室楼梯。

“着陆很漂亮。”弗林特船长说。

“支架呢？”约翰说。

“马上就派上用场了。”

“至少这一边已经支住了。”罗杰说，“我看到一条鱼绕着架子转。”

“吃水线露出来了。”一两分钟后，南希说。

“再过两小时，我们就开始工作。”

“我们先把早饭吃完。”苏珊说。

他们重新下来。迪克仍然满脑子都是地图上的湖泊，这些湖泊就在不远处。他问道：“你想要我们都去洗船吗？”

“大家都去。”南希说。

“别这样想。”弗林特船长说，“首先，刷子和刮刀都不够用。不，我只想要四个最会干活的。约翰、南希、苏珊和佩吉来帮忙，其他人不要碍手碍脚，最好上岸去玩会儿。”

“我们去探险。”提提兴高采烈地说。

“当然，如果你确实用不着我们。”多萝西说，她也想上岸探险。

“好哇。”罗杰说。

迪克一心想着潜鸟，高兴得说不出话来。

“把你的东西拿开。”佩吉说，“让我和苏珊做三明治，准备上岸开派对。”

“上岸开派对！”提提、多萝西和罗杰彼此对视，眼神里充满了想法。迪克身为随船博物学家，心中计算了一遍非带不可的东西。

“我们要不要带上小地图？”提提问。

“小地图上什么地名都没有。”约翰说。

“那倒更好。”提提说，“我们自己来命名……从洗船湾开始。”

“还有海鸥悬崖。”多萝西说。

“我想，马克不会介意的。”弗林特船长说。

北极熊号的龙骨和支架停得稳稳的。大家说话的声音比以前小多了。他们在整个航程中熟悉了脚下的船只，船只在风中摇摆，破浪前进，就像有血有肉的生命，甚至在夜泊港口时也是这样。现在，它突然死了。谁也没有说出口，但大家面面相觑，想从别人的表情看出他们的感受。

“我想知道它在下面是什么感觉。”南希突然说。

“我们很快就会知道。”约翰说。

“大部分老领航员都有同样的感觉。”弗林特船长说，“他们脚下有感觉。”

“停船的姿势是不是头低脚高？”约翰说。他一直在担心这件事。

“它停得很平，”弗林特船长说，“但海滩是倾斜的。船基本上是平的，现在停在支架上，非常稳当。”

“我吃饱了。”南希说，“我想上去看一看。”

弗林特船长一面往烟斗里塞烟丝，一面跟着她。约翰大口咽下最后一块面包和橘子酱，喝完最后一点咖啡，起身离去。提提和多萝西跟在约翰后面。迪克已经吃完了早饭，拿出他需要的所有东西，在铺位下的长椅上排成一列：照相机、望远镜、铅笔……一样不漏。罗杰站起来，向升降梯瞥了一眼，又回到桌边。他重新坐下，把空杯子递给苏珊。他是工程师，这时他的工作已经完成了，他又给自己切下一块面包。苏珊笑起来。

“还没吃饱？”她说。

“那又怎么啦？”罗杰说，“如果你想问，我就是没吃饱。”

“那现在就多吃点。”苏珊说，“省得你上岸还要带吃的。”

罗杰用怀疑的目光打量她，苏珊是不是在嘲笑他？“如果路长，我们半路上就会饿的。”他说。

“我们不会让你挨饿的。”佩吉说。

迪克确定他什么都没有遗漏。他把小东西放在口袋里，把照相机放进背包里，小心翼翼地不让它接触水，然后背起背包，上了甲板。

“看看船边，”多萝西说，“潮水已经退了许多。”

迪克看过去，北极熊号两侧船身吃水线下露出宽阔的暗绿色条纹。

“我们越快上岸越好。”南希说，“约翰，快点儿。带上油漆、刷子和刮刀。等船搁了浅，活儿就不好干了。”

“刮刀？”多萝西问。

“用来对付藤壶，”南希说，“船上到处都是。跟野草黏在一起。”

“折叠艇呢？”约翰说。

“我们用不着它，”弗林特船长说，“只要重新装上就行了。”

“我们还是一起清洗吧。”南希说，看看折叠艇奇特的形状，它几乎折成平的，在阳光下闪闪发亮，“我们一次都没有用过。”

“等我们把船洗完，今天晚上潮水把北极熊号浮起来，你就可以玩玩折叠艇。”

“好吧。”南希说，“说话算话。”

万事大吉，人人心里有数。弗林特船长坐在船舱的太阳光下抽烟。大家一见他这副样子，就知道他不再像昨天晚上和今天早上那样担心了。他甚至没有费心给约翰和南希提建议。约翰和南希从瞭望室拿出拖把、长柄刮刀和两大罐水手牌高质量金牌防污油漆，递给下面的提提和多萝西。提提和多萝西已经上了小艇，希望第一批登岸。

佩吉从前舱口探出头来：“苏珊想知道，你们有没有准备好刮刀和其他东西。”

“应有尽有。上船再取一次该有多麻烦。”

他们开始转运，还没有运完，潮水就退了，甚至用绳梯都很难到达小艇。

“弗林特船长没有来？”提提问。

“船长总是最后一个离船。”多萝西说。

“北极熊号又没有沉船。”提提说。

“不管怎么样，他想最后一个离船。”多萝西说。

南希再一次返回去接他。弗林特船长重手重脚，从斜桅支索爬进小艇。罗杰叫道：“他来了。”这是一个欢快的时刻。他没有直接登岸，而是坐在船尾。这时，南希绕着大船划了一圈。

“他穿了长筒靴。”罗杰说。

“他会用得着的。”约翰说，“我们完工以前，他还要走很长一段路。”

海滩变成了宿营地，所有物资都运到岸上。北极熊号船员在旁边守候，看到船边的潮水越来越低。太阳光照耀着小海湾，头顶上碧空如洗，小片白云飞过，犹如散落的棉绒。“今天的天气会很干燥。”弗林特船长说。

“右舷会先干的。”约翰眺望太阳，说道。

“那我们就从右边开始吧。”南希说，“天哪！进港时耽误了好长时间，现在都十点钟了。”

“探险队还不出发吗？”多萝西问。

“我们正好可以等等，等船完全露出水面。”提提说。

“你们不想去就别去。”南希说。

“可我们想去。”提提说。迪克向她投去感激的一瞥。

“你们在内陆发现的东西，肯定不如在这里发现的一半惊人。”南希说。

“我敢打赌，你错了。”罗杰说。

“未知的国土。”提提说。

“真正的探险。”多萝西说。

“比划船、洗船带劲儿多了。”罗杰说。

“好吧，你们一起去吧。”南希说。

可是探险队磨磨蹭蹭，支船架在海水中显得越来越高。弗林特船长穿着长筒水靴，拿着硬毛刷涉水而过，开始刷北极熊号船头。他们等呀等，迪克越来越不耐烦了。最后，约翰和南希涉水而过，跟船长一起刷起来。海水越来越浅，最后他们可以站在北极熊号船头下的海水里。

“我们动身吧。”迪克说。

“我们什么时候回来？”多萝西问。苏珊跟着问：“他们最好什么时候回来？”

“噢！七点钟吧。”弗林特船长叫道，“船一浮起来，我们就鸣一声雾角。”

“快点。”多萝西说。

“别招惹土著人。”苏珊说。

“根本就没有土著人，”提提说，“这一带杳无人烟。”

“山脊后面有房屋。”南希说。

“可这一边没有。”提提说，“无论如何，地图上没有。”

“再见，你们好好洗船吧！”罗杰叫道。陆上小分队离开北极熊号，登上海岸，开始探索这一片陌生的土地。

第四章　第一次发现

陆上小分队从小海湾的上方向北极熊号俯视片刻。洗船人在齐膝深的海水中工作。然后，他们穿过岩石和低矮的石南丛，踏着泥炭土轻快地前进。

“现在！”提提说。

“现在什么？”多萝西说。

“他们已经从视野中消失了。”提提说。

“是啊，”多萝西说，“从现在起，随时可能发生任何事情。”

“几点了？”罗杰问。

“迪克，”多萝西说，“几点了？”

迪克正在向西眺望破碎的荒野沼地，希望能看到地图上标记的湖泊，但它们仍然隐藏在隆起的高地后面。

“迪克，”多萝西又问，“几点了？”

迪克回过神来，看看表。

“差七分半钟十二点，我们已经浪费了许多时间。”

“我们至少还有六个小时。”罗杰说，“每分钟都可能有事情发生，六个小时可以发生三百六十件不同的事情。”

“只要恰到好处，”提提说，“一件事就够了，这样的地方不会没有事情的。”

“那些冰斗湖一定在西面。”迪克说。

“我们爬高一点，就能看到它们。”多萝西说。

“我们就爬这座山吧。”提提指着他们北面的山岭，“我们上了这座山，什么都能看清楚了。”

“如果我们向西北方走的话。”迪克说。

“不，最好直接上山，这样可以环顾四面八方。”

“今天是整个航程中最愉快的一天。”提提一面爬一面说。

“我知道为什么，”多萝西说，“就是因为不在计划中。”

确实是这样。有了四位一等水手，再加上南希和约翰，航程一帆风顺。北极熊号从一个港口到另一个港口，从一个好锚地到另一个锚地，跟固定航班一模一样。一切都按照计划进行。只有今天，四位一等水手自己探险。他们的头儿忙忙碌碌，管不了他们。

“印第安小路！”一两分钟后，多萝西叫道。她突然停下脚步，注视石南丘陵间踩出来的小路。其他人同她一样。

“没有脚印。”提提说。

“是羊走的路。”罗杰说。

“是鹿。”迪克说，“看看这痕迹，蹄印比羊大得多。”

“约翰说，今天凌晨雾散时，他好像看到了公鹿。”

“傍晚以前，我们都会看到它们喝水的。”提提说。

“大概在那些冰斗湖边。”迪克说，“除非地图弄错了，这些湖根本不存在。”

“地图上有标志，那就一定会有。”提提说，“我们再爬高一点，就能看到这些湖。”

他们继续往上爬，眼前的世界越来越宽阔。他们向南望去，看到海岸线向远山弯曲。碧海之上，白浪汹涌。

“你沿着小溪往下走，根本不会想到有这么大的风。”提提斜靠身体，风把她的头发吹到面颊上，“多特[1]运气不错，扎起了辫子。”

“我运气更好。”罗杰说，“迪克也是，除了他那副眼镜以外。”风越来越大，迪克的眼镜摇摇欲坠。他只得用一只手按在眼镜上，举步维艰。“来吧，迪克。我们要爬上山顶，才能停下来。”

[1] 多萝西的昵称。

“来啦。”迪克说。他一手扶住眼镜，另一只手艰难地稳住望远镜，他一直通过望远镜寻找标志两座小湖的山谷。“我看到鹿了。”他突然说道。

“在哪儿？”多萝西问。

“好大一群，像牛一样在吃草。”

“我们再爬高一点，就能看得更清楚。”罗杰说，“赶紧上山顶吧。”

他一马当先，其他人慢腾腾地跟在后面。多萝西摘下一朵小小的紫花，拿给迪克看。

“我想，这就是捕虫草。”迪克说，“但我不能肯定。”

“叶子黏糊糊的。”多萝西说。

“用来捕捉昆虫。”迪克说，向一丛小花弯下腰去。

“罗杰，等等！”提提叫道，“我们应该一起走。”她对其他人说，“我们在陌生的国土上，什么事情都可能发生。”

“已经出事了。”多萝西说，“你们看看他。”

罗杰已经爬上了山顶，急急忙忙地向大家打招呼。他指着身边的什么东西，向他们打手势。他没有叫喊，本身就证明他不想催促大家快点走。

“他可能看见敌人了。”提提说。

“他在干什么？”多萝西说。

罗杰比画了几次，然后坐到地上。片刻后，他不见了。他似乎不大可能蜷缩身体翻过山顶。他似乎没有挪动。不一会儿，大家看见他蹲在地上，背对着他们。接着他就消失了，无影无踪。

“快点！”提提说，加快速度往斜坡上爬，“他一定是发现洞穴了。快点！”

“山顶的形状很怪。”迪克说。

“这就像……迪克……我知道了。”多萝西气喘吁吁地说。

这时，他们都看到山顶上有一个小丘，上面覆盖着翠绿的草皮。提提气喘吁吁地爬上山顶时，罗杰已经翻过去了。

“这是什么？”他问。

“皮克特人的房屋。”多萝西说，“货真价实。这是史前时代的遗物，就是他们在斯凯岛给我们看的那种东西。”

“呃，谁也没有拿这个给我们看。”罗杰说，“这是我自己发现的。”那天，斯凯岛展出了废墟。善意的土著人给予他们指导，他们觉得更像远足，而不像探险。

“那里面是什么？”提提向洞口弯下腰，罗杰从洞里爬出来。

“这个洞没有多深。”罗杰说，“里面是正方形隧道，四周是石壁，黑得可怕。”

“照我说，”多萝西说，“如果我是史前的盗贼头领，我也不会弄多深。他身披毛皮，逍遥自在，见证了丹麦长船进港的场面。”

迪克仅仅向隧道瞥了一眼，随即爬上小丘陡峭的一侧。

“我还以为，”他说，“顶部塌下来了，跟斯凯岛的情况一模一样。房间在当中，通过隧道进进出出……”他突然停下来，“湖在那儿！”他立刻想到潜鸟，想穿过田野拔腿飞奔。

“爸爸一定会感兴趣。”多萝西说。

迪克向山谷中的湖泊看了几眼，掏出笔记本。

多萝西、提提和罗杰都跟在迪克身边，爬上去。小丘当中的地势犹如浅碟子，可能已经倒塌了几百年。他们站在低洼地当中，打量四周边缘。

“这里简直像全世界的顶峰。”提提说。

他们眺望海对岸的苏格兰，南望山顶，北望另一处突出的海岬。两条渔船在远海中犹如黑弹丸子，每一条身后都拖着黑烟。他们俯视港湾，北极熊号停泊在那里，桅杆顶部清晰可见。陡峭的悬崖遮蔽了船身其他部分，他们可以看到悬崖将入口水道一分为二。后面的沼泽地起伏不平，延伸到灰暗的高山下。湖泊星罗棋布，他们能看到一个小湖的一部分。迪克的希望重又燃起，其他人也是这样。他们抬头看看山谷，发现一道山脊向南延伸，另一道山脊向北延伸，慢慢升高，变成了山岭。他们打量北山脊，看到一辆货车从谷口驶出，还没有走远，急转驶向苍茫的天际。

“蹲下吧。”提提说，“如果你在谷底，除了天空就什么都看不到。甚至在山坡上也不行。我们藏在山谷里，谁也看不见我们，除非他们到这里来，俯视山脊以外。”

其他人蹲在她身边。确实是这样，除了头顶的一圈蓝天，什么都看不到。最后几片白云飘过。

“秃鹰。”迪克说。黑点从他们头上掠过。

“这里就像一个鸟巢。”提提说。

“主人公在这里放声大笑。”多萝西说，“这时，歹徒正在乡间到处搜索。”

“有点儿像因纽特人的冰屋。”罗杰说，“我们应该把南希和佩吉找来。我们约定过返回的时间，无论如何，他们洗船洗到一半的时候，是不会来的。”他补充说，“可惜我们没有把那张地图带来，标出准确的地点。”

“但我带来了。”提提说。她从背包里掏出小地图，展开，铺平。

“皮克特古屋山。”罗杰说，“用铅笔标上。你可以以后再用墨水描。”

“无论如何，这个名字不错。”多萝西说。她站起来，环顾四周，“长山脊可能就是北山。然后是山谷另一侧的低山脊。山脊越来越低，最后变成我们在雾中绕着走的那些岩石。”

“迪克的冰斗湖呢？”提提问。

“上上下下，到处都有湖泊。”多萝西说，“不过湖泊不等于冰斗湖。”

“我们不上山，就看不到高地，也看不到溪谷……”

“是低谷，”多萝西说，“不是溪谷。”

“如果在霍利豪威，低谷就会变成溪谷。”罗杰说。

“高地还不够高，算不上山岭。”提提说。

“我们就叫它驼峰吧。”罗杰说，“真像一头骆驼。”

他们在地图上标记了几个名字，似乎整个山谷都属于自己了。

“我希望明天不要出海。”多萝西说。

“我还要往里走，”罗杰说，“看看能走多远。”

“注意，”提提说，“别忘了干城章嘉峰隧道。你头顶上可能有许多洞穴。”

“好。”罗杰说。他从小丘陡坡往下滑。迪克也下去，给父亲画了一张入口草图，他父亲是卡勒姆教授。这时，他急于看湖，原先想观鸟，现在变成观看古老的山岭。

洼地里只剩下提提和多萝西。古屋在这里倒塌，很久以前就已经覆盖了绿茵。

“这是最美好的地方。”提提说，“白白浪费了，除了我们，谁都不知道。”

“自从海上入侵者的船只呼啸而来，最后的皮克特人为保卫此地而战死之后，大概谁也没有再来过这里。”

罗杰满身灰土地爬过山脊。“那里有人。”他说，环顾沼地荒野，好像有人近在咫尺。他拿出一个小小的饼干盒，“我尽可能向远处走，在隧道尽头一带发现了这个，这是人家的口粮。”

他摇摇盒子，大家都能听到里面的东西滑动。唉，可惜里面的东西不是古代皮克特人留下的。盒子上还粘着一张纸，大家都能认出，这是格拉斯哥著名饼干厂的商标。

“噢，好哇。”提提说，“这没有关系……其实不算什么。我们又不会再来。”

“我想打开看看里面的东西。”罗杰说。

“可这不是我们的东西。”

“这是无主的财宝。”多萝西说，“如果你在海边捡到漂流瓶，难道因为瓶子不是你的，你就不打开了？”

“反正我都是要打开的。”罗杰说。

他把盒子放在地上，打开盒盖。大家马上就看到，里面滑动的东西是一个纸包。

“我想是口粮。”罗杰说，“面包……不……某种蛋糕……”他打开纸包，发现了一大块蛋糕，颜色像圣诞节布丁一样漆黑。

“还挺新鲜的。”多萝西用手指小心翼翼地戳了蛋糕一下，“又软又黏。下面是什么？我是说，也许人家在写小说。”她从盒子底下拉出一个普通的学校作业本。

“更像是法语动词作业本。”提提说，“我们发现燕子谷的那年夏天，我不得不写了整整一本。”

“你看，我要不要尝尝这块蛋糕？”罗杰问。

“当然不要，”提提说，“赶紧包起来拿走。”

“好吧。”罗杰说，“这种事永远拿不准，说不定有毒呢！”

多萝西打开练习本，“全都是外语。”她说。

“让我看看。”提提说，“如果是法语……不，不是，也不是拉丁语。也许是密码。”

“好像是日记。”多萝西说，“这些数字一定是日期。”她和提提聚精会神地看下去。对，页边的数字大概是日期，但下面的内容完全不知所云。“Da fiadh dheug …… damh a fireach ……”一行又一行，都是这样简短的条目。旁边还标有数字，“Damh is eildean”诸如此类。“是”和“一”这样的短词到处都有，但其他的文字都属于陌生的语言。如果这是密码，那就连这两个词也不是这个意思。

“我明白这是什么了。”提提突然说，“这是盖尔语。凯尔特人是当地的土著人，是凯尔特族人。罗杰，注意！把东西放回原地。”

三个人一起抬起头，打量面前的山脊：上有长谷荒野，下有港湾。北极熊号的桅杆从港湾里露出来，显示朋友在那里。哪里都没有凯尔特人的踪迹，在这片濒海的群山中，凯尔特人的居民点已经荒芜了一千多年。这里可能只有他们几个人。但饼干盒和里面的内容说明，有人非常信赖皮克特古屋，把自己的东西留在这里。

“迪克，”多萝西说，“趁罗杰还没有把东西放回去，你来看看。”

但迪克只是敷衍了一下，看看本子和蛋糕。他急不可耐，想完成原先的计划。他画好小丘一侧的草图，包括小丘粗略的外形。他这时正在绘制小丘可能的建筑构造图：小圆圈表示塌陷的区域，虚线显示隧道的位置。

“管他是谁。”罗杰说完带着盒子翻过山脊，把它放回隧道。

“爸爸一定想知道范围有多大。”多萝西说，视线越过迪克的肩头。这时，罗杰翻过山回来，拍打手上的尘土。“这是给爸爸准备的。”她解释说，“每一次有发现，他总想知道古物的大小、形状。”

“他总是测量船只。”罗杰说。

迪克一丝不苟地跨过塌陷区域。“五步。”他说，“大约三十圈，墙壁很厚。塌陷区域不在正中间。也就是说，隧道入口处的墙最厚。”他把数字记在草图上。

“现在，”他说，“我要走了。”

“最好跟我们一路。”提提说。

“我要顺路去看那些湖，”迪克说，“这是发现潜鸟的最后机会。”

“噢，让他去吧。”多萝西说。

“我们去北山坡探险。”提提说。她先看看山谷，再看看地图，“我们在返回的路上就会经过山上山下的湖泊。它们就是通向河谷……不，谷地的路标。我们会沿着谷地，抵达高地对面，最后面就是瀑布和我们的港湾。”

“迪克，”多萝西说，“你是不是想一直留在这些湖泊当中？”

“我就是这样想的。”迪克说，“这里即使没有潜鸟，肯定也有别的鸟。”

“好吧。”提提说，“我们返回船那边时再带你走。”

“但如果你听到雾角的声音，就不要再等，直接回北极熊号。”多萝西说，“注意号声……大家都知道，他观鸟的时候……”她看看其他人，他们都笑起来。大家都明白，迪克哪怕是用心观察一条毛毛虫，都会对一切声音充耳不闻，只有到他身边去叫他才管用。

“我会注意听的。”迪克把笔记本放进口袋里，“再见。”

“注意！”罗杰说，“就算这里还有别人，我们也找不到更好的野餐地点了。”

“迪克，跟我们一起吃吧，先吃完再说。”多萝西说。

“我可以边走边吃。”

“如果你忘了吃饭，苏珊会气坏的。”提提说。

“看什么鸟！”罗杰说，“探险要爽得多。”

但迪克已经跨过小丘边缘，匆匆赶往湖泊区，心里计算着耽误的时间。

多萝西目送他离开。他时不时地在不平整的地面上绊倒，一会儿消失在她的视野内，一会儿又从另一边冒出来。他迅速从长山脊的斜坡翻下去，长山脊遮蔽了山谷的北面。

她转过身去。另外两位探险家已经倒空了背包，打开三明治。

“带上吃的，更方便走远路。”提提说。

多萝西从自己的背包里取出食物包，坐在他们身边。她想，皮克特古屋顶塌陷的洼地很适合逃犯躲避追逐。这时，在她坐下前，可以俯视方圆几英里的地方，山谷上下，大海内外，一览无余。然后，她坐在地上，就只看得到天空和短草叶。草叶直指蓝天，比她的头还高。“除了老鹰，谁也看不到他。逃亡者安全了，坐下来休息。”她低声自语。

“你说什么？”罗杰咬了一口三明治，问道。

多萝西吓了一跳，答道：“没什么。”她说，“我只是在想，这里多么隐秘啊。”

“注意听！”提提说，“有声音！”

“风笛！”罗杰说。

微弱的风笛声随风从远方传来。

他们跳起来。

“有人……就在附近……”提提说。

“我什么人都没看见。”多萝西说。

“你拿不准的。”提提说，“有人可能正在看你。”

“坐下，”罗杰说，“坐下。这样，即使有人在观察，他们也看不到我们。”

他们坐下来，在沉默中等待片刻，倾听风笛的声音。风笛声仍然能听到。

“声音在北山那一面。”提提说，“有一条路可以从山口穿过去。”

“翻过山顶就是强盗的城堡。”多萝西说。

“标志性房屋。”提提打量小地图上的标记。

“不管怎么样，还远得很。”罗杰说着又咬了一口三明治。

第五章 “有人跟踪我们！”

遥远的风笛声已经停止。

除了柠檬水空瓶子，他们的背包没有多大，也不是很沉。巧克力随身带着，还有其他固体食物。三位探险家从皮克特古屋顶上向外眺望，山脊的轮廓出现在他们面前。一条马车道在山崖的缺口中绵延，穿过石南丛，呈现一片房屋。昨天，北极熊号向海岸航行时，他们曾经看到这些房屋出现在远方。

“我想看清这是哪一类房屋。”多萝西说，“我相信，一定是城堡。”

“我敢打赌，饼干盒就是从那儿来的。”罗杰说。

“我们应该了解最坏的情况。”提提说，“如果我们小心翼翼地爬上那个缺口，就能看到别人，别人却看不到我们。”

他们一路观察山岭的轮廓，先从山顶下来，然后再爬上去。

“看来这里没有多少人走过。”当他们走上一条崎岖的小路时，罗杰说。

“我们可以假装没有看见。”提提说。

“可是为什么？”多萝西说，“深更半夜，走私贩子裹住马蹄不发出声音，从这条小路翻过山岭。海上闪现一点光芒，小艇靠岸，又重新开走，一直到天亮。太阳升起来，走私贩子已经远走高飞，一切就像现在这样。”

“无论如何，这条路更好走。”罗杰说，“走吧。”

“我们没有弄清楚，就不应该回头。”提提对自己，也对大家说。

他们没过多久就弄清楚了。大家一走到山口，石南丛山坡就向左右倾斜，他们可以俯视山脊那一边的乡村。

“土著人的居民点。”提提立刻说。

“我就说一定有城堡。”多萝西说。

“别让他们看到你。”罗杰说。

他们眼前是一片低矮的茅草屋、农舍、谷仓和牲口棚。这些建筑物后面就是地图上标记的“标志性房屋”，不过论大小很难称为城堡。罗杰和提提不想跟多萝西争论这一点。它建在山崖峭壁上，俯视海湾，门前有石台阶，一侧与地面同样高，比山崖低十到十二英尺。建筑物有两层楼，角楼顶上有城垛，城垛比斜面屋顶更高，因而比城堡更坚固。

“下来吧。”罗杰说。他跳到地上。

但提提和多萝西仍然站着不动，打量山口后面的世界。这里完全不同于他们离开的孤寂山谷，因为这里有人定居。这里有更多奇特的低矮农舍，从山坡延伸到大海。这些农舍跟面前或一百码外的房屋一样，有粗陋的茅草屋顶。茅草盖在绳索架上，绳索用大石压住。到处都是黑暗的斜坡，男男女女在坡上挖掘泥炭。

“把你的望远镜给我们。”多萝西说，“塔楼上有人监视。”

“一定是安妮修女。”提提说，“蓝胡子的故事就发生在这里。”

“是个女孩。”罗杰伏在地上，胳膊肘支在地面上，眼睛对准望远镜，“卧倒！要不然她会看见我们，她正对着我们的方向。”

他们卧倒了，但动作不够快。农舍当中有一条狗发出威胁的叫声。

“现在我们完蛋了。”罗杰赶紧贴着地面往后退，“就算这姑娘没有看见我们，这条该死的狗也会把所有人都叫醒的，他们会一涌而出，看它为什么叫。我们的山谷再也不是杳无人迹了。一大群人出来问这问那，我们只好回船上去。”

“不是女孩。”多萝西说。她匍匐后退，勉强可以抬起头，不让塔楼顶上看到，“是个男孩，穿着苏格兰短裙。年轻的部落酋长从城垛上环顾远近四周。”

“不是远近四周。”罗杰说，“他就对着我们。”

“但这是故事的背景。”多萝西说，“走私贩子或是斯图亚特党羽……要么就是暴徒和塔内囚犯。他们很可能在岩壁中凿出地牢。”

“反正是土著人。”提提说，“我们应该尽快离开。”

“狗不叫了。”罗杰说。

他们以最快速度退出山口，沿着同一条小路下山。他们已经看到陡坡从皮克特古屋延伸到港湾。北极熊号的桅杆出现在港湾里，船员们正在干活。

“我们回皮克特古屋吧。”罗杰说，“那样，如果土著人从山口一涌而出，我们就从山坡溜下去，逃之夭夭。”

“可我们还要在山谷里探险呢。”提提说。

“我们找到的东西不可能比皮克特古屋更好。”罗杰说。

“等一下，听听。”多萝西说。

他们没有听到追踪的声音。

“好吧。”罗杰说，“如果你们不肯回皮克特古屋，就回山口再看一眼吧。我不相信塔楼里是男孩，看上去明显更像女孩。”

其他人犹豫片刻。如果他们不知道第二天就要出海，或许会等下一次再爬上山口去看土著人在山脊外的居民点。但他们清楚必须赶在天黑前回船，以后再也看不到这里了。

“噢，注意！”提提说，“我们不能放弃探险。无论如何，我们以后不会再有机会到这里来。”

“迪克在那儿。”多萝西说，“我们说过，在回家的路上带他走。”

于是，虽然罗杰对于没有再爬上山口回到小山上的绿色小丘而感到遗憾，他们还是转向西方，沿着马车小路向谷口走去。他们下山向左转，看到两个小湖，迪克却踪影全无。

“他观鸟时总是尽可能不露面的。”多萝西说。

青山在他们遥远的前方耸起，像一道锯齿形城墙。北崖的轮廓在他们右上方出现。视野内杳无人迹。

他们继续向前走，一开始沿着崎岖的小路，不久就离开了。原因在于，他们不愿意回想起自己不是第一批发现山谷的人。后来，他们又回到小路上，因为在石南、岩石、柔软的苔藓和泥炭当中寻路前进速度更慢。无论如何，罗杰早就说过，建立皮克特古屋的人早在开天辟地时就发现了山谷。后来，这里的居民挖泥炭做冬天的燃料，还在这里留下了深深的沟渠，有些沟渠宽得跳不过去。他们一致同意：这里是隐蔽的好地方。你要消耗许多时间绕圈子，不能直接向前走。

他们走了很长时间。野鹿在下面的平地上奔跑，让他们忘记了山脊另一侧的土著居民点。罗杰领路，多萝西紧跟其后。罗杰说，探险都毁在迪克身上了。多萝西解释，探险有好多种，观鸟也是其中之一，迪克只关心这一种。无论如何，他跟罗杰同样是探险家。“谁第一个抵达北极的？”提提听到她说。然后，多萝西和罗杰都在说话，提提一个字都听不清。她突然产生了一种奇怪的感觉：除了他们以外，这里还有其他人。

他们把谷底抛到身后。提提知道迪克就在湖泊区某处，也知道弗林特船长和四个船员正在忙着洗船、刷漆。不久，潮水就会来临，将北极熊号浮起来。迄今为止，她没有在山谷里见到其他人，山坡上只有三位探险家而已。不过，她突然产生了一种受到近距离监视的感觉。她环顾四周，却只能看到山坡、石南和苔藓。没有树林，没有灌木丛。她摇摇头，想听清多特论证各种不同探险家的最后一句话。当然，没有别人。只有他们三个人在宽阔的蓝天和和煦的阳光下，从山坡上走过。

不久，她又产生了被监视的感觉，仿佛她在看书，肩头后面有人在偷看她的书。

“多特！”她叫道。

“哎，”多萝西说，“想休息一下吗？”

“噢，这会儿还不累。”罗杰说。

“怎么啦？”多萝西问。

“对不起，没什么。”提提说。显然，其他人没有她这种感觉。这会儿，前面的两个人回头看她，这种感觉也消失了。

“鹿越来越多。”罗杰说，“多特，你拿了我的望远镜。”

谷底是宽阔的平原，一群母鹿像牛群一样吃草。

“它们看上去就像家养的一样。”罗杰说。

“它们不会让我们靠近的。”多萝西说。

“我们可以试试。”罗杰说，“……跟踪……”

“不，不。”提提说，“我们的事情连一半都没有做完，现在下去，什么都看不到。我们继续走吧，等到回家时间再下去。”

“我以前只在动物园见过它们。”多萝西说。

“我想，它们都是土著人养的。”提提说。

“冬天，”多萝西说，“土著人给它们配置鞍具，像驯鹿一样拉着雪橇飞驰。”

“我敢打赌，你错了。”罗杰说，“喂！”

他们面前不到一百码的石南丛中，一头大公鹿拔足飞奔，从斜坡跳到谷口。下面所有的鹿都不再吃草，开始活动。

“别动。”提提说。

“幸好它没有这样冲过来。”罗杰说，“但它的角没多大，对不对？”

“大概还会长吧。”多萝西说。

这时，下面的鹿群不再活动，又开始吃草。

“走吧。”罗杰说。三位探险家又开始前进。

“它们已经看到我们了。”多萝西说，“马上就会逃之夭夭。”

“我们没法不让它们看见，”提提说，“我们继续走吧。它们会明白，我们不打算追踪它们。”

山谷里的鹿群显然完全清楚。探险家从它们头上经过，它们不断抬头，跑开几百码，停下来，重新跑开。

“它们在哪儿都不会让我们靠近。”多萝西说，“它们可能讨厌被跟踪。我自己就讨厌。”

提提又一次产生了奇怪的感觉，她突然向山脊顶峰转过身去。刹那间，她似乎看到有什么东西沿着靠近地平线的岩石移动，但她仔细看去，却只见到岩石本身。

“多特，”她说，“瞧那儿，石南丛右上方的巨石那儿。”

“那是什么？又一头公鹿？”

“不是，”提提说，“我想，有人在跟踪我们。”

“不会吧。”多萝西说。

“千真万确，”提提说，“我敢肯定。”

“别动。”罗杰说，“注意听，抬起头，我们应该像鹿一样嗅出风向，风正好从山上吹过来。”

片刻间，三位探险家像野兔一样凝神定气，寻找不知从何处来的危险。他们的视线沿着山脊扫过。什么都没有动。

“装装没害处。”多萝西说，“我们假装刚刚从城堡逃出来的囚犯，歹徒正在追我们。”

“我不是装的。”提提说。

罗杰和多萝西都瞅瞅她。对，她确实不是装的。提提的确相信，有人隐藏在他们头上的山坡荒野里，正在监视他们。

“我早就有感觉了，”提提说，“但现在才确定。”

“如果确实有人跟踪我们，”多萝西说，“我们就要假装不知道。我们继续走，假装不知道有人跟踪，一直走下去。”

“然后，跟踪者就会粗心大意，自己露出马脚。”罗杰说，“然后，我们再弄清他是谁、他在哪儿，就明白下一步应该怎么办了。”

“我们不该停下来。”多萝西说。

“我们可以假装采花。”提提说。她煞有其事地环顾四周，却什么花都没有找到。

“假装找化石。”多萝西说，“石头多得是。迪克就是在这种地方找化石的。”

三位探险家弯下腰，捡起石头，一本正经地拿给其他人看。

“走吧。”罗杰大声说。跟踪者就是在一百码以外都听得见，“那边的化石多得是……菊石[1]！”他几乎喊出了最后一句。

“箭石[2]！”多萝西叫道，用平常的声音解释，“它们底端笔直，就是这个。我们是地质学家，应该用锤子敲石头。”

“我们把声音伪装好。”罗杰拿起一块石头说，“拿石头砸石头，跟踪者永远分不清的。”

罗杰和多萝西继续前进，提提跟在后面。她知道，罗杰和多萝西虽然假装捡石头，但仍然觉得是她弄错了。她自己也不能确定，但无论是对是错，有没有跟踪者，多萝西都无懈可击。如果没有跟踪者，这样没有害处。如果有跟踪者，这就是他们的最佳策略。他们一直向山谷高处走去。她回头一看，迪克的湖泊已经被远远抛到身后。高地遮蔽了北极熊号，她真希望大家改变方向，走另一条路。

---

[1] 头足纲（化石）的一个亚纲，是已灭绝的海生无脊椎动物，表面有类似菊花线纹而得名。

[2] 属于软体动物门头足纲，保存为化石。

现在，任何目击者都会把三位探险家当作地质学家。他们低着头走路，总是盯着地面。他们不时弯腰捡石头，又把它扔掉。罗杰找到一块适合做锤子的石头，一路敲打。他们下面的鹿群现在骚动起来，但三位地质学家对它们视若无睹。他们每一次弯腰，都有机会打量两侧的地平线，希望出其不意地瞥见跟踪者的身影。（如果确实有跟踪者的话。）

“我们把巧克力吃了吧。”罗杰最后说。

“好吧。”提提说，“我们可以坐在这些石头上观察。只要这儿有人，我们就能看见他们活动。”

“不知道迪克有没有记得吃饭。”多萝西说。

“我们应该赶紧回去找他。”提提说。

大家轻轻松松地坐在石头上吃巧克力。山坡上没有活动的迹象，甚至提提都开始怀疑跟踪者的存在。她看出罗杰和多萝西既不相信，也不再感兴趣。

罗杰和多萝西两人当中，是多萝西首先改变了主意。她和罗杰都知道，提提不会假装，她确实相信远处有人藏在石南丛后面监视他们。但他们两人都认为提提弄错了，准备好好嘲笑她一番，打消她这个想法。他们吃完巧克力，又开始向山谷爬去。突然，多萝西停下脚步，用力吸气。提提紧跟在她身后，差一点儿撞到她身上。“怎么啦？”她问。

“有烟味。”多萝西说，“我闻出来了，现在又有了。”

“我知道附近有人，”提提说，“但我什么都没有闻到。”

“再闻闻，”多萝西说，“用点儿力。当然，没有多浓烈。但这里又没有火车车厢。”

“我也闻到了，”罗杰说，“使劲儿吸吸气。”

“我没有闻到，”提提说，“但如果你们闻得到，这里一定是下风口。风向我们这边吹过来。如果有人抽烟，他一定就在这边山上。但我没有看见烟雾。”

“我上去看看。”罗杰起身说。

“你最好别去。”提提说，“如果那儿有人，我们就会把他吓跑了。嗨！罗杰！回来。”

“一个人都没有。”罗杰叫道，“过来看看吧。”

“我们最好弄清楚。”多萝西说。

她们跟着罗杰，离开小路，爬上陡坡，在崖壁、石南、碎石之间寻路前进，步履维艰。罗杰努力爬上山，弄翻了一块大石头。石头滚过提提和多萝西身边，滚动、弹跳，越来越快，飞落到山谷中。

他停下来打量石头。石头越跳越远，消失在他们下面，最后传来泼剌一声，大概掉进了沼泽地。

“说不定会打中一头鹿。”提提在他身边，边爬边说。

“又不是我有意扔的。”罗杰气喘吁吁地说，“反正底下又没有人。”

“没有人，”多萝西说，“怪事。我确实闻到烟味了。”

“我们下山回去吧。”提提说。

“为什么？”罗杰问。

“天色越来越晚了，”提提说，“看太阳都到哪儿了。”

“我们再过去一点儿。”罗杰说，“如果有人跟踪，让他以为我们没有注意到。”

他们继续前进，从山坡侧面下山，不再费心假扮地质学家。烟味是一场虚惊，这个山坡似乎跟其他山坡一样，杳无人迹，犯不着假扮地质学家。

一只松鸡吓坏了，向山坡上飞去。他们因此又想起了地质学家。

“那边一定有人。”多萝西说，“松鸡不是我们惊起的。”

罗杰捡起一块石头，开始敲打岩壁。他向多萝西咧嘴一笑。提提明白：罗杰假扮地质学家，是为了多萝西，而不是为了子虚乌有的跟踪者。

片刻后，他们上面和后面响起了尖锐的口哨声。笑容从罗杰脸上消失了。

“毫无疑问，”提提说，“我们都听到了。”

“可这是从哪儿传来的？”罗杰问。

口哨声又响起来。他们向山脊顶上望去。

“不是在同一个地方。”多萝西说，“第一次在那边。”

“口哨声也不一样。”罗杰说。

提提开始回望。他们离开北极熊号停泊的港湾，已经走了很长一段路。他们的伙伴正在那儿洗船。如果有事，他们不可能给探险家帮忙。“我们现在回去吧。”她说。

“我们应该让他们露面。”罗杰说，“我要继续前进。”他在岩石上做了一个标志，向前迈了几步。

提提和多萝西跟在他身后。毕竟，这些口哨声听起来不像在附近，可能在山脊那一边。

多萝西尖叫起来，山坡上有东西在活动。两条狗在石南丛中跳跃穿行。他们等狗跑开，再从岩壁斜坡上下去。

罗杰警惕地回望身后。提提插到多萝西前面，跟罗杰并排。狗向他们猛扑过来。

“我们怎么办？”多萝西气喘吁吁地说。

“最好站着别动。”提提说，“只有这个办法。”

“你必须直视它们的眼睛。”罗杰说。

“可它们有两条。”多萝西说。

山坡上又传来尖锐的口哨声。三位探险家松了一口气。这时，他们愿意欢迎随便什么跟踪者。两条狗停下来，一副不情愿的模样。它们蹲伏在地面上，但前爪还在地上磨来磨去，一条狗立起身，嚎叫起来。

“有人来了。”罗杰说，打量手中充当地质锤的石头。

“把石头放下，”提提说，“人家还以为你想砸它呢。”

罗杰扔掉石头。立起来的狗回望身后，又向前扑了一次，另一条狗跳起来，跟在后面。

尖锐的口哨声又响起来，一连两次。两条狗都立定了，不情愿地转过身，向山坡上的石南丛跑去，一开始慢腾腾的，然后越来越快。

“天哪！”罗杰说，“不可能更丰富多彩了。”

“可谁把它们叫回去的？”多萝西说，“我什么人都没有看到。”

这时，他们第一次发现山脊上有人。

“是个男孩子。”提提说，“他穿着苏格兰短裙，就是我们在塔楼上看到的那一位。”

“凯尔特人。”多萝西说。

“这个混蛋，”罗杰说，“派狗追我们。”

“他把狗叫回去了。”提提说。

三个人没有再说话，就踏上了直通山谷的小路。现在不是跟土著人争论的时候。

更糟的事情还在后面。他们翻过陡坡，来到平地，另一群母鹿在安静地吃草，从上面看不见，突然它们向山谷狂奔而去。

探险家身后的山脊外传来一声怒吼。有人用他们听不懂的语言向他们或是向其他人喊叫。其他人回应。

“凯尔特人。”多萝西说，“彼此说盖尔语。”

“他们向我们叫喊。”提提说。

那儿传来另一声怒吼。他们回头，没有看到那个男孩，只看到一个男人下了山脊，向山谷跑去。他又叫起来，挥舞拳头，似乎想赶到奔跑的鹿群前面。但他改变了主意，向探险家们跑来。

三位探险家转身就跑。这时，他们听到远方北极熊号雾角的号声。

“涨潮了，船浮起来了。”提提说，“我们早就该回去了。”

“我们完了。”多萝西说，“我们赶到之前，凯尔特人就会追上我们。我希望迪克已经回到船上了。”

“他应该听到雾角声了。”提提说。

“如果他一心观鸟，就不一定能听到。”多萝西气喘吁吁地说。

“那人不跑了。”罗杰说。

他们停下来回望。那人确实不跑了，但他用盖尔语向他们看不见的某些人喊话，后者正在回应他。

“他向我们挥舞拳头。”罗杰说。

“别停下，”提提说，“他还会追的。”

“我们去找迪克吧。”多萝西说。

三位探险家匆匆下了山谷，赶到湖区，沿着多石的湖滨寻找迪克。

“如果他们追上我们，结果会怎样？”罗杰问。

“我们一定要避免跟土著人产生摩擦。”提提说，“无论如何，他们跟踪的技术不错。”

第六章　第一次观鸟

迪克一手拿笔记本，一手拿铅笔，望远镜放在身边，心里得意扬扬，蜷伏在上游两个湖泊的岩岸之间。这是他生平第一次见到潜鸟。他在皮克特古屋跟其他人分手后，直取上游湖泊。这样做的好处是，如果回船的信号来得太快，他至少可以抄近路，经另一个湖泊返回。他差不多是立刻见到了一只朝思暮想的潜鸟。自从他和多萝西加入西部群岛的航行以来，他就产生了这个念头。他一开始只听到声音，然后才看到这只大鸟泼溅出长长的一线水花。

“咕……咕……咕咕咕……”

他以前从没有听过这样的叫声。泼溅的水声为他指明了观测的方位，但他很难看清涟漪中的鸟儿。有东西从水中出来，但那是什么呢？风把什么都弄得模模糊糊。他每一次刚刚看到移动的黑点，还没有来得及对准望远镜，目标就消失了。风从他背后吹来，掠过湖面，因此对岸的湖水最汹涌，鸟儿停在那里。一开始他几乎没有对看到潜鸟抱希望，认为这可能是水鸭或其他大鸟，但无论是什么鸟，他都会等待确认。

风停息了片刻，平静的水面从岸边开始延伸。他看到潜鸟从汹涌的水面游向平静的水面。他一直在观察，潜鸟先消失，而后在更近的地方重新出现。那时，他已经明白：这肯定是某种潜鸟。鸟儿游到水下，很像一只鹏鹏。它一定是在水下潜行，又重新冒出水面，没有溅起一点儿水花。不，它潜水时并不总是这样。迪克看到鸟儿在水面上半沉半浮，一上一下，好像在玩头球。片刻后，鸟儿重新冒出水面。迪克觉得，它从水里带了什么东西出来。随着一两声泼刺响，鸟儿露出头来。它大概是捉了一条鱼。鸟儿比鸊鷉的个头略大。迪克蜷缩身体，动都不敢动。这时，他摘下眼镜，擦干镜片，发现观察效果并没有改善，就拆开望远镜，擦拭镜片。镜片沾染了他呼出的水汽，变得模糊了。

他重新装好望远镜，发现鸟儿不见了。它再次出现时，比前几次离他更近。现在，鸟儿在平静的水面上直直地向他游过来，他有机会看个仔细——虽然他能做的事情就是稳住望远镜，双手却颤抖不已。鸟儿又一次潜入水中，回到水面时，没有泼刺声。也许它只捉住了一条小鱼，毫不费劲就咽了下去，也许它什么都没有捉到。迪克现在越来越有把握，鸟儿离他越来越近了。

“就是潜鸟。”迪克轻声说，“一定是。”

他把望远镜搁在岩石上，终于可以平稳观察了。鸟儿身上黑白交错，头和后颈是灰色的，颈部两侧有黑白条纹，咽喉有一条宽阔的黑带。

一切都清楚了。“黑喉潜鸟。”迪克虔诚地低语，放下望远镜，拿出笔记本，将它加入这次航行的观鸟名单。

他一动不动，连续观察了几个小时。鸟儿潜水，露头，把头伸进水下，然后再潜水。他画好鸟儿的素描和特征，以便跟书中的图案对比，但他心里早有把握。接着，长长的一声泼刺，说明鸟儿露出水面。迪克又听到奇特的“咕……咕……咕咕咕……”声。鸟儿起飞，仿佛一只长翅膀的雪茄。它在天上打转，似乎要向下游湖泊飞去，但迪克看到它突然向南转，消失得无影无踪。

迪克把笔记本放回口袋里。这次航程该算功德圆满吧？他亲眼见到了一只潜鸟。他想告诉多萝西。其他人大概不能充分理解他的喜悦。

迪克站起身，四肢有点儿僵硬。他摘下眼镜，擦干后重新戴上，仰视小山。史前古屋就在山顶上，他和三位探险家在那里分手。现在那里空无一人。他扫视山脊的缺口，那条崎岖的小路从山口伸向另一道山谷，那里也空无一人。他的视线从山谷移向山顶，看到黑点向石南丛中移动。他仿佛听到一声叫喊……大概是罗杰的声音。好吧，如果他们已经走得这么远了，不久就会回来找他的。他知道，只要罗杰在附近活动，观鸟的机会就微乎其微。那只鸟已经捉完鱼飞走了，他留在这里已经无事可做，但其他湖泊还值得一看。那些地方不大可能有类似碰见黑喉潜鸟这样难得的际遇，但他最好趁时间还来得及，赶紧去看看。一天下午不会接连两次有这样的好运。迪克不在乎，他这次航行已经大获成功。

他心满意足地沿着湖岸走过。有时钻进石南丛中，有时避开沼泽地，常常发现松散的砾石路实在难走。他慢慢走过湖岸，湖面越来越窄，最后变成了溪流。溪水流过平野，分开两边的小湖。迪克扫视平野，心想，以前这些小湖一定是一个大湖。或许，古代皮克特人在山顶上筑屋时，整个山谷都是一个大湖，甚至是海湾的一部分。

他看到一只河鸟，前胸的白羽上下摆动，但他不愿费事儿记在笔记本里，他以前就见过了。一只小秧鸡跑过，母秧鸡在湖岸边拍打翅膀，假装折断了翅膀，想引迪克追她，让小鸡跑掉。但他也不是第一次看见秧鸡了。今天他看见了黑喉潜鸟，河鸟和秧鸡就不值一提了。他随即绕过宽阔的芦苇丛，面前就是下游湖泊。他审视湖泊和湖中突出的小岛，又一次警觉起来。毕竟，见过一只黑喉潜鸟，并不意味着不会看到第二只。

三只秋沙鸭突然从湖边起飞，出现在他眼前，从他头顶飞过。迪克打量三只鸟儿的黑白条纹，直到再也看不见为止。他知道，它们一定落在他刚刚离开的那片水面上了。他在笔记本上记下“三只秋沙鸭”，很想再去那里看看。他看看表，有点晚了，但他觉得这一天仿佛刚刚开始。不过，现在他随时可能听到北极熊号的雾角吹响，通知他这一天就要结束了。现在走回头路是件蠢事。

芦苇丛外的湖岸更高。迪克紧靠着水边走去，知道身后的湖岸和面前的岩石同样可以提供有效的掩蔽。他不能昂首挺胸，让鸟儿把他看得清清楚楚。他慢慢地沿着湖边前进，扫视水面，但主要留心小岛。无论鸟儿的情况如何，他明白这个岛对鸟对人都有很大的吸引力。这里实在是个好地方，一头有芦苇丛，中间是卵石，芦苇丛以外的岸边布满草丛。不远处是什么东西在游泳？迪克的心又跳起来。无论那是什么，看上去都很像那只潜鸟。他原以为那只潜鸟向南飞出了山谷，但他也许想错了。

他身边尽是水面和砾石，但几码外有一块巨岩。他可以隐藏在巨岩后面，舒舒服服地观鸟。他匍匐前进，在巨岩跟前卧倒，拿起望远镜，将焦距对准小岛，搜寻水鸟出现的那一带水面。

谢天谢地，风已经停了，水面波澜不起。太阳已经沉落到西方的群山一线，不会照到他眼睛上，但那儿没有鸟……他通过望远镜，看到一圈宁静的水面。然后，水面一侧泛起涟漪。他跟着涟漪移动望远镜，对准波纹的中心，发现了一只鸟儿。它把嘴浸入水中，再仰起头，好像在喝水。它游泳时将身体深深浸入水中，抬起脖子，头向不同的方向转动。肯定是潜鸟！幸好他没有跟着秋沙鸭回去。他决定留在原地，这里就是最适合观察的位置。

潜鸟向小岛游去，迪克用望远镜追踪它。他看到岛上平坦的草地中有什么黑色的东西在活动。对，它又动了。片刻间，他以为这可能是某种动物。然后，他看出这是一只鸟，活动方式非常奇怪，仿佛腿站不起来。它在地上拖曳了一阵，掉进水里，立刻像第一只潜鸟一样游走了。他现在相信：这只鸟就是上游湖泊的那只潜鸟，跟它的配偶在一起。"完全跟鸊鷉一样，"他看到两只鸟一起游走，心想，"跟鸊鷉一样，只是个头更大。"

"呼——呼——呼——呼——"

悠长摇曳的叫声吓了他一跳，听起来像狂野的笑声，仿佛两只鸟正在交换某些不可思议的笑话。

"呼——呼——呼——"

他又一次听到叫声，但接下来就没有了。两只鸟游到一起，又拉开距离。

一只鸟向岛上游去。他不能确定是不是掉进水里的那一只，但它在同一个地方上了岸。无论这是不是同一只鸟，它的腿都有问题。它似乎依靠翅膀的帮助，在地面上滑行。它停在水边，恰好就在迪克第一次看到有鸟活动的位置上。

他通过望远镜，看到鸟儿身上斑驳的色调。它卧在地上休息，另一只潜鸟游来游去，离小岛越来越远，时不时潜入水中，在水下逗留许久，冒出来的地方有时不出迪克所料，有时完全出乎意料。岛上那只鸟几乎一动不动。

"该不会是在孵蛋吧，"迪克心想，"说不定是才下的。可是太远了，看不清楚。"

迪克一动不动，继续观察，望远镜对准卧在地上的鸟。他想，只要它活动，就能看清它们筑的是哪一种巢。那儿也可能根本没有巢。他记得，海鹦和麻鸭会利用兔子洞；许多鸟类就在裸露的地面上产卵；田凫在开阔地上筑巢；海鸥把蛋混在卵石中。他想知道，这些潜鸟会不会轮流孵蛋。如果轮流孵蛋，他希望水里的鸟儿不要耽搁太久。提提、多萝西和闹闹嚷嚷的罗杰随时都会出现，催促博物学家回船。他们根本想不到，他静卧不动，用望远镜观察两个黑点的活动，就比他们所有的历险更精彩。迪克小心翼翼地抬起头，但头顶上的堤岸使他不可能看到他们有没有走下山谷。他回过头，继续观鸟。

他后悔没有带上弗林特船长的双筒望远镜，只拿了这个小望远镜。小望远镜虽然能用，但在这个距离上，放大效果不够。他要是有船，就会划到岛边，看看潜鸟筑的巢是什么样的……他想起北极熊号甲板上的折叠艇，但船员正在洗船和刷漆，不可能放下工作，把小艇拖上岸，运到湖边。无论如何，现在已经来不及了。那儿一定有鸟巢，他可以肯定。迪克拿出笔记本，写下："一对黑喉潜鸟在下游湖泊筑巢。"

五分钟后，他又拿出笔记本，在自己的记录后面加了一个问号。湖里的鲑鱼晚上向岸边游去，潜鸟可能跟踪而来，以便占据更好的渔场。水里的潜鸟一再潜入水中，游到迪克的隐蔽处和小岛的正中间。它每一次露出水面，迪克都能看得更清楚一些。它头顶漆黑，身体甚至比他最初印象中更大。它潜入水中，马上又带着一条鱼回到水面。它吃掉鱼，喝点水，游到更近的地方。迪克感到困惑，但他非常清楚，在这个距离上，通过望远镜判断大小是靠不住的。鸟儿又一次潜入水下。迪克对准它入水的地方，但鸟儿是正对着他游过来的，在不到三十码的地方露出水面。迪克吓了一跳，差一点儿大叫起来。

"这是白嘴潜鸟。"他自言自语，在记录上作了补充。然后，他才想到：白嘴潜鸟不在英国筑巢。

"不可能，"他自言自语，"但它不是黑喉潜鸟。"

笔记本上已经有了关于这些鸟的好几页记录，迪克把它们揉成一团。他在"黑喉潜鸟"上画了一条线，在前面写上"白嘴潜鸟"。他想到那儿可能没有鸟巢，就在"巢"上画了一条线。他还加了一大堆问号。

他又一次仔细观察鸟儿，清楚地看到它身上的两块黑斑和脖子上的白色条纹。

"就是白嘴潜鸟。"迪克说，又在笔记本上加了一条。然后，他再一次打量岛上鸟儿的黑斑。它仍然静卧不动。他重新划掉，翻到下一页。

可惜鸟类手册不在他口袋里，迪克没有时间去拿了。他只能画出鸟儿头部和颈部的素描，等回到北极熊号船舱，再跟书上的图谱对比。他的素描不如提提，但清楚地显示了鸟儿颈部的条纹。毫无疑问，无论这只鸟是什么，肯定跟上次见到的黑喉潜鸟不一样。他在同一页上画出黑喉潜鸟头部的素描，两者差异明显。这只新出现的鸟肯定是潜鸟。它不是红喉潜鸟，没有一点红的地方。那儿还会有其他潜鸟吗？

他画完素描，写下“白嘴潜鸟”，划掉，重新写下，加一个问号，再看几眼后又把问号划掉，加了几条帮助记忆的注释。这时，他听到罗杰的叫声：

“哈啰！迪克！迪克！哈啰！”

接着，多萝西叫道：“咕咕！”

鸟儿一定听到了这些声音，看到了探险家。它飞快地游向岛屿，比任何时候都更像大鹈鹕。它全身没入水下，只露出脑袋。

讨厌！现在没办法了。迪克站起来，看到探险家沿着湖边一路小跑过来，便向他们挥手。

“快点！”罗杰叫道。

迪克匆匆收好笔记本和望远镜，从湖岸上爬起来。

“回船！”提提叫道，“快！”

“你没听见雾角吗？”多萝西边说边跑。

“没有。”迪克说。

“我们以为你早就走了，”提提气喘吁吁地说，“只有多特说我们最好来叫你。”

“快！快！”多萝西说，“岛民不怀好意，跟踪我们。”

迪克和大家一起跑起来。

“潜鸟，”他对多萝西说，“我看到一只黑喉潜鸟……第二只我没有认出来。”

“有人跟踪我们。”提提说。

“那人看不见了。”罗杰说。

“呜呜呜！”

北极熊号的雾角又响起来。这时，迪克才隐隐约约记起：他忙着观鸟时，听到过这样的声音。

“这是第二次了。”多萝西说。

“有两种潜鸟。”迪克说，“至少我这么认为。”

但多萝西喘不过气来，没法回答他。

他们先沿着湖边，然后再沿着由湖入海的溪水边一路小跑，最后来到入海口。北极熊号已经不在退潮时停留的支架上。潮水重新升起，将船浮起。船系在锚上。他们看到弗林特船长坐在天窗旁抽烟，蓝烟慢慢飘走。其他人没有露面，直到南希和约翰划着折叠艇从北极熊号后面绕过来。

“我要是早知道就好了。”迪克说。他想，折叠艇既然已经下水，本来可以说服他们带到湖区去。

“哈啰！”罗杰叫道。

“稍待片刻，”南希回应道，“我们会把救生艇划过来，折叠艇地方不够。”

“他们没有跟上来。”多萝西回望溪流，对提提说。

“我们干得漂亮，”罗杰说，“他们‘竹篮打水一场空’。”

南希从折叠艇爬上救生艇，向岸边划去。约翰和弗林特船长把折叠艇放到甲板上。

“佩吉和苏珊在哪里？”罗杰问。

“在做饭。我们早就把雾角吹响了。”

“我们饿坏了。”罗杰说，“我们饭后走了一千英里。”

探险队员爬上船，小艇离开大船。所有人都高谈阔论起来。“野蛮的凯尔特人！”“城堡！”“年轻酋长……”“风笛……”“有人跟踪我们……”“逃命。”

“迪克，情况怎么样？”多萝西说。

“有三只潜鸟，”迪克说，“有两只非常像白嘴潜鸟，但它们不可能……”

“迪克，”多萝西说，“你在什么时候吃三明治的？”

“噢，我说……我忘了。事实上，鸟儿在这里筑巢，书上说不可能。”

“潜鸟好看不好看？”南希打量北极熊号片刻，“我们做了该做的事情，埋头苦干，在涨潮以前及时完成。”

第七章　是不是它？

探险家的故事没有受到热烈欢迎。弗林特船长和四位洗船人只想着他们的船，他们的工作扎扎实实。他们将北极熊号吃水线下的部分整个擦洗了一遍，随便刷上两层防腐漆，只用了一两分钟。他们让船浮起来，用锚和小锚泊在原地。这时，他们心满意足，急着吃晚饭，根本不想听什么凯尔特人、凶狗和奇异的口哨。他们觉得，提提、多萝西和罗杰能把什么事都变成传奇故事。

“噢，好吧。”佩吉说。提提一开始说自己在空谷中感到受人秘密监视时，她好像根本没有听见。

“噢，好吧。”约翰说。这时，罗杰正在说：没有露面的主人一声口哨，把狗叫住了。

“不错。”南希边吃边说。这时，提提说起凯尔特人高声叫嚷，他们落荒而逃。

“可这都是真的。”多萝西说，“我们像鹿一样，被人跟踪。最后，到处都是口哨声，狂怒的土著人发出战争的呼啸。”

“一点儿不错，”罗杰说，“就在我发现的史前古屋前面。你们从甲板上就能看见。”

“噢，好吧。”苏珊说，“把盐递给弗林特船长。”

“迪克说话靠谱。”约翰说，“迪克，你看到多少凯尔特人？从科学上讲。”

“我一个都没有看到。”迪克说。

“我就知道是这样。”约翰说。

“迪克在观鸟。”多萝西说，“你知道，他观鸟时就会无视其他一切。他甚至没听见北极熊号的第一次雾角声。”

“你看到什么鸟啦？”弗林特船长说。

“潜鸟。”

“哪种潜鸟？”

“我就是不清楚这一点。”迪克说，“我本来想找书查对，就是晚饭碍事儿。”

“小家伙真没良心。”弗林特船长说。

“我不是这个意思。”迪克说，“是多萝西当时不让我拿书。”

“哎，”多萝西说，“你没记住吃三明治吧。”

迪克羞涩地看了苏珊一眼。“我要是饿了，就会想起来。”他说。

“得啦。”苏珊说，“到底是怎么回事？你们扯来扯去，是不是土著人说你们非法闯入了？”

“严重多了。”罗杰说，“他们潜伏跟踪我们，直到最后准备好追我们。”

“他们盯我们的梢。”提提说。

“那个小酋长。”多萝西说，“除了迪克，我们都看见了。”

“还有大砍刀？”弗林特船长问。

“哎，这倒没有看见。”罗杰说，“距离太远了。”

“那儿真有土著人吗？”弗林特船长说。

“一大批。”罗杰说。

“我敢打赌，他们对你们根本没有兴趣。”约翰说，“只是为了赶羊之类的事情。”

“不管你怎么说，就是有人跟踪我们。”提提说。

晚饭后，大家清理完桌子。南希点燃火炉，让船舱更温暖舒适。佩吉点燃仍然挂在外面的舱灯。船舱桌上一端放着大地图，大家都想看看。约翰和弗林特船长正在计算潮汐。迪克把鸟类手册放在桌子另一端。提提趴在铺位上，在日志里记录当天的奇遇，因为除了自己没有别的读者而更加耸人听闻。多萝西坐在桅杆旁的老地方，忙着在本子上写作。她时而遥望船舱外面，时而写下几个句子，时而又划掉重写。

迪克将鸟类手册翻到潜鸟插图那一页，把下午画在笔记本上的素描放在一边。他越来越不明白：他到底看见了什么？书上的记录很清楚："在海外筑巢，通常独居。"但他看到的鸟并没有独居，两只鸟在一起。它们没有在海外筑巢，而是在这里筑巢。因此，它们可能不是白嘴潜鸟。然后，他审视书中的插图，对比笔记本上的素描。素描非常粗略，但头颈部特征无疑属于书中标示的"白嘴潜鸟"。黑喉潜鸟的记录"黑喉潜鸟，长 28 英寸。"和白嘴潜鸟的记录"白嘴潜鸟，长 31 英寸。"都在同一页上。不过，他看到的白嘴潜鸟（如果是白嘴潜鸟的话）比黑喉潜鸟大得多。他的黑喉潜鸟素描非常准确。他确信当天看到了这两种鸟。不过……他从素描看到插图，确定是同一种鸟。然后，他撇开图案看记录。"在海外筑巢"，他对此充满了怀疑。在他周围，船员们看着地图讨论，他一个字都没有听见。

"你不高兴我们到这里来？"南希说。

"我们在雾中误打误撞，居然正好进港。"弗林特船长承认，"运气已经好过了头。"

"我们把船洗好了。"南希说，"我敢打赌，马克会把船开到什么乱七八糟的港口去，还不如在这里洗。"

"一切都很好。"弗林特船长说，"就是费了我们许多时间。"

"为什么这么说？我们明天一早就起航。"

"我们恰好做不到。"弗林特船长把手放在地图上，"在这样狭窄的水道中，我不敢冒顶风或无风起航的危险。我们损失的时间大概是两天，而不是一天。我们需要找一个港口，给罗杰的引擎加点油。我们开到这里，差不多用尽了最后一滴油。如果去港口，昨天晚上就已经加满了。"

"明天早晨什么时候出发？"罗杰问。

"越早越好。"弗林特船长说，"只要我们做得到，明天早晨两三点钟就出发。如果有风，我现在就出发了，可惜没有。我们需要潮水涨满海岬和港湾各处。油箱里的油大概支撑不了一英里。"

"呃，"南希说，"没问题。加油用不了十分钟。我们冲进港口，加满油箱，立刻驶向大陆，一点儿时间都不会耽误。"

"没有风怎么办？今天早晨风就快没了，午后一点儿风都没有。"

“早晚会有风的。”约翰说，“我们全程都没有经历过完全无风的日子。”

“谁说没有，我们靠的是引擎。”罗杰说，“以前有两次：一次是离开塔伯特那天；一次是驶入波特里那天。如果没有引擎，我们当时就困住了。”

“噢，得了吧。”南希说，“外海有好风。风还没有停下来，我们就快到波特里跟前了。我们可以坐小艇进来。”

“罗杰是对的。”弗林特船长说，“你们都错了。你无法预料什么时候需要引擎，需要有多迫切。如果油箱充满了，我们现在就能起航，不管有没有风。喂！迪克怎么啦？发什么愁呢？”

“博物学家，醒醒！”南希说。

“嗨，迪克！”罗杰叫道。

迪克吓了一跳，从书上抬起头。

“教授，怎么啦？”弗林特船长问。

“我辨认不出这些鸟。”迪克说。

“什么鸟？”

“我今天看见的。”迪克说，“书上说它们不会在这里，只会在海外筑巢。可我今天就看见它筑巢了。”

“是另一种吧？”弗林特船长说。

多萝西从本子上抬起头。“你是说潜鸟？”她说，“就是你一直想看的那一种？”

“它们就是潜鸟。”迪克说，“一只是黑喉潜鸟，另外两只我辨认不出。我认为是白嘴潜鸟，但不可能。”

“让我们看看图。”弗林特船长说。

迪克把鸟类手册递给他。弗林特船长审视红喉潜鸟、黑喉潜鸟和白嘴潜鸟的图画，迪克将自己的笔记本推过桌面，打开素描那一页。

“画得不好，”他说，“但我相信特征没有错。”

“你这只大鸟肯定是书中的白嘴潜鸟，”弗林特船长说，“另一只显然是黑喉潜鸟。”

“我就是这么想的。”迪克说。

“你画素描时，书在不在身边？”

“不在，所以我才要比对。”迪克说。

“看来你改变过好几次主意了。”弗林特船长说。他翻到笔记本下一页，迪克在那里写道：“一对黑喉潜鸟在下游湖泊筑巢。”划去了“黑喉潜鸟”，改为“白嘴潜鸟”，又划掉，再写上，到处都是问号。

“我看都差不多。”南希说。

“潜鸟、潜鸟，”罗杰说，“或是各种各样的潜鸟，几种不同的潜鸟。叫潜鸟是由于它们种类不同或者是由于它们会潜水。”

“别傻了。”约翰说。

“我是想帮忙嘛。”

“你呢？”

“我觉得没什么关系。”南希说，“你想看潜鸟，它们都是潜鸟。最初十天，你满口不离潜鸟。”

“关系大得很。”迪克说，“这些鸟正在筑巢。书上说它们不会在这里筑巢。”

“当然有关系。”多萝西一直在听，这时插进来支持迪克，“这就是问题所在。”她很清楚这样的问题对迪克意味着什么。她也知道，迪克一定要以某种方式解决了这个问题才会心满意足。她原先一直不把探险家吹的牛皮放在眼里，到现在仍然觉得凯尔特人有自己的事情要忙，根本不会注意探险家。探险过程蛮有趣的，仅此而已。但现在情况不一样了。她不能允许任何人（即使是南希）嘲笑随船博物学家。“当然，迪克会刨根问底。爸爸就是这样挖掘的。”她说，“有一次在埃及，他拿不准一座坟墓属于第三王朝、第四王朝还是其他王朝。他解决不了这个问题，就不能再考虑其他事情。”

“我们回家前还有多长时间？”迪克问。

船舱内鸦雀无声。这个问题简直大逆不道。大家都知道，航程已经结束了，北极熊号物归原主就剩最后一步了。但他们听到一位船员仿佛急于离船，简直不能相信自己的耳朵。

“目前，自然史博物馆有人知道书中没有记载各种羽毛变化。”迪克解释说，“一年之内不同季节的羽毛各不相同。”

“可惜迪克没有在航程开始时看到潜鸟。”多萝西说，“他本来可以问观鸟船上那个人。”

“大概还来得及，”弗林特船长说，“我们明天还能见到他。他昨天擦过我们的船头，直驶海口。如果他还没有去别的地方，我们明天可以去港口找他。他的船叫什么名字？”

“翼手龙号。”大家齐声回答。

“你觉得我可以去问问他？”迪克说。

“当然可以。”南希说，“也是打小艇主意的好借口。”

“注意，”弗林特船长说，“我们不能在港口中多留一分钟。但如果翼手龙号还在港口，我们就送你上他的船，我和约翰上岸加油。怎么样？”

“太谢谢你了。”迪克说。他想到观鸟人可以答疑解惑，可能的话他也想看看船里的设备。有朝一日，他自己也想配置这样一条船。

“当然，他可能已经开走了。”弗林特船长说。

“你是说，开动他的大发动机。”南希说。

“发动机可真不错。”罗杰说。

“我们什么时候出发？”迪克说，差一点儿站起来。

弗林特船长笑起来。“不是现在。”他说，“等潮水涨起来，风向合适，我们就出发。”

迪克又一次对比书中的插图和自己的素描，然后断然推开鸟类手册和笔记本。如果明天一切顺利，他就能确定了。

这时，苏珊配合船长催促大家上床。一如既往，船员们每次都想上甲板最后看一眼四周的景色，呼吸夜晚的空气。虽然天色已晚，他们仍然能看到黑魆魆的海岸，悬崖间通向外海的水道。这时风平浪静，北极熊号在宁静的水面上一动不动，星光在水面上闪烁不定。约翰和南希根据习惯将锚灯升到前桅支索上。如果有其他船只进港（虽然可能性不大），就不至于看不见停泊在北面破碎阴影中的北极熊号。南希从甲板来到船尾，找到多萝西。提提和罗杰仍然在驾驶舱徘徊。

“五分钟内熄灯。”苏珊的声音从下面传来。

“来啦，来啦。”罗杰说，向其他人解释说，“我不是贪睡，但明天要早起，万一需要引擎呢。”

“多特，听我说，”罗杰走后，南希说，“你和提提说的山谷追踪，是不是真的？”

“当然是真的。”提提说。

“真的。”多萝西说，突然抓住南希的胳膊，“现在就有一个凯尔特人在监视我们。”三个人都看到：不到五十码外，岸边悬崖的阴影下，一根火柴发出片刻闪光，有人在点烟斗。微光跳动、消失。他们只能看到山崖的黑影直指天空。

“他来这儿干什么？”多萝西说。

“他为什么不该来？”南希说。

“土著人不怀好意。”提提说，“我们早就说过，你就是不相信。”

“嗯。”南希抱歉地说，“哎，无论如何，我们明天就走了。现在太晚了，不能拿他们怎么样。但他们就算真的不怀好意，我们也不会再遇见他们了。”

“大家都下来。”弗林特船长从下面吼道，“我们明天还要早起。我已经睡了。”

第八章 “他还在这里！”

迪克是第一个上甲板的船员。他发现弗林特船长已经站在桅杆旁，舔湿手背，举手感受风力。

“你好，迪克。你来得真快。”

“是啊。”迪克说，“如果我们到了，他却先走了，那该多遗憾啊。”

“谁？噢，你的观鸟人。看来我们快不起来了。运气不好，风连蜡烛都吹不灭。”

“要不要我去叫醒罗杰？”

“油箱没有足够的油，引擎没有用。”弗林特船长说。

迪克环顾四周。清晨的阳光照亮小海湾，海湾犹如密尔池塘。外海只有轻微的涟漪。水道在阳光照耀下，波光粼粼。

“毫无希望。”弗林特船长说。

迪克灵机一动。

“如果我们没法出海，我能不能回去再看看那些潜鸟？”

“不行。”弗林特船长说，“出海当天谁也不能上岸。万一起风了，我们就得派船员找你，很可能还要派剩下的船员来找他们……哈啰！”他又舔湿手背，举手感受风力，“不，不要上岸。刚才有风了。现在来了。潮水一来，我们就起航。对，你下去把工程师叫起来。我们出了海可能就会有风的。”

迪克奔下梯子，叫道：“罗杰！工程师！”弗林特船长看看表，来到船尾。“他们可以回头再睡。”他自言自语，来到升降梯边。

“叮……叮……叮……叮……”

船上的钟声响起来。

“来啦！”罗杰叫道。

“四点钟。”约翰揉着眼睛说，“我还以为出发时间会更早呢。”

大家从各个铺位钻出来。

“全体集合！”甲板上传来欢快的叫声，大家向梯子涌去。

“可是没有风。”南希上了甲板，说道。

“到外海看看。”弗林特船长说，“我刚才感觉到有风。”

罗杰从引擎室出来，更加焦虑不安。“长官，油箱差不多空了。”他说，“你没有忘记吧？”

“运气坏透了。”弗林特船长说，“可是我们留在港湾里风就更吹不进来。开船，让引擎慢慢转。”

“好，长官。”罗杰跑开了。

接下来几分钟，船上充满了轻微的转动声。风帆解开，随时准备升起。约翰和南希开动绞车。“叮当，铿锵，叮当，铿锵……”铁链卷动。佩吉把旗帜升到桅杆顶上。旗帜垂下来，没有拍打旗杆。

“长官，到处都没有。”约翰环顾船头，说道。

引擎传来第一阵“突突”声。

“迪克，”罗杰叫道，“看看是不是水用完了。”

迪克俯下身，看到一阵蓝烟和水柱喷出，不出所料。

“没问题。”他叫道。

“长官，引擎准备好了。”罗杰登上甲板说。

“起锚。”约翰叫道。

“慢速前进。”弗林特船长说，“南希，你来掌舵，稳在中间。我来起锚。”

引擎的声音变了，北极熊号开始移动。锚落在定盘上，发出“砰”的一声。主帆在凝滞的空气中摇曳升起。支索帆像主帆一样升起，等待起风。

“起航。”弗林特船长说。

“好。洗船湾，再见！”南希说，“很高兴我们到此一游。”

“我可不高兴。”弗林特船长说，“如果我们在港口里洗船，就可以同时把油箱装满。”

“洗船人错过了最精彩的场面。”罗杰说。他在驾驶舱门口等候，让引擎室开着门。

“你们的凯尔特人。”南希笑起来。

“哎，你亲眼见过一个。”提提说着声音就变了，“现在就有一个。”她补充说，“我真想知道，他是不是整夜都在监视我们。”

不是只有他们早起。北极熊号慢慢向外海驶去，他们看到一个花白胡子的高个子站在悬崖上。

“追我们的人就有他。”多萝西说。

罗杰转过身看看他。

“他现在追不上我们了。”他说，“我们挥手告别吧。”

北极熊号兴高采烈地挥手。那人没有回礼，倚着长手杖一动不动。

“死木头！”罗杰说。

“这个词儿精彩！”南希说。

“是吗？”罗杰说，“你要是喜欢，我就借给你。”

北极熊号驶出泊位，风帆轻轻鼓起。探险家把洗船湾甩到身后，不再把凯尔特人放在心上。

主桅上的小旗摇摇晃晃地升起，主帆张满。北极熊号起航，不过风很小。主帆索始终松松垮垮、没有拉紧，随着北极熊号转动，滴着水拉起，又滴着水松开。三角帆已经打开，上桅帆已经设置，但引擎仍然在运转。

“风向西北，”南希说，“会将我们吹向海口。”

“需要多久？”迪克问。

“没有大一点儿的风，大概要到明年。”弗林特船长说，“谁想掌舵，提提？多萝西？”

除了迪克，大家都笑起来。航程当中，提提不止一次抱怨过：她和另外四个孩子只有在静水中才有机会掌舵。

“不，谢谢。”提提说。

“我来。”多萝西说，瞥了迪克一眼。

“东南偏东。”弗林特船长说，“但你用不着操心罗盘，注意前面就行了。始终向右转舵，就不会弄错。我就怕引擎停下来。”他从引擎室拿起量油计，拧开后甲板下油箱的漏斗口，蘸了一下。

“还有多少？”罗杰从他身后窥探。

弗林特船长看看量油计，只有顶端一点点湿了。

“放慢，罗杰，停机。油快完了，我们要留一点给以后用。”

“天哪！”罗杰说，“我们永远到不了那儿。”

他弯下腰，引擎沉默了。北极熊号放慢速度，几乎不再前进。多萝西轻轻转舵，试试最低舵速还够不够。

“没关系。”南希说，“我们已经出海了。不用着急。”

“但我们要赶路啊。”迪克说。

“我忘了你和翼手龙号。”南希说，“但你的观鸟人不一定会回到我们遇见他的地方。他现在可能在别的地方。”

弗林特船长点起烟斗，把火柴梗扔出船外。火柴梗一点一点地慢慢漂向船尾。“在那儿洗船，耽误了我们两天时间，而不是一天时间。”他说，“我们本来应该在半路上加满油箱的。”

“如果我们没有去那儿，就看不到白嘴潜鸟啦。”迪克说，“……如果它们确实是白嘴潜鸟的话。”但他像弗林特船长一样，看看水中的火柴梗，又看看远方伸出的海岬。按照现在的速度，他们还要很长时间才能抵达海岬，而且海岬离港口仍然很远。

“无论如何，我们应该吃早饭了。”佩吉说，“苏珊在哪儿？”

下面的汽化炉突然咆哮起来，替她作了答复。

大家在船舱里吃早饭：麦片粥、沙丁鱼和茶。炼乳罐头给茶和麦片粥增添了特别的味道。苏珊潦潦草草地在一张纸上做记录。

“喂，你也要写作吗？”弗林特船长说。他抬头看看升降梯，想到多萝西。她正在甲板上，奋力驾驶寸步难行的船。

苏珊把纸片递给他，上面只有两个词：面包，牛奶。“你去加油时，我们应该到城里购买一批新鲜牛奶，明天早饭的味道就大不一样了。面包也快吃完了。”

“苏珊，”弗林特船长说，“我以前说过，现在还要再说——你的价值比得上跟你体重相等的黄金。”

“大家有三天没有喝过真正的鲜奶了。”苏珊说。

迪克匆匆吃完早饭，代替多萝西掌舵。多萝西下来吃饭。风不够大，他不能信任其他人掌舵，担心哪怕是错过一分钟，就会与观鸟人和翼手龙号失之交臂。他们可能正从海上驶过，去其他地方观鸟。

大家仍然围坐在船舱的桌边。这时，他们听到船头传来第一阵水声。

“起风了。”提提说。

弗林特船长正要喝咖啡，放下杯子。南希已经上了梯子，他跟在后面。这时，迪克双手掌舵，满怀希望，一面打量罗盘，一面对准海岬方向。

弗林特船长看了罗盘一眼。

“继续，”他说，“你干得很好。”

“南希，你让开。”迪克说，“我看不见正前方了。”

“大家都让开。”弗林特船长说，“让教授掌舵。他比我们更能找到好风。”

但这不过是空口说白话罢了，风越来越小。然后，陆地吹来的风在船尾泛起涟漪。片刻间，风帆鼓起，北极熊号上路。

接下来发生了最坏的事情，潮水改变了方向。他们刚刚出海时，潮水向南，虽然缓慢，但方向正确。有一段时间，迪克没有注意发生的事情，只注意罗盘和远方的海岬。他突然回头一看，发现他们正靠近内陆群山。

“出事了。”他叫道，“到甲板上来。我想船在后退。”

大家从甲板下面一拥而上，这时迪克已经弄清了原因。

“其实不是船在后退。”他说，“潮水改变了方向，一定是转向另一条路线了。”

“风不够大。”弗林特船长说，“一切问题都出在这里。”

“船走得很好。”提提说，俯视船头的涟漪。

“对，”弗林特船长说，“但赶不上潮水带它后退的速度快。”

船在航行，却时刻后退，无论从帆船还是从陆地上看，都有奇怪的感觉。

“我们要不要靠岸抛锚？”南希问。

弗林特船长仅仅犹豫了片刻。“不。”他说，“我们随便去哪儿，但不要在这片水域。悬崖附近水很深。记得我们来时测量的水深吗？不，我们有安全距离，应该保持下去。保持方位……东南偏东……潮水不让船抵达，但船可以一直坚持下去。”

“东南偏东。”迪克说。

“退潮六小时。”提提说。

“不全是坏事。”弗林特船长说，“风也许会变大……也许不会。”他加了一句，严肃地环顾四周。

“我们很快就要退回去了。”罗杰说。

“如果你有那么着急，就下去推船。”南希说。

“迪克只要做得到，就会愿意。”多萝西说，“我也愿意。”

北极熊号虽然慢慢穿过潮水，仍然不断后退。内陆群山仿佛向北移动。船员们又一次看到洗船湾，虽然距离还很遥远。他们依据悬崖附近成群的海鸥判断，海湾入口越来越近了。他们看到，有人在小山顶上千年古屋门口眺望大海。

“皮克特古屋的山顶上有人。”罗杰说。不过，其他人拿起望远镜观察时，那人已经不见了。

潮水继续将他们慢慢带到北方。风还没有变大，他们就看到了多萝西的“城堡”和山脊北面的农舍。长长的山脊锁闭了探险家的山谷。

“有趣。”南希说，“所有这些房屋都在山脊一边。你说过，我们这一侧山谷是空的。”

“对，”提提说，“直到有人跟踪我们。这里根本没有房屋。”

“大概是鹿群出没的森林。”弗林特船长说。

“我们看到许多鹿。”提提说。

“但没有树。”罗杰说。

“它们还是照样叫森林。”弗林特船长说。

风大了。他们又一次向南方驶去，逆风慢慢前进。风一会儿强，一会儿弱。

“可惜不够用。”弗林特船长说。

“谁想帮一把？”南希说，“今天真了不起。”

“我知道有人想帮忙。”弗林特船长边说，边瞧瞧迪克。

“还有我。”多萝西说。

“我也是。”南希咧嘴笑道，看看弗林特船长。

但是，没有足够的汽油，甚至迪克都明白无事可做。这意味着失去登上翼手龙号向观鸟人提问的机会。

大多数人并不在乎。如果第二天才能穿过大陆，那不过是旅行延长一天而已。他们出海了，这就足够了。风小水静，这种事连哥伦布都避免不了。他们可能一度羡慕几条渔船顺水向北飘去，但坐在驾驶舱和前甲板上享受碧海阳光，足以令人满意。至于洗船湾荒野的两天晚上，大家都同意：昨天是旅行中最好的一天。甚至罗杰都认为，虽然油箱见底有点遗憾，风小理应是引擎和工程师大显身手的机会。

早晨过去了。罗杰听到八点钟的钟声。

“腌牛肉，”苏珊说，“我是说要干肉饼。冷的，太热就不适合烹调了。”

“还有许多水果罐头。”佩吉说。

他们在桌边吃午饭，洗盘子的时候，风又大起来了。

“现在太晚了。”弗林特船长说。

但是，大约两点钟，他们感到船开始移动了。随即，潮水的方向变了，跟他们需要的一致。人人都想掌舵。这时，远方海岬的蓝色轮廓越来越大，变成灰色岩石和绿色草坪。

“太晚了。”弗林特船长说，“有一次风向不利，我们进不了港口，原地打转。我不到最后关头不敢让罗杰开动引擎，我们只能将就。潮水会有用的，如果我们运气好，就等不到油用完。就这样，苏珊。晚上不要向大陆航行。大家好好休息，等明天起床再说。”

“好。”南希说。

“好风才算好。”弗林特船长说。

“无论如何，他今天还没有来。”迪克说，“至少在我们看得见的范围没有。”

“我们会如愿以偿的。”约翰说。

他们接近海岬时，正在喝茶。船从海岬半英里外经过，避开岩礁、浮木，乘风破浪，速度仿佛增加了两倍。北极熊号一整天平稳航行，仿佛大海不过是密尔池塘。这时，船突然向侧面倾斜，没有多猛烈，但足以使罗杰的杯子脱手飞到驾驶舱地面上。他为最后一口蛋糕小心保留的咖啡泼得干干净净。主桅上的小旗欢乐地飞舞，北极熊号船头不再悄然穿过水面，而是破浪飞驶。船儿仿佛在最后一分钟才想到大显身手一番，穿梭于狭窄的水道中。海岬灯塔落到船尾后。港外岩石上的另一个灯塔越来越近了。穿梭又穿梭，码头的房屋和渔船的桅杆已经出现在他们的视野中了。

“只有这个港口我们来了两次。”提提说。

“他如果在上次的地方抛锚，”迪克说，“我们只有进港以后才会知道他在不在。”

他们现在已经非常接近港口。一艘渔船驶出来，船头高耸，桅杆短粗，有轮机房。渔船略微改变航程，绕开他们的船尾。大家都挥手，表示“谢谢你”。渔船轮机房伸出一只大手，表示回礼。

“他们比你的翼手龙号更讲礼貌。”南希说。

“我估计观鸟人不会亲自掌舵。”迪克说。

然后，他们差不多已经到了港湾入口。北极熊号正在展示它擦洗后焕然一新的船体。这时，风又停了。

“罗杰，开动引擎。”弗林特船长说，“港口里面可能还有一些船只。风小了，降帆。现在，我们的油料足够进港用。”

帆降下来。引擎突突作响，北极熊号驶入堤内。约翰收起三角帆，从绳梯登上横梁。迪克聚精会神地观察。约翰俯视驾驶舱，点点头，向他们在甲板上看不见的什么东西指指点点。

“他在那儿。”迪克叫道，“噢，好哇。”他把手伸进口袋，握住鸟类手册和笔记本素描。

“汽船在后倒。”约翰叫道。

他们向船尾方向看去。远方海上升起一缕黑烟，天际露出一个黑影。

“运气来了。”弗林特船长说，“那是一艘邮船。现在就是投递信件的时候，它送过去，比我们快得多。它会收集几个邮站的信件，就这样。南希和约翰上前甲板，等它过去。”

北极熊号经过防洪堤前端，进入港内。

“他在这里。”多萝西叫道，“我们毕竟赶上了。”

“我们靠过去。”弗林特船长说，“这儿离码头没有多远。前进，准备抛锚！”

“好，长官。”

引擎呜咽，重新运转起来，又开始呜咽。

“马上就用完了。”弗林特船长喃喃说，审视工程师惊惶的眼睛，“油箱空了。幸好我们没有开得更快。引擎现在还能用。关机。”

引擎吭吭哧哧地停下来。北极熊号静静滑向白色大型摩托艇。大家都管摩托艇叫“迪克的船”。

船靠拢了大约四十码。

“放铁链！”

铁链咯吱作响，泼刺一声落水。弗林特船长摆舵向前：“现在全体待命！收帆！让这些渔民明白：我们是内行！好，迪克，小艇现在归你了。我们来清理甲板，一切都要井井有条。”

大家一起动手，人人都知道该做什么。几分钟内，北极熊号已经卷好前帆，收好主帆，捆好索具，这些都是船只进港的标准程序。约翰、南希和弗林特船长把小艇放下水。迪克手握笔记本，等待跨入摩托艇的一刻。他突然感到恐惧，害怕观鸟人不在船上。

“那么，迪克，”弗林特船长说，“最好让约翰送你过去。不会很久。我给你父母写封信，说明我没有让你淹死，他们会好好照顾你的。然后，我和约翰上岸加油，把信交给邮船，给马克打电报，告诉他船还没沉，我们明天给他带过去。”

“别说洗船的事情。”佩吉说。

“我才不会说呢。”弗林特船长说，“让他好好惊喜一下。今天船走得像个老巫婆，风没有给它多少机会。”

“接下来会怎样呢？”罗杰说。他关闭引擎，走上甲板，用一团棉纱擦手。

“迪克去翼手龙号打听他的大海雀。”

“是白嘴潜鸟。”迪克认认真真地说。南希咯咯窃笑，他大惑不解。

第九章　南辕北辙

“翼手龙号，噢耶！”

约翰在翼手龙号几码外的水面上稳住小艇。翼手龙号的升降梯悬在白花花的挡泥板之间。

一位水手来到船边，向下打量他们。他身穿蓝毛线衫，毛线衫上印着“翼手龙”几个红字。

“告诉他，你想要什么。”约翰说。

“我能不能跟船主说句话？”迪克问，“关于鸟的事情。”

“你有关于鸟的消息？”那人问，“哪种鸟？秃鹰？另一种老鹰？我会告诉他。”

“我拿不准是哪一种鸟。”迪克说。

“他很忙。”那人说，“但我会问问他。”

“秃鹰和老鹰是什么意思？”那人走进甲板室，约翰问道。

“或许他正在观察某些鸟类，”迪克说，“等小鸟孵出来再拍照。”

“你上甲板来吧。”那人回来了，从甲板上俯视他，“但他只能给你几分钟时间。”

约翰在挡泥板旁边停好小艇，迪克爬上梯子。

“你们俩不想一起来吗？”那人问。

“我留在这里。”约翰说。他对摩托艇没什么兴趣，觉得鸟类的事情最好由迪克自己安排。

“这边走。”船员说，指出甲板室的道路。屋里空无一人，“在那边。”他说。迪克把手伸进口袋，确保笔记本还在身边（虽然他前一会儿已经拿出来，又放进去了）。他走下台阶，走进会客室。

会客室灯火通明。迪克一直待在旧领航船上，觉得这里非常宽大。他第一印象是房间四周都是鸟类图片。当然，他有朝一日也会这样装饰自己的船，四处拜访著名的鸟类殿堂。接着他看到，虽然日光从舷窗口射入，但会客室对面的电灯非常明亮，照亮了桌面。电灯照亮了观鸟人的一头红发，他正在桌上忙忙碌碌。电灯就在他的头跟前，稀疏的头发反衬出皮肤白色的光泽。他正在一本大书上写东西。迪克安静地等他写完。那人抬起头来，迪克看到他眼镜后面的眼睛和自己一样聪慧，鼻子又长又窄，嘴唇又直又薄。

“你是谁？”那人问道。

“我是迪克·卡勒姆。”

“这么说，你不是我的熟客？”那人说，“没关系。你别着急。你发现什么啦？”

迪克想把笔记本掏出来。笔记本却卡在他口袋里了。

“嗯？”那人说。

笔记本一下子从口袋里跳出来，落到地板上。迪克把它捡起来，翻到素描那一页。这个人非常忙，没有多少时间等他，很快就会回去工作的。他一手握着鸟蛋，一手握着千分尺，正在测量。

“我想请教你……你马上就能认出这是什么鸟……”迪克说不下去了。他看到那人面前有一个长木架，就在他测量的鸟蛋旁边，木架上尽是一模一样的鸟蛋。“我……我说……您是不是鸟蛋收藏家？”

显然，这句话立竿见影，让东道主最为满意。他把测量的鸟蛋放回木架上，跟其他鸟蛋放在一起。他用手指抚弄千分尺，向迪克微笑。

“你听说过‘杰梅林收藏品’吧。”他说，口气仿佛在说圣保罗大教堂，“哎，我就是杰梅林。我是英格兰最大的私人收藏家……也许还是全世界最大的私人收藏家。当然，只限于英国的鸟类。对异乡人而言，一生的时间都不够用啊……”

迪克张大嘴，事情完全出乎他的意料。他想到，“黑鸭子俱乐部”的伙伴们多年来致力于保护鸟类。他想到，他们跟乔治·奥顿斗争，因为奥顿把鸟蛋卖给收藏家。哎，这个人就是乔治·奥顿的成人版，比奥顿更坏。迪克一开始不认识他，把他塑造成英雄，结果却变成了敌人。鸟类收藏家！他是鸟类最危险的敌人。

杰梅林先生笑起来，他把迪克的惊恐当成了仰慕。

“对，”他继续说，“在不列颠群岛和其他各地筑巢的各种鸟类的鸟蛋，我这里都有。确实，有些鸟过去在这里筑巢，现在却没有了。”

“这里？”迪克结结巴巴地说，打量着会客室墙边连成一线的柜子。柜子上面都是鸟类的图片。

杰梅林先生又笑了。“这里可放不下我的收藏品。”他说，他站起来，从桌子后面走出来，拉着迪克的肩膀来到一个书柜前。

“瞧这个！”他指着一本深红色皮革装订的厚书说。书脊的烫金字母是“杰梅林收藏品：初步编目”。

“你注意，只是‘初步’的目录。”杰梅林先生说。

“这些鸟蛋都是……”迪克结结巴巴地说，回望桌子上的鸟蛋。

“那只是我们这次旅行的一点点收获。普通的、最大的、最小的，都要测量。体积变化之大，超乎你的想象。我有十八个金雕蛋。其他收藏品都没有这么多。每个蛋都不一样。”

迪克向会客室楼梯外望去。他万万没有想到，翼手龙号居然是这种船。他和多特再也不会希望他们有朝一日也能拥有这样一条船了。他甚至希望自己从来没有登上过这条船。他回望桌面上、木架上的鸟蛋。他觉得是海鹦蛋，心中浮现出海鹦明亮的眼睛和滑稽的鸟嘴。这种想法真可怕。十八个金雕蛋。十八只高贵的鸟儿变成了没有生命的空壳。

“你也是收藏家吧？”杰梅林先生和蔼地说。

“不是。”迪克说。

“那你想要对我说什么呢？”

迪克仅仅犹豫了片刻。他首先是个科学家，必须弄清疑难问题。翼手龙号船主居然收集鸟蛋，太可怕了。但会客室墙上的图片告诉迪克：在有关鸟类的问题上，此人就是答疑解惑的最佳人选。他等待了二十四小时才有机会提问，提问不会有什么害处。鸟儿早就飞远了，用不着说出发现的地点，他只拿出笔记本上的素描。

“就是这个。”他说，“这是我看到的鸟。我知道是潜鸟……但它看起来像……我是说，它的头……”他打开笔记本，递给杰梅林先生看。“距离很远，”他补充说，“我通过望远镜观察的。”

杰梅林先生打量迪克的素描。

“白嘴潜鸟。”他立刻说。

“我就是这么想的。”迪克说，“但我书上的插图太小了。”

“我有比插图更好的东西。”杰梅林先生说。他按了下桌旁的铃。在船上某处铃声响起来了，过了一会儿，穿着印有“翼手龙”字眼的毛线衫的水手穿过舱门进入了大厅。

“白嘴潜鸟。”杰梅林先生说。这个水手转身回到了船的前面。

水手回到会客室，递给杰梅林先生一只风干的大鸟。标本活像一个漏了气的羽毛气球，生气全无。迪克不想看这东西，免得联想起他亲眼见过的活鸟。它曾经在湖里游泳、潜水、捕鱼。但杰梅林先生把标本平放在桌子上，把脖子转过来给他看。

“你看到的两条白纹在这里。你的素描画得不错，谁都不会弄错的。在远方？可惜你没有早点告诉我。我明天就要走了，去格拉斯哥。没错，一定是白嘴潜鸟。总会有几只鸟儿离群落伍。你的素描画得这么好，一定仔细观察过。你怎么会感到怀疑呢？”

“我以为它们不会在冰岛以南的地方筑巢。”迪克说，“我家里那本大书是这么说的。”

“一般不会。”杰梅林先生说，“所以我们只能看到少数几只落单的鸟。它们是动身太晚的候鸟。”

“可我看到了两只。”迪克说，“它们在筑巢。我只带了一本小书，说它们‘在海外筑巢’。所以我觉得它们不是白嘴潜鸟。”

“什么？”杰梅林先生叫道。

他的态度完全变了。前一阵子，他像一个大人物，让参观的少年开开眼界。现在他的态度完全变了。他严厉地打量迪克，一会儿坐下去，一会儿站起来。他一只手放在桌上，一会儿张开，一会儿握紧。

“我没弄错吧？”他问，“你看到一对白嘴潜鸟在筑巢？让我再看看你的素描。”

迪克拿出画素描的笔记本。

“另一只是黑喉潜鸟。”杰梅林先生说，“你是直接画鸟，还是从书上临摹？”

“白嘴潜鸟是我边看边画的。”迪克说。

“你怎么处理鸟蛋的？”杰梅林先生突然问。

“我其实没有真正看到鸟蛋。”迪克说，“距离太远了。但筑巢的事情我不会弄错的。一只潜鸟在岸边孵……”

“陆上还是岛上？”

“岛上。”

“海里？”

“不，湖里。”

“不可能……不过你继续说。你为什么以为它们在筑巢？”

“一只在岛上岸边孵蛋，另一只在捕鱼。我首先看到捕鱼的那一只，然后才看到孵蛋的那一只活动……”

“它怎么活动的？”

“我一开始以为它受了伤。”迪克说，“它一瘸一拐，好像靠翅膀支撑着走路……”

“它们就是这样，就是这样。”杰梅林先生说，“然后呢？”

“它落进水里。接着，有一只回来，挣扎上岸，留在同一个地方。我拿不准是不是开始那一只。”

“你看了多久？”

“我没有看表。”迪克说。

“有没有一小时？”

“不止一小时。”

“那只鸟一直没有动弹？”

“除了刚下水的时候，一直是这样。”

“它们在哪儿？我马上跟你一起回去。”

“可是……可是……”迪克突然希望他从来没有问过。他拿起笔记本。“谢谢指点。”他说，“我一直想看它们，看到了又觉得不可能，因为它们在筑巢。”

“不可能……但我觉得是真的。”杰梅林先生两眼闪闪发光，“唯其不可能，所以才相信。我们还等什么？马上去那儿吧。”

“可是……”迪克但愿他从来不曾登上翼手龙号。

“证据最重要。”杰梅林先生说，“有鸟蛋才能算证据。”

“可你该不会拿鸟蛋吧？”迪克脱口而出。

“第一次在这里发现白嘴潜鸟！你看不出来吗？不同凡响啊。绝对独一无二。这意味着迄今所有鸟类手册都过时了。维瑟比、科沃德、莫里斯、伊文斯……‘杰梅林收藏品’会把它们统统驳倒……我要拿到鸟蛋，精确记录筑巢地点……在证人面前观鸟。你就是证人，将会名垂青史的。证据，证据……证据就是一切。不可思议的事情需要确凿的证据……”

“可你拿了鸟蛋，杀了鸟，它们就不会在这里筑巢了。”

“问题在于筑巢的科学事实。俗话说：‘揭开谜底，名垂青史。’我们一定要拿到证据，一劳永逸……放进‘杰梅林收藏品’当中。”

“照片没有用吗？”

“当然有用。”杰梅林先生说，“孵蛋的照片就能一劳永逸。我们有了照片和鸟巢的准确模型、真正的鸟蛋和真正的鸟，不给好事者留下任何漏洞，五十年内坚不可摧。”

迪克的两只脚换来换去。答案有了，他只想尽快离开翼手龙号。

“我现在非走不可。”他说，“他们需要小艇，叫我赶紧回去。”

“你不想留下来？”杰梅林先生问。

“不。”迪克很高兴改变话题，“我们正在航行，明天还要把船还给人家。”

杰梅林先生来到舷窗口，打量港口对面。

“是那艘领航船？”他说。

“正是。”迪克说。

“我以前见过。昨天出海时跟你们擦身而过……你什么时候看到鸟儿的？”

“昨天。”迪克来不及住嘴，就脱口而出。他赶紧接着说，“多谢你的说明。我现在该走了。”

但他已经说得太多了，杰梅林先生拦住会客室的出口。

“他们不会走远的。”杰梅林先生说，“我的航速十五节。我们先去那儿，然后我马上送你回来。你还是留在船上吧。我明天本来想去格拉斯哥，但为了这样的发现，值得改变任何计划。你就睡在船上吧。我们一弄完，我就送你去格拉斯哥。你可以在那儿登上随便哪一艘帆船。”

“不用啦，谢谢你。”迪克说，“谢谢你的解释。现在我该走了。”

“等一下，等一下。”杰梅林先生说。

他在口袋里摸索。迪克从他身边溜过，向楼梯口跑去。杰梅林先生一把抓住他。

“不，不。”他说，“用不着这么着急。我不会让你白跑一趟的。你不是我的老客户，要不然早就知道了。最近带我找金鹰蛋的男孩子，我给了他十先令。这一次，我给你一英镑。”

“不，谢谢你。”迪克不安地说，“我现在非走不可，他们还在等我。”他冲上楼梯，出了甲板室，上了甲板。

“约翰！”他叫道。

杰梅林先生紧跟在他身后。他向甲板下俯视，看到小艇上的约翰。

“是你哥哥吗？”他说，然后用欢迎的口吻对约翰说，“系好小艇，上来吧。我想跟你谈谈。你大概也想看看我的船吧。”

约翰后来说：“我总不能说，我对他的摩托饼干盒毫无兴趣吧。”他把小艇系在挡泥板上，登上扶梯。迪克拦在中间。约翰一看见迪克的脸色，就知道出问题了。

“幸会。”杰梅林先生说，“你弟弟发现了一些有趣的鸟。他好像还没有充分理解。但他说你们明天要走，所以没法带我去看。发现鸟的地方叫什么名字？”

“我不清楚。”约翰说，“地图上没有名字。”

“你们带我去看看吧。”杰梅林先生说，“我在船上招待你们，我们马上出发。别耽误时间。我们不知道孵蛋需要多长时间，小鸟随时可能破壳。我不会让你们白跑一趟的。”他手上仍然拿着一英镑钞票，又从口袋里拿出四张，把五英镑递给约翰。

约翰看看杰梅林先生热切的表情，又看看迪克焦虑的表情。

“我找不到。”他说，“是迪克发现的。我没有上岸。”

“你们把钱分了吧。”杰梅林先生说，“如果你们没法跟我一起去，就到甲板室尽量给我指点一下方位吧。我们有大比例尺地图。”

“约翰！”迪克叫道，挣扎着想下扶梯。

“我大概不行。”约翰说，他遥望北极熊号的观察哨，“我们现在不能耽搁，人家还在等我们呢。”

当时，约翰觉得杰梅林先生差一点儿就动手打他了。接下来，杰梅林先生猛地转过身，冲进甲板室。他趁此机会，跟着迪克下了小艇。

“你没有告诉他吧？”迪克说。

“没有。”约翰说，“可这又有什么关系？他又少不了一根头发。”

“快点，”迪克说，“他会回来的。”

杰梅林先生面红耳赤，从翼手龙号甲板上怒视着他们。迪克在小艇船尾缩成一团，没有左顾右盼。约翰一面打量翼手龙号怒火中烧的船主，一面划向北极熊号。

第十章　船上的叛乱

北极熊号船员在甲板上看到约翰和迪克从翼手龙号划过来。他们听不到说话的声音，但可以看到翼手龙号水手跟约翰和迪克交谈，去而复来。他们看到迪克爬上船。

“约翰干吗不去？”罗杰说。

“他去干吗？”苏珊说，“是迪克有问题要打听。”

多萝西看到水手将迪克领进了甲板室。

“观鸟人一定在船上。”她说。

此后，除了多萝西，大家都对摩托艇失去了兴趣。提提坐在甲板天窗旁，写了一封简短的家信。苏珊和罗杰坐在她身边，教她怎样装信。南希和佩吉觉得没有必要写信，因为弗林特船长已经写了信，而且再过两天他们就到家了。他们时不时留意一下邮船有没有开过来。弗林特船长下了船舱，告诉他们：一见防洪堤外出现邮船的烟囱，就大声喊。他们都觉得有点感伤。洗船湾的两个夜晚仿佛推迟了航程的结束，但他们心里明白，今天晚上肯定就是赫布里底群岛的最后一夜。下一次抛锚时，另一批船员就会取代他们的位置。航程结束了。

多萝西还在观察翼手龙号，希望由她而不是约翰陪迪克去。迪克一谈起他将来要装备的船，就滔滔不绝。他想跟多萝西一起坐那条船周游世界，到处观鸟。如果她有朝一日会住在这样一条船里，她倒很想看看观鸟人的船里是什么样子的。她坐在北极熊号驾驶舱栏板旁，遥望大摩托艇，想象迪克在闪闪发光的白色船体里跟观鸟人交谈。观鸟人就像长大成人的迪克自己。

迪克似乎谈了许久。他最后冲上甲板，杰梅林先生跟在后面。多萝西立刻明白：出问题了。迪克冲出甲板室门口，仿佛被投石器弹出来。

南希正好看到这一幕。“哇！”她说，“如果是罗杰而不是迪克，我一定会以为他又说什么调皮话了。”

“迪克不会的。”多萝西踮起脚，一脸焦虑。

“他说不出了。”罗杰说，“他找不到合适的词。”

这时，大家都在向那边瞭望。他们接着看到：约翰上了船，然后迪克冲下扶梯，飞快地摸进小艇。他们看到约翰跟观鸟人说了几句，观鸟人愤怒地拂袖而去，回到甲板室。他们看到约翰下了小艇，跟迪克会合。小艇划回来。观鸟人又从甲板室出来，俯视驶向北极熊号的小艇。

“约翰也把他气坏了。”罗杰说。

大家静静地观察约翰向他们划过来。小艇靠近了，大家一看到迪克的脸色，就知道事情很严重。

“出什么事了？”南希问，接住约翰扔过来的绳子。

“我不知道。”约翰说，“你问迪克吧。”

“他没有告诉你？”多萝西问，“会不会根本不是白嘴潜鸟？”

迪克爬上船。

“他是鸟蛋收藏家。”他认真地说。

多萝西参加过“黑鸭子俱乐部”在诺福克湖泊地区的历险，只有她能体会迪克的感受。她知道，迪克一度把翼手龙号船主看成自己未来的目标；她知道，迪克梦想装备一条类似的船，跟她一起到处观鸟；她知道，迪克发现他不是鸟类观察者、保护者，而是鸟类最危险的敌人时打击有多大。

“他来这里只是为了收集鸟蛋和打鸟。”迪克说，“越是罕见的鸟，他越想弄到鸟蛋，越想打下来。”

“湖泊地区的麻鸭就是这样消失的。”多萝西解释说，“只有人们保护麻鸭免受鸟蛋收藏家伤害以后，它们才回来。”

“但你们怎么会吵起来的？”南希说，“你把你对他的看法直接说出来了？”

“不是，是因为我不告诉他发现潜鸟的地方。”迪克说。

“是不是白嘴潜鸟？”多萝西问。

“是。”迪克说，“就是白嘴潜鸟。这是第一次发现它们在不列颠群岛筑巢。所以他想把它们的蛋纳入收藏品，他也想要鸟。他说：‘揭开谜底，名垂青史。’看到它们是不够的，必须有确凿证据。他说对了，我必须有证据。我们马上回那儿去。”

“可你不想拿走鸟蛋。”提提说。

“你已经看到鸟了。”苏珊说。

“我一定得回去。”迪克说，“你们看不出来吗？所有的书都说错了。这是前所未有的新发现，没有证据谁都不会相信。我必须有证据。”

“但你怎么可能有证据？”

“拍照。”迪克说，“他亲口说这样就会管用的，但他还想要鸟蛋和鸟。我们得回去。我们可以坐折叠艇去湖泊，方便登岛。我的照相机还有一半胶卷。”

“你看到鸟蛋没有？”约翰问。

“没有。”迪克说，“这就是我必须回去的另一个原因。我相信那儿有鸟蛋，但我必须亲眼看到，拍下照片。我非去不可。”他瞧瞧南希。她似乎一直没有在听。

“弗林特船长绝对不会同意的。”苏珊说。

“他非同意不可。”南希突然说。迪克明白，他找到了一个有价值的盟友，“你们不明白吗？我们只能回去。我们当然会得到证据。迪克完全正确。哥伦布到了美洲海岸，怎么可能不上岸看看，却乖乖回家了？他当然一定要拍照。准备首斜帆桁！准备斜桅支索！我们马上起航。这一次是发现之旅。迪克发现新大陆，北极熊号名垂青史，因为教授在船上。感谢随船博物学家。就像贝格尔号的航行，迪克就是达尔文。”

“才怪。”迪克说，“但我们应该先弄清楚再走。”

“可这一切有什么关系呢？”苏珊说。

“那家伙激动死了。”约翰说。

“最好马上告诉弗林特船长。”迪克说。

“他正在给家里写信。”提提说，“现在他得改写啦，说我们不会马上回家。”

“他不会情愿的。”苏珊说。

“他非同意不可。”南希说，“迪克下去给他解释一下。”

“最好你去。”多萝西说，“他是你舅舅。”

“好，”南希说，“我去。”她下了通向船舱的升降梯。

“太棒了。”罗杰说，“这就是说航行根本没有结束。”

“闭嘴。”约翰说。

“出去！”他们听到受到骚扰的写信人在下面吼道。

南希面红耳赤、气急败坏地回来了。

“他听都不听。”她说，“一个劲儿写信。他一点兴趣也没有，只关心邮船有没有来。快点。我们只有来一场漂亮的叛乱。各就各位！起航！马上备帆！让他看到我们是认真的。”

“噢，听我说。”苏珊说，“我们不能走。他好不容易才进港的。”

“动手吧。”南希说，“万事俱备，还犹豫什么呢。”

苏珊看看约翰，寻找支持，但约翰亲眼见过鸟蛋收藏家，他支持迪克和南希。

他们听到两声汽笛响，都跳了起来。

“邮船来了！”罗杰说，“正在进港。”

“老天爷啊！”南希说，“别傻站着。放开束帆索，吊索准备起帆。快快快！他听到汽船的声音，马上就会上甲板……”

北极熊号全体船员忙忙碌碌起来，解开他们进港时固定的一切。束帆索解开，捆扎起来。折好的主帆“扑通”一声落在天窗下。支帆吊索拉起前甲板的索具，重新锁住帆首，随时准备起帆。约翰解开舵轮的绳索。南希调节绞车，准备起锚。这时，弗林特船长上了甲板，手中拿着一沓信。

“你们都在干吗？”他叫道。

“我跟你说过，但你不听。”南希说，“我们要回洗船湾。”

“傻瓜，我们刚刚从那儿来。”

大家同时开口，七嘴八舌。弗林特船长从一片嘈杂声中，只听出事情跟迪克有关。他听到翼手龙号的名字，向迪克转过身去。

“怎么啦？”他问，“他不肯回答你的问题？”

“鸟儿还没有灭绝，可不是因为他没有出力。”迪克苦恼地说，“他搜集稀有的鸟蛋，普通的鸟蛋也不放过，甚至还有成打的海鹦蛋。”

“哎，这不关我们的事。”弗林特船长说，“但你那只拿不准的鸟儿呢？他告诉你名字没有？”

“我想得没错。”迪克说，“是白嘴潜鸟。他拿了一个剥制标本给我看。他现在想拿走鸟蛋，把两只鸟都杀掉。”

“你不告诉他地点，他就做不到。”

“我没有说，但还有其他问题。他说，只有拿到鸟蛋，才能证明潜鸟在这里筑巢，但照片也行。”

“但谁想证明这些？”

“我们都想证明。”南希说，“换了谁都会这样。”

“以前从来没有人见过它们在不列颠群岛筑巢。”迪克说。

“你肯定？”

迪克匆匆下到船舱。南希、约翰、提提和多萝西继续争论。迪克拿着《袖珍鸟类手册》回来，发现弗林特船长用手掩住耳朵。他翻开书页，指出相关内容。

“在海外筑巢。”

“它们在这里筑巢，”迪克说，“我亲眼看见的。如果有折叠艇，我就能看到鸟蛋。距离太远，游不过去。”

“可你又不想拿鸟蛋。”

“他当然不会拿。”多萝西说。

“当然不。”迪克说，“但这是证据。他说得没错。我要把照片拍下来。我们明天一定要回家吗？”

“当然要回家。”弗林特船长说，“时间到了。我们已经晚了一天。”

“那就让我和多特留下吧。我们无论如何都会回去的。”

“不能把你们留下。”弗林特船长说，“这些事情又没有多重要。”

“真不开窍！”南希叫道，“听我说，如果你在探矿，第一次发现了大批银矿，难道你愿意直接走人，不去勘察验证一下？”

“如果它们没有筑巢，那就没有多重要。”迪克说，“但如果证明它们确实在这里筑巢，那就非常重要了。无论如何，那个混蛋就是这么认为的。他给带路去金鹰巢的孩子十先令。如果我带他去找潜鸟，他会给我一英镑。”

“他想给我五英镑。”约翰说。

“邪门儿，”弗林特船长说，“真邪门儿！”

“这说明，他认为值得验证一下。”多萝西插嘴说。

迪克焦躁地摘下眼镜，擦擦镜片，又重新戴上。

“我就是非回去不可。”他说，“你不明白吗？所有的鸟类学著作都错了，这是科学发现，前所未有的科学发现……”

“哎，你现在已经知道了。”

“我要找到证据。”迪克说，“我得再去一趟。”

“我们俩都留下。”多萝西说。

“我们要回去。”南希说。

“我们不能回去。”弗林特船长说。

“我们可以在这里买些面包，再加上几个鸡蛋，”苏珊说，“这样就有足够的食品，可以多留一两天。”多萝西向她投去感激的眼神。

“我们马上动手吧。”佩吉说。

“潮水就要转向了，”约翰说，“我们可以顺流而下。”

“我们正好把油箱装满。”罗杰说，向扶梯方向跑去。

“罗杰，出去！”弗林特船长说，“你们都闭嘴！听我说，不能在这条船上搞叛乱。我上岸去加油、寄信。你们这些傻瓜把束帆索解开了，到处弄得乱七八糟。趁我在岸上时，赶紧把帆重新收拾好。我们明天早晨去马莱格，马克还等着要船。我想，你们的爸爸妈妈还在等你们回家。我刚写信说你们是好船员，要不要我撕了这封信，重新写一封？就说我好不容易才摆脱了一帮叛乱的废物，再也不想见到你们了。你们这群小傻瓜，讲点道理好吗？迪克想看潜鸟。好，他已经看到了。你们不能指望我原路返回，就因为有个疯子开玩笑。”

“就一天算得了什么！”南希说。

“我们已经晚了一天。”

“他不是开玩笑，”迪克说，“他想亲自验证一下，但他的办法是杀鸟取蛋，我的办法是拍照。”

“爸爸会希望迪克刨根问底的。”多萝西说，“这就像发现法老王陵。爸爸发现过一处王陵，用了两个冬天来验证有没有别的东西。如果迪克发现所有的书都错了，他不能不加验证就一走了之。”

“事情一定非常重要。”约翰说，“否则那人不会给我们五英镑。因为我们不接受，还大发雷霆。”

“如果北极熊号船主知道，”提提说，“他不会让自己的船错过这场好戏的。”

“我们回去吧。”南希说。

“别把我吵聋了。”弗林特船长说，“这件事用不着再争。那人要么是疯子，要么是在开玩笑。世界上没有人愿意付五英镑买一个鸟蛋。你如果拿了他的钱一走了之，他现在就会找你要回来。不要再说了，约翰，快点收拾。邮船来了。我们去送信、加油、给马克打电报……”

“瞧！瞧！”提提轻声说，“翼手龙号派小艇过来了。”

小汽艇从大陆驶向港湾。平常，人人都会看它在码头停靠。今天，大家丝毫都没有留意它。

小艇在白色摩托艇吊架上摇动，下面两个人把小艇放进水里，造反的小船员们一下子鸦雀无声。一个人滑进小艇，解开滑车，把小艇送到扶梯口。翼手龙号船主正在扶梯口等待。

“如果他过来打听，别泄露我看到鸟儿的地点。”迪克说。

“我不说，”弗林特船长说，“但你不用自吹自擂，他不会有兴趣的。他不过是拿你寻开心，我现在要上岸了。”

但水手已经起航，翼手龙号船主坐在艇尾。小艇穿过港口，一直向北极熊号划过来。

“小艇过来了。”迪克说。

“大惊小怪！”弗林特船长说，“纯属礼貌，回报你的造访而已。但我希望他用不了多少时间，我还想送信呢。”

“什么也别说。”迪克急忙说。

“你们都让开，”弗林特船长说，“要么就下去。把嘴闭上。无论他想怎样，别让他把我们当成一伙咆哮的暴民。”

第十一章　鸟蛋收藏家自食其果

谁也没下去。造反的小船员们在前甲板上等待，遥望迪克的敌人乘坐翼手龙号的小艇穿过港湾。一片兴奋的寂静。

“海上双打比赛开始！”佩吉轻声说。

鸟蛋收藏家衣冠楚楚，坐在艇尾，指挥水手划船。弗林特船长身材矮胖，穿着衬衣和宽松的旧法兰绒裤子，背靠吊杆，忙着点烟斗。两人的对比非常鲜明。

鸟蛋收藏家也这么想，犯下了第一个错误。

“劳驾给船主通报一声，说我求见好吗？”他说。

佩吉转过身，藏住脸。南希狠狠地捏了她一把，她差一点儿叫出声来。

“他会出乖露丑的。”南希的眼睛闪闪发光，“别出声，好好听！”

“先生，船主不在船上。”弗林特船长彬彬有礼地说。

“你是负责人吗？”

“临时船长。”弗林特船长说。

“听见没有？”南希说，“临时……如果他不想回去，我们就罢免他。别出声！他现在说什么？”

“谁都没出声，就你话多。”佩吉轻声说。

“小点儿声，听！”

她们错过了几个字，但下面的内容很清楚——“建议对你相当有利……”

鸟蛋收藏家借助北极熊号扶梯爬上船。

“他都不问一下人家同意不同意。”提提说。

弗林特船长站起来，鸟蛋收藏家登上甲板，他的水手稳住小艇，对准扶梯。

“他们是船主的家人吗？”

造反的小船员们都咧开嘴笑了起来。弗林特船长回答时，他们笑得更厉害了。

“不是。”

“那个戴眼镜的男孩呢？”

“如果他上船得罪了你，我很遗憾。”

“吉姆舅舅疯了。”南希说。

迪克擦擦眼镜。

“好哇！”多萝西说，“他知道你没有。”

“根本没有，根本没有。但他的故事值得注意，正好是我的领域。我叫杰梅林。这个名字对你可能没有什么意义，但你的船主马上就会明白……”

“当然啦。”弗林特船长说。

鸟蛋收藏家打量前甲板上的人群，放低声音，大家只听到最后几个词：“……可以说真话吗？”

“你觉得不行吗？”弗林特船长问。

他们还是听不见鸟蛋收藏家全部的话，只听到只言片语。只有迪克才明白其中的意义——“错误……一丝不苟的描绘……我倾向于认为他确实看到了……如果是这样，事情就相当重要了……除非有可靠的证人，当然没有用……我准备自己证实……不能指望那孩子明白……说不出确切地点……现在……”他又一次降低声音，大家什么都听不到，直到弗林特船长回答。

“我一直没有离开船，”他们听见船长说，“没看见什么鸟儿。”

“如果你让他说，他肯定会说的。”

“那是他的秘密，不是我的秘密。”

“那不是他应该保留的秘密。他找我是找对地方了。我说过我的名字，杰梅林……‘杰梅林收藏品’的杰梅林。改变所有旧观念……增加一种英国本地的鸟类。”

“我一无所知。”弗林特船长说。

“但你也许可以告诉我，他看鸟时，你在什么地方。”

“瞧！瞧！”提提轻声说，“他在撕信。”

弗林特船长一面站着听鸟蛋收藏家讲话，一面慢慢把他在船舱里加紧写成的信撕成碎片。

“这是寄给家里的信，”多萝西轻声说，“他得重写一封了。”

“他改变主意了。”南希轻声说，“好哇！噢，好哇！翼手龙号自食其果。”

鸟蛋收藏家已经发现他一开始就把弗林特船长看错了，他改变了说话的态度。

“不错的小船，”他说，“我想是租来的。我有点儿好奇，这次度假花了你多少钱。只要你说服那个男孩子，你可以一文不花……我马上就写支票，五十英镑够不够？”

“老天爷！”南希轻声说，“这都是哪儿跟哪儿啊？这么不惜血本。”

鸟蛋收藏家从口袋里拿出又长又窄的支票簿。他一手拿钢笔，一手拿支票簿，向弗林特船长微笑。

“再见。”弗林特船长说，向他迈了一步。鸟蛋收藏家退了一步，再也笑不出来了。

“你明白，”他说，“信息对一般人没有什么价值，对我可能也没有什么价值；但我愿意冒险……我是说五十英镑吗？……我开一张一百英镑的支票吧……”

“再见，先生。”弗林特船长说。

鸟蛋收藏家再退一步，就会掉进海里。

“你犯了一个大错误……”

“对不起。”弗林特船长满脸通红，但仍然彬彬有礼，“我要上岸了。再见，先生。”

鸟蛋收藏家回到了他的小艇上。翼手龙号水手把船划走。弗林特船长站在扶梯上，继续把信撕成更小的碎片。

造反的小船员们从前甲板向船尾走去。

弗林特船长突然转过身。

“向水里吐唾沫，”南希说，“这样你会感觉好点儿。”

弗林特船长好奇地打量迪克，仿佛第一次见到他。“对不起，迪克老伙计。”

他说，“我早该明白，随船博物学家比我更懂鸟类。好吧，我们从哪儿开始呢？”

“当然先回去。”苏珊说，“你下了决心，我们都很高兴。让你刚看到整个港口就‘走跳板’，有点儿遗憾。”

“你们怎么知道我下了决心？”

南希指着一片撕碎的信件，它碰巧没有飘到船外，却落在弗林特船长脚边。

“我错了。”他说，“他不是疯，而是坏。坏透了！他不仅想要鸟蛋。他认为迪克实际上有所保留，想亲自验证。你说对了。我们和这条船要阻止他，马克会理解的。你们自己负责向父母解释吧。”

“他们也会理解的。”多萝西说。

“你说照片就能证明？”他问迪克。

“对！”迪克说，“可能全是错的。它们距离很远，但我相当肯定。”

“你需要多长时间才能搞定？”

迪克沉吟道：“我必须先隐藏起来，让它们习惯，第二天再拍照片。如果错了，我坐折叠艇一靠近岛屿，马上就会知道。”

“你们昨天晚上说的凯尔特人是怎么回事？”弗林特船长问，但其他人还没有回答，他就改变了主意，“我想，你在赫布里底群岛拍鸟的照片，牧羊人不会介意的。麻烦在于这个家伙。他不会这么轻易就放弃的。他会像老鹰一样，一直盯住我们。如果我们回去，他也会尾随而来。约翰，快点！无论如何，我们要把油加满。我不写信了，改用电报。”

“好，长官。”约翰说，急忙下去寻找更多的油箱。罗杰已经拿了两个油箱到甲板上来。

“叛乱结束了。”南希说，“对你、对我们都好。如果我们罢免你，让你走跳板，我们自己开船回去还有点困难。”

“叛乱？呃，那是什么？”弗林特船长心不在焉地说，“不用费事收回支帆索了，一切保持现状吧。船员能懒就懒吧。嗨！你拿桶干什么？”

提提刚刚把桶拖起来，说：“我要冲洗一下甲板……无论如何，他在这儿站过。”

弗林特船长笑起来。“噢，好吧，随你怎么样。”他说，“这家伙！”

约翰拖出小艇，自己进去。罗杰把油箱一个接一个地递过去。

“我来划。”弗林特船长说，“只要你戴上游艇帽、用大红字母将船名绣在蓝运动衫上知道怎样划，我就让你划。”

他们离开大船几码远，弗林特船长掉过头来。

“这家伙可能趁我不在再去找迪克。如果他又想上船，别让他上来。”

“我们不会让他上来的。”罗杰说。

“拿出穿索针，把上船的人击退，”南希说，“让他丢盔弃甲。”

“我们会尽快回来。”弗林特船长说，“不要死盯着他的船只，做出懒洋洋的模样，让他以为没人感兴趣。”

小艇向码头驶去。在半路上，苏珊突然想起来，“还有面包和牛奶，”她说，“我没有给他们牛奶罐。”

“现在来不及叫他们回来了。”南希说，“我们改天再弄牛奶吧。”

“六块烤面包。”苏珊叫道。她们看到约翰转过身，点点头。

“把桶拿开。”罗杰平静地说，其他人转过身，看到他在甲板上舒展身体。他打了个哈欠，“如果甲板浸水，我可装不出懒洋洋的模样。”

提提等到油箱送进小艇，然后才用水桶清洗翼手龙号船主站过的地方。她没有擦第二次。船员都在驾驶室里、甲板上休息，或是晒太阳，留心不去打量停在远方码头的翼手龙号……只有迪克放不下心，溜进船舱，反复查看鸟类手册中记录白嘴潜鸟的那几页。他一会儿看插图，一会儿看自己的素描。他拿着书回到了甲板上。

“肯定没错。”他说，“那人一看见素描，就知道是白嘴潜鸟。他给我看他剥制的死鸟，确实一模一样。我确实看到了两只鸟。除了一两分钟外，总有一只在岛上，在同一个地方孵蛋。”

“当然没错。”南希说，“你拍下照片，就有了证据……证明什么来着？”

“白嘴潜鸟在不列颠群岛筑巢。”迪克说，“所有书上都写错了，因为以前谁也没有见过它们在这里筑巢。”

“现在连弗林特船长都明白了。”多萝西说。

“从翼手龙号学到的。”南希说，“我说，它们是什么鸟？大吗？”

“跟鹅一样大。”迪克说。

“天哪！”南希说。

“他们去邮局了。”十分钟后，提提说，她躺在前甲板上，把望远镜架在栏杆上，打量长长的码头，“他们在邮局里待了很久……要写四份电报……弗林特船长跟港务官聊天……他们一定要加油……有人把油箱放在手推车上推来了。”

“别转得太快！”南希说，“杰梅林用双筒望远镜打量我们，我希望他过来上船。”

“要不要我去引擎室拿个扳手，以防万一？”罗杰说。

最后，约翰和弗林特船长下了码头台阶，回到小艇，但他们并没有直接驶向北极熊号。

“他们干吗去看浮标？”南希说。

大家很快就明白了。

“引擎，罗杰，”弗林特船长一上船就说，“拿漏斗来加油，引擎油箱一滴油都没有了。”

“好，好，先生。”罗杰兴高采烈地溜走了。

弗林特船长打开后甲板上的填料孔，放进漏斗。他在约翰的帮助下，把汽油倒进去。

“南希，可以开绞盘了。”他扭头说，“起锚。”

“我们马上起航？”南希说，她匆匆赶到前甲板。

“不，”弗林特船长说，“我们不想暴露马克的港湾位置。我们驶向浮标，绕道过去，然后再神不知鬼不觉地出发。如果让他听见我们起锚了，他就会死盯住我们。时间一到，我们就要无声无息地起航，把那家伙甩掉。”

第十二章　等待机会

他们不久就发现弗林特船长是正确的。他们起航一定会引人注意。罗杰把引擎开得很小，只有一点点跳动、一缕缕青烟和船尾排水管的水声。然后，他们看到翼手龙号甲板上忙忙碌碌。鸟蛋收藏家走出甲板室，用双筒望远镜监视他们。引擎低声吟唱。有人匆匆赶到船头，站在翼手龙号的绞车下，等待鸟蛋收藏家下令起锚。

“他们也出发了。”佩吉说。

“我们起航，他们就跟着走，”约翰说，“这是他们唯一的希望。”

“约翰，小艇！”

“好的，长官。”

“你来帮帮忙，到浮标附近等我们……不……不是你，南希。你留在这里，让他起尾缆。”

“苏珊，快点！”约翰说。

约翰和苏珊一起下了小艇，向浮标划过去，在那儿等待。他们偶尔划一两下，不让潮水把小艇冲回来。他们看到南希和弗林特船长在前甲板上忙忙碌碌；看到北极熊号的锚收回到柱头，挂在那儿滴水；看到弗林特船长来到船尾，握住舵柄；看到南希守候在尾缆旁。他们听到引擎轻轻作响，知道北极熊号向前行驶了。

北极熊号离浮标越来越近。

“慢一点儿。”他们听到弗林特船长的声音，没有一点儿不寻常的味道。

约翰将小艇划到北极熊号船头。船刚才是逆水航行，现在不再逆水了。

“给你，”南希平静地说，把缆绳头递给苏珊，“系在环上，打个单套结……他说留长一点，至少两英寻，这样我们就可以随时从甲板上放下小艇……”

两分钟后，一切顺利。缆绳系紧，引擎关闭。苏珊和约翰重新爬上船。罗杰又激动又得意，爬上升降梯，隔水打量翼手龙号。

“他们也把引擎关上了。”他说。

“他看到我们的小艇接近浮标，就在那时关闭了引擎。”南希说。

“我们一动就会溅水。”弗林特船长说，“这是免不了的。这样他就必须暴露自己，我们临走时，他跟还是不跟？”

“都是为了迪克的鸟儿。”南希说，“天哪，教授！难以置信。我不在乎它们筑不筑巢，好戏还在后头呢。为博物学三呼万岁！海雀和海鸥万岁！我从来没想到鸟儿这么有意思。”

“我几乎可以肯定它们就是在筑巢。”迪克说。

“那家伙也这么想。”弗林特船长说，“他认为你的发现确实很重要，他不会轻易放手的。我们要停下工作，骗一骗他。他的速度比我们快四倍。如果他看到我们走，在海上把我们追上了，我们就没法摆脱他了。”

“我们以十英里速度起航，”约翰说，“或是在浓雾中起航。”

“雾对我们没有好处。”南希说，“如果我们没有在起雾前认准方向，根本进不了洗船湾，现在我们再也做不到了。”

“麻烦在于，这里的晚上还这么亮。”弗林特船长说。

“如果他上了岸，”多萝西说，“一群新闻记者之类的人物把他拖住，让他来不及跟踪我们，怎么样？”

“我们会有办法的。”弗林特船长说。

“我们现在怎么办？”提提问。

“什么都不做。”弗林特船长说，“就是什么都不做，让他捉摸不透，让他监视到不耐烦。”

“佩吉，快点！”苏珊说，“我们最好先填饱肚子。约翰，你把面包放在哪儿啦？”

“天啊！”约翰说，“我们都忘光了，至少我忘了。我们只顾划向浮标。”

"哎，我们饿得要死。"罗杰说，"换了谁都会这样。"

"如果我们还有牛奶，我想喝一点。我们把巧克力吃完了，还有蛋。"

"鸡蛋，"罗杰说，"不是白嘴潜鸟蛋。"

"没有人用小艇吧？"苏珊说，"趁商店没关门，我和佩吉划过去。"

两位厨师下了小艇，划到码头下面的台阶。

"哈啰，"罗杰说，"杰梅林也饿了。"

杰梅林先生站在翼手龙号护栏后，向小艇上待命的水手交代。他们看到，那人扭头看看码头。小艇起航，尽可能快地划走，系在佩吉和苏珊泊小艇的台阶下。那人登上台阶，上上下下打量码头。他在系船柱上坐下，好像在等什么人。他们看到那人填满烟斗，开始抽烟。

"他倒是悠闲自在啊。"罗杰说。

"你以为人人都像你那么饿？"南希说，她的声音突然变了，"天啊！"她跳起来叫道，"这混蛋派他守候我们的厨师。他会从佩吉嘴里套出话来……她会有什么说什么的。太远了，游不过去。赶紧把折叠艇拿出来……"

"来不及了。"弗林特船长说。

佩吉和苏珊刚刚走出码头的商店，正在搬运面包和购物篮。翼手龙号水手穿过公路，向她们走来。

"我们现在什么都做不了。"约翰说。

"苏珊绝不会说漏嘴的。"提提说。

"船头的帆啊索啊！"南希叫道。"田凫和海鹦啊……我的天，苏珊让他提篮子。她总是跟所有人叽叽喳喳。"

"油嘴滑舌、笑里藏刀的流氓总能从天真的孩子嘴里套出话来。"多萝西喃喃说道。她心里着急，在口袋里摸索铅笔。

"他们一起进商店了。"罗杰说。

"你们觉得她会不会说漏嘴？"迪克问。

"她敢说漏嘴，我就淹死她。"南希说。

"那就太晚了。"迪克说。

北极熊号甲板上陷入一片可怕的沉默。船员看到那三个人像新交的朋友一样，穿过码头，走下台阶，边走边聊；他们看到北极熊号的厨师走进小艇，从水手手中接过面包和篮子；他们看到水手抚平前额的头发。然后，苏珊划回北极熊号，水手划回翼手龙号。大家一言不发，直到佩吉和苏珊把给养搬上船。

“他是翼手龙号水手。”佩吉快活地说。

“你告诉他什么了？”南希非常严肃地问。

佩吉露齿而笑。“我们看到他从后面划过来，”她说，“他过来跟我们说话时，我们什么都准备好了。”

“你告诉他什么了？”南希又问。

“他说：‘你们的船好漂亮，去哪儿呀？’我说我们要还给船主。”

“这样就好。”弗林特船长说。

“不坏。”南希说。

“这是苏珊的主意。”佩吉说。

“哎，我们就这样回答。”苏珊说，“他问船主在哪儿。我们回答说，他在格拉斯哥工作。一点儿没错。”

“然后呢？”南希说，“你没有把洗船湾说出来吧？”

“他说，我们在海上见过面。苏珊说，她记得他们的摩托艇从船头掠过，是不是他的船？他有点儿不好意思，但还是重整旗鼓，问我们：‘你们接下来去哪儿呀？’我们解释说，我们是厨师，不太清楚这些事情。地图上尽是些乱七八糟的符号，看不明白。”

“天哪！”罗杰说，“为什么我偏偏不在场呢？”

“你不可能处理得更好，”约翰说，“多半还会更糟。”

“你们都做得很漂亮。”弗林特船长说，“他没能弄清什么，我们却弄清了很多。我原来猜想，他决心找到迪克的鸟儿。现在我可以肯定了，他唯一的希望就是跟踪我们，伺机而动。我们要神不知鬼不觉地溜走。这事不好办，他会一直监视我们，我们在众目睽睽之下。不要时刻盯着他，我们的船和船员都是饱食终日无所用心……对谁都不感兴趣，尤其是那家伙。”

“有一件事必须先做。”约翰说，“把支索帆理顺，它老是吱吱呀呀的。”

“像只凤头鹦鹉似的。”罗杰说。

“他在港口对面都能听见。”约翰说。

“好吧，那你们就去涂点油。”

约翰爬上桅顶横杆，给支索帆涂油，直到它不再出声。等他下来，大家都进了船舱，准备大吃一顿。

“茶，”苏珊说，“还有晚饭。”

“有早饭就差不多了。”南希说，“晚上会出什么事，我们可不知道。”

在这顿大餐中，时不时有人溜进瞭望室，通过观察孔遥望翼手龙号。鸟蛋收藏家本人在帆布躺椅上坐了很长时间，监视北极熊号。然后，他消失了，但在甲板上留下了一个似乎无所事事的水手。

大家吃完饭，正在洗碗。这时，他们突然听到头顶上响起滴滴答答的雨声。

“哎呀！”约翰说，“帆还没有收起来呢。”

“帆不会有事的。”弗林特船长说，“不用再上甲板了。我们运气不坏，要的就是晚上多云。”

“一下雨，水手就进舱了。”提提说。

“他们是不是停止监视了？”迪克说。

“他们不会的，”南希说，“我敢打赌，甲板室里时刻都有人在监视。他们一看到我们活动，就会起航。”

“我们什么时候出发？”罗杰问。

弗林特船长查阅潮汐表。“我们想利用潮水。”他对自己，也对所有人说，“高潮大约在九点钟，大约三点钟退潮。我们必须在此之前出海，才能利用潮水。听我说，大家最好上床睡觉，能睡多沉就睡多沉。”

大家都不想这么早就睡觉，因此他们等了大概半小时。每隔几分钟，就有人登上升降梯看外面的雨。他们带回好消息：天色阴暗，细雨绵绵，跟浓雾一样有用。最后，苏珊一锤定音，指出他们半夜出海，应该早点睡觉。

“迪克睡着了。”多萝西指着他，轻声说。

迪克没有找到观鸟人，却发现了鸟蛋收藏家，大受刺激。弗林特船长不愿意改变计划，或是让迪克和多萝西留下来，也深感失望。后来大部分船员支持他，弗林特船长自己也抛弃所有计划，让他如愿以偿，所以他心满意足。因此，他筋疲力尽，趴在鸟类手册上睡着了。

“他有脑子。”弗林特船长说，“不，不要叫醒他，让他睡。其他人都回自己的铺位。时间一到，我会叫你们起来。”

“穿着衣服睡？”南希问。

“随便。”弗林特船长说，“苏珊，借你的闹钟用用。”

“太吵啦。”苏珊说。

“用毛巾蒙住，放在你的枕头下面。”南希说。

迪克醒来时，船舱里一片漆黑。虽然灯没有亮，但其他人已经醒了。他几乎没有动，直到弗林特船长把手放在他膝盖上。

“伙计，你摸黑回铺位睡吧。”他听到船长说，“一小时以前，我们就熄灯了。我们想让他以为我们都在打呼噜呢。”

“雨停了吗？”

“没有，但恐怕会停的。”

“我们不能现在出发吗？”

“现在还不行，”弗林特船长说，“他还在监视我们。瞧那边……”

探照灯突然照亮了一侧舷窗。升降梯口亮了，折叠的白帆挂在上面的横梁上。

“探照灯又来了。”迪克听到南希说。

“半小时一次。”弗林特船长说，“我们等他厌倦了再走。”

“我们果真返航吗？”

“当然，回铺位睡觉吧。”

第十三章　不辞而别

约翰躺在铺位上，半睡半醒，一只手放在膝盖上。他睁开眼，船舱里黑乎乎的。这时，升降梯下闪现两个光点，一红一绿，他大惑不解。

“我们现在有机会了。”他听到弗林特船长轻声说。

“他不再监视我们了？”约翰问。

“最后一次探照灯扫视在一个半小时以前。不能再等了，要不然我们就会错过潮水。我们运气不好，雨停了，但西北风刮起来了。”

“我要不要叫醒南希？”

“红脸蛋！”他听到另一个人小声说，“要不是我，你这会儿还在打呼噜呢。”

“不要撞到上面的航海灯。我们不到万不得已，不把灯带到甲板上。”

约翰悄悄溜出铺位，穿上鞋，套上温暖的毛衣，穿过红红绿绿的灯光，上了甲板。

天上看不到星星，但天色不黑，只是寒气逼人。一盏灯的微光在码头上闪耀，灯光在水面的涟漪中变得支离破碎。锚灯隐隐约约地照亮了一百码外停泊的翼手龙号甲板。

“风向西北。”弗林特船长又说，“再好不过。准备好了吗？好，悄悄到前面来。你升起支帆索，我右转舵，南希避开浮标。我们出了海，再升起主帆……”

约翰向前看到灯塔的光柱在南方旋转……长长的光柱每分钟扫射三次。一盏双重灯俯视东北方的大陆，苍白的灯光突然照亮暗夜，暴露了港湾顶端的灯塔。

灯塔隐藏在长海岬高地后面。

“我已经解开了帆架。”南希说，“我们可以准备起帆了，但要当心起帆时噼啪作响。”

约翰找到支帆吊索。这是他亲自涂油并系紧的，马上可以拿出来。他瞥了一眼桅杆的轮廓。吊索会不会吱吱作响呢?

“你准备好没有？”他问。

“马上就好，结还没有解开。帮帮忙，使劲拉缆绳。好……”

弗林特船长突然出现在他们身边，一起猛拉缆绳说：“这样就行，我们不能用绞车。”

“就好了，”南希说，“我解开结了……好，马上，全体准备啦……”

“别让船漂走了。”弗林特船长说，“我们小点儿声，一个词就行了，拉动时悄悄说声‘好’就行了。我们本来可以把缆绳拉到船尾，但我想转向没问题，空间很大。”

“好的，长官。”约翰轻声说。

“我把绳头转过来了。”南希说，“你一声令下，我就动手。”

“他回去掌舵，还需要时间……好，南希，我起帆了。”

他双手交替，拉动吊索。支索帆升起。“一点吱吱声都没有。”约翰心想，只有一声帆布的拍打声。约翰抓住左帆，让它安静下来。“快！快！”他轻声说。

缆绳落进水里，发出轻微的一声泼刺响。

“好。”约翰说。

远方码头的灯火、白色的翼手龙号、镇上的房屋和直插云天的黑黢黢山脉都在摇摇晃晃。码头灯火照亮了横梁……后舷……船尾。他走出升降梯，来到船头，看到灯塔的闪光。北极熊号不再逆潮，而是顺流而下。

南希把湿漉漉的缆绳拖上岸，卷起来。

“我们最好停下来，”她说，“船需要瞭望哨。”

北极熊号加速前进，潮水正在退去。西北方鼓起支索帆，船儿驶向港口码头外的朦胧暗影。

“船向灯塔驶去。”约翰说，手指扫过天空的白光。光束又一次收缩成一个光点。

"约翰！"

约翰爬上船尾。

"你拿住舵轮，我来调导航灯。我们不一定用得着，但有备无患。说不定有渔民或好事之徒在岸边大呼小叫，知道我们拿他没办法。现在不点灯没关系，但喊声能在水面上传出很远。拿住舵轮，右转舵，对准灯塔。"

"已经右转舵，长官。"约翰说，他接过船长焐热的舵轮。

不一会儿，甲板上的两盏灯也暗了下去。约翰明白，弗林特船长不愿意冒任何风险。他不让船尾露出分毫红绿灯光，以免港口的小艇隔着舷窗看到。他们依次向前，在侧支索前站定。

"我们骗过他没有？"约翰听南希问道。

"他没有再把探照灯转过来。"弗林特船长说。

他来到船尾。"我们的灯很弱，"他说，"但谁也不能说我们没有开灯。"

约翰放下舵轮，回望港口。微弱的点点金光暴露了挂在翼手龙号前桅支索上的锚灯位置，它们仍然留在原地，什么都没有改变。鸟蛋收藏家和他的人马仍在梦乡中。

"天啊！等他们发现我们不见了，会是什么模样？"

"我们先发制人。"弗林特船长说，"我们只是及时溜走而已，等天亮才会明白到了什么地方。"

"主帆怎么办？"

"我们到了外海就扬帆。"

北极熊号无声无息地溜走了。船员们累坏了，只有三个人留在甲板上，其他人都在铺位上睡下了。他们只要没有睡着，就能感到船在动。风从大陆方向吹来，北极熊号随潮水漂流。它只扬起支索帆，像幽灵一样溜出港口。

半小时后，北极熊号驶出了海岸的遮蔽范围。船头传来轻轻的声音，声音越来越大。多萝西在下面第一个听到声音。"风声。"她想，"我们在港口一定会发出许多声音。"她听到新声音：帆索吱吱作响，厚帆布啪啪作响，鱼叉在架子上嘎嘎作响，再加上主帆升起的声音。然后，她猜到了。她马上翻身下铺，一路小跑赶到瞭望室，从舷窗向外打量。在昏暗的曙色当中，岸边的岩石飞速向后掠过。

“迪克，”她迫不及待地冲进迪克的铺位，“我们出发了。”

迪克摸到眼镜，翻身下铺，跟她一起来到舷窗边。

“哈啰，”罗杰坐起身来，随即说，“嗨！他们背着我们就出发了，这些坏东西！”他马不停蹄地从迪克和多萝西身边挤过去，登上升降梯，从舷窗向外打量。

他们上了甲板，发现约翰正在掌舵，主帆刚刚升起，弗林特船长和南希站在吊索边。他们向船尾方向望去，看到港口的防洪堤已经远远地被抛在身后。

“你们怎么不叫醒我？”罗杰问。

“问船长吧。”

主帆已经安置好，三角帆正在升起。

“固定右舷三角帆索，就是你们那儿。”约翰说。

“如果有我帮忙，我们的逃离就会顺利得多。”罗杰一面拉帆索，一面说。弗林特船长来到船尾，给他帮忙。他说：“我能行。”

“不要太用力。”

迪克和多萝西遥望港口。摇曳的灯光像快要熄灭的火柴，慢慢消失。他们寻找白色摩托艇的踪迹，什么也没有。

“歹徒睡得迷迷糊糊，”多萝西喃喃自语，“没有注意到他的猎物已经逃出魔掌……”

“可我们呢？”迪克说。

提提脸色苍白，出现在升降梯口。她一言不发，看看船尾，再看看船头，冻得发抖，坐在了最高一级阶梯上。北极熊号正在开足马力前进。

“让我出去。”佩吉说，提提给她让开路，“苏珊把你的毛衣送来了。你快穿上！苏珊马上就来，她正在开汽化炉。”

“谢谢苏珊。”弗林特船长说，“可你们这些小傻瓜怎么不留在铺上好好睡觉？”

“我喜欢。”罗杰说，“你、南希和约翰偷偷摸摸自己玩。”

“马上就轮到你了。”弗林特船长说，“我们一旦绕过海岬，就要逆风驶向洗船湾，需要借助引擎的力量。”

“你出港时就应该发动引擎的。”罗杰说，“我们现在不缺油。”

“好让翼手龙号知道我们在干什么？”约翰说。

“对不起，我忘了。”罗杰说。

“我们骗过他了？”迪克问。

“还不清楚。”弗林特船长说，“如果我们转过岬角，他还没有出现，就说明我们的情况还可以。但即使这样也不能保证，因为他的发动机太强了。我们只有驶出视线，才能甩掉他。”

“如果他出海发现了我们，我们该怎么办？”迪克问。

“继续驶向外海，到拉斯角转一圈，领着他到处乱转。你不用担心，我们不会暴露你的鸟儿。”

东方天色渐亮。北极熊号张满所有风帆，驶向东方晨曦。此刻，人人回望港口，灯塔已经不再发光，太阳冉冉上升，他们可以看到牛羊在海岬南坡漫游。“如果他现在出海，还能看到我们。”迪克说。

“还没有他的踪影。”多萝西说。

升降梯那边飘来咖啡的香味。

“鸟蛋收藏家这顿早饭一定心情不好。”罗杰俯视下面的船舱，说道。

“你现在就饿了？”弗林特船长咧嘴笑道。

“麦片粥。”苏珊在下面叫道。

“你们都下去吧。”弗林特船长说，“我们越过海岬之前，甲板上无事可做。”

罗杰故意最后一个离开，在罗盘跟前徘徊。这时，只剩下船长还在甲板上面。

“走吧，罗杰。吃饱了，再来开引擎。”

“好的，长官。”罗杰感激地回答，跟着其他人挤进升降梯。

苏珊给舵手带来一碗麦片粥。

“他们该去睡觉，你明白的。尤其是罗杰和提提。”

“规矩总有打破的时候。”弗林特船长说。

“噢，好吧，”苏珊说，“他们可以在今天剩下的时间里睡觉。”

“我们不能指望他们现在睡觉。”弗林特船长说，焦急地扭过头去。

北极熊号船员来到船舱里，感到一种全新的体验，以前在各港口之间巡游时，从来没有这样的感受。随便逛逛和逃避敌人，感觉截然不同。

“我不在乎别人怎样想。”南希喝完了麦片粥，说，“我倒是挺感谢那个可恶的鸟蛋收藏家。迪克，我完全理解你的感受。但我是这么想的，看看他给我们带来了什么？要不是他，我们已经上路回家了，现在什么都可能发生。无论我们说什么，吉姆舅舅都不会改变主意，多亏了翼手龙号！”

“他可能已经追上来了。”迪克说。

“我们能避开他。”南希说。

“他想怎么样？”苏珊说，“我看不出事情跟他有什么关系。”

“他想要鸟和鸟蛋。”迪克说。

“不止这一点，”南希说，“他想让大家都以为这是他的发现，而不是迪克的发现，所以吉姆舅舅才会发火。”

“我还以为是因为他那副‘有钱能使鬼推磨’的嘴脸。”苏珊说。

“那只是向吉姆舅舅暴露了事情的重要性。”

“这不是问题所在。”迪克说，“我的意思是，只要有人能证明它们在这里筑巢就行了。他非要杀鸟不可，其实只要拍照就行了。”

“是谁发现的？是你。不是翼手龙号的观鸟人，而是北极熊号的观鸟人！北极熊号应该永垂不朽，那艘可恶的摩托艇不算数！”

“我们不能让他杀鸟。”提提说。

“鸟儿不会有事的。”迪克说，“前提是，我们拍照的地方无论如何不能让他看见……不用了，谢谢。我吃饱了，我要上甲板去。”

“他吃早饭狼吞虎咽，这样不好。”迪克上了升降梯，多萝西说，“但我不好说他，爸爸就是这样。”

“为迪克和翼手龙号三呼万岁！”南希说，“没有他，什么事都不会发生。我们要再看看凯尔特人。”

“我们要离他们远远的，”提提说，“我们可不想再被跟踪。”

“我们要看皮克特古屋。”罗杰说。

“赶紧吃东西。”南希说，“我听吉姆舅舅说，马上就要用引擎了。”

“我准备好了，”罗杰说，“他什么时候需要都行。有饭就要好好吃。约翰，把橘子酱递给我好吗？”

他们又回到甲板上，发现港口已经看不见了，他们正在绕过海岬。阳光洒落在内陆山顶上，迪克举起弗林特船长的双筒望远镜。

“他还没有出来。”他说。

“到目前为止，一切都好。”弗林特船长说，“可是太阳一两分钟内就要升起来，有人马上就会醒来，第一件事情就是打量我们的浮标。”

“只有浮标，”多萝西说，“没有北极熊号。”

“五分钟后，他就会飞驶而来。”

“你还是下去吃完早餐吧。”苏珊说，“都准备好了。”

“马上就去，”弗林特船长说，“快点，罗杰。我们看看引擎能不能给点力。约翰，保持航向。”

弗林特船长和罗杰下去了。太阳慢慢爬上海岬，东方海面金光闪闪。

“北极熊号，出发！”提提说。

“突……突……突。”引擎轰鸣。弗林特船长和罗杰重新回到甲板上。罗杰在船边俯视，估量速度。弗林特船长下令时，速度更快了。

“全速前进！”

船尾似乎突然增加了推力。

“突……突……突。”风帆张满，引擎全速，带领航船乘风破浪。

“航速至少七节。”约翰说，“我们从来没有这么快过。”

迪克擦擦眼镜，向船尾方向看过去。

“你下去，把早餐吃完。”苏珊对船长说。

“好，好。迎风开引擎时，一定要注意航线。还有，南希，拉住主帆索。约翰，注意风向。”

大家一起将主帆索拉进船内。南希、佩吉、苏珊和弗林特船长拉进三角帆和支索帆。

“好了，约翰。迎风，风帆张满。”船长遥望海岬北面的宽阔海湾，对面就是他们刚刚离开的海岸，“差不多上路了。只靠风帆是不可能的，我们只需要继续保持目前的船况就行了。苏珊，好吧。约翰，交给你了。”

他走下甲板，约翰掌舵。北极熊号冲过海湾，驶向远方的山崖。这段航程跟昨天有气无力的微风大不一样。不是六个小时毫无希望的逆水行舟，而是顺流而下。潮水转向以前，他们就能抵达。不是有气无力的微风，而是强劲的西北风从大陆吹来，在海上没有任何障碍物。不是空空如也的油箱，而是开足马力的引擎。别的时候需要十个小时的航程，这一次两小时就能走完。仿佛北极熊号知道，他们必须在翼手龙号绕过海岬、发现他们以前，藏身于山崖和海湾内。

北极熊号继续飞驰，划破波澜，船尾扬起白沫。这是罗杰大显身手的时刻。他不跟任何人说话，不断在甲板上走来走去，四处打量，用油腻的手摸摸下面，确保排水管和油箱一切正常。

早上还没有过去，两道青烟就在遥远的北方升起。他们还在海上，弗林特船长回到甲板上了。海岬早已抛在船后。早上的阳光照耀着洗船湾，他们一度以为再也不会看见这里了。

“山上就是我们的皮克特古屋。”罗杰说。

“山脊后就是我们的凯尔特城堡。”多萝西说。

“没有对准入口。”约翰说。

“好，”弗林特船长说，“我们差不多到了，降帆吧。”

“可是航速会减慢的。”提提嘟囔道。

“管他呢，”南希说，“他是不想抢风航行。”

“不见得。”弗林特船长说，“不过我们已经快到了，足以提示他我们的目的地在哪里。如果他现在绕过海岬，我们的风帆在阳光下非常显眼。没有风帆，他就很难发现我们的踪迹。大家一起动手降帆。约翰，我们用得着你。佩吉，你来掌舵，不用管我们。帆一降下来，我们就直接驶向入口。”

前桅帆降下，主帆降下。船员系紧束帆索，免得风吹得帆布乱飞。北极熊号迅速接近海岸。

“佩吉，交给我吧。”弗林特船长说，“停靠在山崖下，最好让我来驾驶。”

北极熊号向山崖下滑行，大家向船尾方向投下焦虑的最后一瞥。

“我们把他甩掉了！”弗林特船长说，“迪克，怎么样？找你的鸟儿吧。现场没有干扰。”

“除了凯尔特人。”提提说。

“没有人监视我们回来。”南希说，仿佛觉得很遗憾。她打量山崖，凯尔特高个子上次就在那里目送他们出海，没有回应他们的挥手致意。

“多特，有问题吗？”

多萝西放下双筒望远镜。“一瞬间，我好像看到了什么东西。”她说，“但如果其他人都没有看见，我也不敢肯定。也许只是一道破碎的浪花。总之远在几英里外。”

“别担心，”弗林特船长说，“我们已经甩掉他了。罗杰，放慢引擎。我们停在原来的位置。”

“洗船的地方。”佩吉说。

北极熊号慢慢行驶。约翰和南希在前甲板上忙着下锚。引擎断断续续，然后沉默了。下锚，放小艇，弗林特船长拉住尾缆小锚移船。北极熊号泊在二十四小时以前停泊的老地方，他们一度以为再也不会回来了。

潮水转向，涌进海湾。北极熊号船头面对大海。

“只有一个问题，”南希说，“谁都看得见船。如果杰梅林跟过来……”

“他必须接近海岸，才能看到这里。”约翰说。

“我们溜之大吉，”弗林特船长说，“他可能已经放弃了。无论如何，除非潜到水里，我们不可能隐藏得更好了。马克可不会欢迎我们潜水的。”

罗杰突然指着分开洗船湾和南方狭窄水道的山崖。远方白浪一闪，仿佛巨鸟入水，破浪疾行。弗林特船长抓起双筒望远镜。

“说曹操，曹操就到。”他说，“他没有耽误多少时间。”

“他那天在海上遇见过我们，知道该走哪条路。”迪克绝望地说。

“我们完了。”提提说。

“逼进死角，无路可逃。”多萝西说。

“他还没有看到我们。”佩吉说。

“不可能看不到。”南希说，“他随时都可能转过来。”

“废话。”弗林特船长说，“他还远得很，而且没有停船。”

“他走了。”约翰说。在山崖的遮蔽下，他们只能看到波光粼粼的外海空空如也。

“幸好他匆匆忙忙。”弗林特船长说。

“侥幸。”南希说。

“不错嘛。”弗林特船长说，“只要他油箱的油够用，欢迎他一路去北极。”

“不够反而更好。”罗杰说。

“他可以在极地冰原上永远漂流，人和船都冻在里面。最后，信天翁把他们清理干净。”多萝西说。

片刻的阴影过去了。

“我要去皮克特古屋。”罗杰说，“那里居高临下，是海岸警备队的理想监视哨。我们前几天没有好好利用，我会监视他消失在视野外，随时警戒他有没有回来。”

“让他去吧。”弗林特船长说，“如果他想在海上找到我们，要去的地方多着呢。不过你想去警戒，可以随便。听我说，迪克。我不是鸟蛋收藏家，但我想看看你的鸟到底有什么值得折腾的。”

“我们都去。”南希说。

“我不去，”罗杰说，“我去皮克特古屋。总得有人放哨嘛。”

第十四章 “我有藏身之地”

奇迹发生了。探险队的首领不是约翰，不是南希，甚至不是弗林特船长，而是迪克。迪克对鸟类无所不知。迪克的发现把大家带回了洗船湾，大家等待谦虚的随船博物学家指路……

只有罗杰急于登山，独据皮克特古屋监视哨瞭望大海。“如果你们不让我赶紧上岸，杰梅林就要消失在视界之外了。”他正在说。

“噢，谁来送他上岸？”弗林特船长说，“把小艇带回来。迪克，你说你需要折叠艇，是吗？”

“给养呢？”罗杰问。

“你吃过早餐了。”约翰说。

“我又不能停止警戒，下来吃饭。”罗杰说。

“把这只小馋猫喂饱，把他打发走。”南希说，“迪克，你马上就要拍照吗？”

“佩吉在做三明治。”苏珊说。

“做好了。”佩吉拿着纸包和柠檬水瓶出来，“快点，罗杰。我送你上岸。”

“谢天谢地。”小艇驶向洗船湾，南希说。罗杰带上望远镜和给养，兴高采烈地从船尾向他们挥手。

“注意我的皮克特古屋，”他叫道，“我一到那儿就给你们发信号。”

大家都没有回答。北极熊号船上所有人都在忙着准备折叠艇下水。

折叠艇用木头和帆布制成。不用时，帆布一侧就像弗林特船长的手风琴一样折叠起来，打开就是有头有尾的小艇。横杆穿过当中，以免小艇重新折叠起来。

“乘客不止一人就没什么用处。”南希说，“两个人就太挤了。我和约翰试过，我们载佩吉，差一点儿翻了船。”

“迪克一个人没有问题。”弗林特船长说，“你没有乘客吧？还有其他人吗？”

“没有。”迪克说，“接近鸟儿，人越少越好，我只能一个人去。”

折叠艇正在下水时，佩吉划着小艇回来了。

“把他打发走了？”南希快活地说。

“他都快到山顶了。”佩吉说。

“他这会儿快到皮克特古屋了。”提提说，“那就是他，正在爬山。”

“喂，他在发信号呢。”南希说，“好慢。你们应该好好训练一下实习生。”

罗杰站在山顶高地上，身影在蓝天的衬托下格外显眼。他发出旗语，每发一个字母就停顿一下，挥手吸引北极熊号船员的注意。

“H，”南希说，“E……A……D……快点……I……Heading(船向)，继续……N……G……结束。F……O……R……结束。A……R……C……T……I……C……（他驶向北极。）”

南希回应，手臂像磨坊风车一样飞转：“G……O……O……D。（好。）”

罗杰消失了。

“好，一切顺利。”弗林特船长说，“我以前就这么猜测，现在才确定。”

“罗杰干得漂亮。”提提说。

“他就这一次有点儿用。”南希说，“听我说，现在是谁要进折叠艇来着？”

大家都看着迪克。毕竟，是他想在湖泊区使用折叠艇。

“我还没用过。”迪克说。

“迪克越快熟悉就越好。”约翰说，“不要顺着潮水划，一下一下来，否则你会原地打转的。”

“转来转去。”佩吉说。

“你如果划空了，”南希说，“船就会翻。”

“迪克，下船试试。”弗林特船长说，“如果你翻了船，我们还有另一条船接你。”

“先把小艇弄上船。”南希说，“谁来做？”

“我们一起来。”提提说。

“塞进去，免得挡路。如果迪克第三次翻船，就把他捞起来。”

“小心。”多萝西对迪克说。

“只要一分钟。”迪克说。他冲下甲板，去拿鸟类手册和望远镜。

“用一下你的双筒望远镜。”他回到甲板上说。

“拿去。”弗林特船长说，“我想看看这些鸟。”

“有双筒望远镜，我们甚至可以看到鸟蛋。”

小艇离船几码远，吃水不过一两英寸，南希握桨。折叠艇空空荡荡，系在舷梯上。

“苏珊、约翰、佩吉、提提、多特、吉姆舅舅和我自己都在。幸好罗杰不在。”南希唱道。

“他又在那儿发信号了。”提提说。

他们抬起头，发现哨兵站在皮克特古屋，现在的海岸警备队岗哨上。

“提提，你挥手，我的手没空。”南希说，“他这一次说什么？G……O……N……E……结束。O……U……T……结束。O……F……结束。当然，消失了。”罗杰的旗语还没有打完，他们就知道了。

“他运气不错。”弗林特船长说。

“不对。”提提说，“他配不上这样的好运。”

迪克轻手轻脚地爬下舷梯，一脚踏进折叠艇……感觉好像踏进了漂浮的碟子，他赶紧扶住船舷。

“干得好。”南希说，“最好划到溪流的起点。看看你能不能稳得住。”

多亏罗杰最后的信号，迪克完全不再考虑鸟蛋收藏家了，至少不再担心了。现在他必须获得证据，首先为了自己，其次为了弗林特船长和船员，最后为千秋万代的博物学家拍下照片。他必须有折叠艇才能登上小岛。因此，他必须学会使用折叠艇。这时，他什么都不考虑，拿起短桨，划破水面。

他发现折叠艇在许多方面都像碟子。它不能走直线。你越想快，它就越是打转。他稳住船，重新尝试，它又开始打转。他迅速划了一桨，把折叠艇正过来，但第二桨完全落空，折叠艇骤然倾斜。小艇上传来“当心！”的叫声。迪克听到尖叫，知道是多萝西的声音，尽量面带微笑，保持镇定。

“你做得不错。”南希说，“我第一次差点儿翻了船。”

“马克应该感到羞愧。”弗林特船长说，“买了完好的折叠艇，自己却玩别的去了。折叠艇最适合钓鱼，我想看到他坐折叠艇钓鲑鱼。”

“马克和鲑鱼拔河，”南希说，“我敢打赌鲑鱼会赢。”

“这只是寻找感觉。”迪克仿佛已经上岸似的，一面摘下眼镜擦擦又戴上，一面若有所思。但他在折叠艇上双手握桨，做不到这一点。他又试了一次，一桨点水，不留打转的时间。

“你学会了。”约翰说。

“我们继续前进，寻找最好的登陆地点，”南希说，“尽可能接近河口。”

小艇继续前进。迪克看不到全体船员，他们随时准备把他从河里捞起来。迪克划折叠艇越来越顺手。一桨点水，轻不着力，不留打转的余地，就是这样。他慢慢驶向河口源头，越来越稳。上游的溪水穿过岩石，汇集于河口。

其他人上岸，抛锚，泊下小艇。他们回头看到迪克在后面奋力前进。

“我们怎么把折叠艇运到湖泊区？”多萝西问，“上游有瀑布、岩石，划不过去的。”

“从陆上运。”提提说。

“艇没多重，我们一起抬。”佩吉说。

“就在这里！迪克，靠岸吧。”

“没多难。别忘了，它只是帆布做的。”

迪克靠岸。时间仍然很早，阳光没有多少热度，但他的眼镜模糊了，他感到汗水从肩胛骨流下。

“对不起，我迟到了。”他说。

“不着急就好划。”弗林特船长说，伸手拉他上岸，“那么，随船博物学家，下一步怎么办？我们一起去湖泊区，会不会把你的鸟儿吓跑？”

“船怎么办？”迪克问。

“你不用操心船。”约翰说，“我们会料理的。你有必要继续前进，看看你的鸟儿还在不在那儿。”

“我们来解决船的问题，”弗林特船长说，“很容易。南希，把船拉出来，注意别在石头上撕裂了。”

迪克一手拿照相机和望远镜，另一只手握住口袋里鼓鼓囊囊的鸟类手册，确保东西一样不少，一面打量折叠艇上岸。约翰和南希抬起船头，苏珊和佩吉抬起船尾。

“好。”南希说，“我们会跟你同时到达，或者稍晚一点儿。”

“那么，随船博物学家，”弗林特船长说，“别让我们大家白跑一趟。”

“如果它们已经在这里筑巢，就不会随便飞走。”迪克说，他开始沿着溪边攀登。

“你想要我帮忙抬船吗？”提提问。

“不。”约翰说。

四个人带着折叠艇上路了。多萝西看了他们一眼，就匆匆跟上了迪克和弗林特船长。

“听！”迪克已经翻过瀑布，突然停下来说。

“呼——呼——呼——”

湖泊还没有出现在视野中，但怪异、可笑的叫声跟他那天听到的声音一模一样。

“就是它们，还在那儿。”迪克急忙赶路，在岩石和石南丛中绕行，渴望第一个看到湖中小岛，多萝西和提提急忙跟在他后面。弗林特船长向搬运折叠艇的人瞥了最后一眼，也匆匆跟上了多萝西和提提，但没有那么快。

迪克扭头看到他们跟上来。这时，湖面已经出现在视野中，他可以看到湖对岸。溪流从一片芦苇丛中流出湖泊，约翰和南希可以在那儿把船放进溪水中，这样就少走不少路。那一瞬间，他想在原地守候，但他还没有看到鸟。因此，他绕着湖岸踏上吱吱作响的湿地，匆匆前进。接着，他终于看到了潜鸟。至少，他看到了那一只发出怪叫的潜鸟。鸟儿掠水而过，在水面上激起长长的涟漪。

他凝视小岛，但很难看清楚。多萝西和提提气喘吁吁，穿过芦苇丛。这时，他正在摇晃、擦拭眼镜。“就是这个岛！”他说，“我已经看到了一只鸟。”

“怎么样？”多萝西问。

“没问题。”迪克说，“但我一直在想，如果它们走了，一切都错了，那该有多糟！”

“我没有看到鸟儿。”提提说。

“距离还远，”迪克说，“靠近些才能看见。”

“拿这个看，”弗林特船长的声音传过来，“能看清楚。”

迪克接过双筒望远镜，对准远方的岛屿。没错！一只鸟儿仍然在岸边孵蛋，另一只在不远处的水中游动。

“就是它们。”迪克说，“水里那一只潜下去了……在那儿，又上来了！”

“让我看看。”提提说。

“就是那只黑的！”弗林特船长说。

“但它看起来跟鸭子差不多啊。”提提说。

“不是鸭子。”迪克说，“等我们再靠近些，这是白嘴潜鸟。”

他沿着湖岸引路前进，不知道带着弗林特船长一行人这样显眼的目标，能走到多近的地方而不惊动鸟儿。同时，他很想确定：他看到的东西，其他人有没有看到。不久，他停下步伐。

“现在看得见了。”他说，“但我们不能再靠近了，等他们把船运过来再说吧。”

“很像鹧鸪。”多萝西说。这时，双筒望远镜轮到她手里了。

“它们就是鹧鸪的一种。”迪克说。

“让我们看看你的素描。”弗林特船长说。

“我把书带来了。”迪克说，他拿出鸟类手册，翻开那一页。

“迄今为止，你是对的。”弗林特船长说，“它们不可能是别的鸟。”

“这是它们第一次在如此遥远的南方筑巢。”迪克说。

“如果它们确实在筑巢的话。”弗林特船长说。

“船来了！”提提说。

佩吉、苏珊和南希出现了。她们沿着湖岸匆匆赶来，约翰带着折叠艇，刚刚穿过芦苇丛。

“他一定要紧靠湖岸。”迪克急切地说。

提提爬上岸边，遥望地平线上突起的长山脊。马车道从那里穿过，通向下一个山谷和土著人的居民点。

“看不见人。”她说。

“你忘了，现在还早得很。”弗林特船长说，“这时候还没有人出来。”

“人倒没有关系。”迪克说，“但鸟儿如果看到我们这一大群人，还有船……”

但约翰似乎想到了同样的问题。他在岸边几码外拖船，尽可能不要吓坏鸟儿，或是让土著人看到。

“哎，”南希说，“就是这里。”约翰把小船停在岸边。

“它们就在这里。”多萝西说，“迪克说对了。”

“他当然说对了。”南希说，“可这些鸟儿，它们看上去跟鸭子一模一样，大概就是大了一点儿。”

“但它们根本不是鸭子，”迪克说，“它们是白嘴潜鸟。”

“你该动手了。”弗林特船长说，“拍好照片，然后我们一两个小时内就可以走了。”

“我看不行。”迪克说。

“你试试吧。”弗林特船长说。

迪克进了折叠艇，划走了。他还没有开始，就知道一切都错了。野生鸟类又不是树，你不能直接划过去拍照。但他希望靠近岛屿，确定它们是不是在这里筑巢。他把照相机和弗林特船长的双筒望远镜放在船尾座上，发现折叠艇像开始时一样不听使唤。他只能慢慢航行，小船才能稳定。好吧，越慢越好。他一度以为岸边的人赶上来了，感觉非常糟糕。他停下来，打手势让他们别动，他们坐下来，这样更好。他继续划船，每隔几桨就扭头看看还有多远。然后，他小心翼翼地转动折叠艇，让它停滞不前，以便他可以一直监视鸟儿和小岛。

他离小岛还有很长一段路，不过比岸上观察近多了，而且越来越近。这时，他明白，再靠近就不安全了。

游泳的鸟儿一会儿潜水，一会儿露头。如果它在捕鱼，这没有什么关系，但另一只在岸上孵蛋的鸟儿突然跌跌撞撞落入水中。片刻后，迪克发现它飞快地拍打翅膀游走了。它一再拍击水面，最后飞起来，发出凄惨、狂野的尖叫声：“赫茨！赫茨！赫茨！”

迪克马上停止划桨，他认为即使再靠近一英寸都不安全。他拿起双筒望远镜，对准鸟儿离开的地方。他突然浑身一震，几乎弄翻了折叠艇。岸上芦苇丛中有一个凌乱的圆圈，中间只可能是鸟蛋！

他开始向其他人划过来，焦急地等待鸟儿泼刺潜入水下再露出水面，然后回到巢里。

“鸟蛋。”他一面靠岸，一面说。

“照片呢？”弗林特船长问，“拍下来没有？”

“不行。”迪克说，“这样不行，我确定。必须有一个隐蔽所……”

“好吧。你需要多长时间？”

“不是这样。”迪克说，“我必须做好隐蔽所，晚上送上岛，让它们习惯，然后明天拍照。”

“又要一整天。”弗林特船长说，“现在是你的好机会。鸟蛋收藏家远在几英里外，向北极驶去。没有人干扰你。”

“鸟儿不会一动不动等你拍照的。”迪克说。

“拍下鸟蛋，不就成了？”弗林特船长说。

“没有鸟，就没有多大用处。”

“你能安排好的。”南希说，坚定地转向她舅舅，“让他拍照！北极熊号等他拍完了再走。现在不是闹内讧的时候。”

“不要鄙视我。”弗林特船长说，“是谁在闹内讧？让他拍照，不过越快越好。”

“他知道怎么做最好。”南希说。

“岛上没有他可以藏身的地方。”约翰说。这时迪克已经上岸，用双筒望远镜打量岛上。

“甚至连灌木丛都没有。”多萝西说。

“我们可以把他伪装成某种树木。”佩吉说。

“以塘鹅与海雀起誓！”南希说，“方圆二十英里没有一棵树，把他伪装成树木有什么好处？如果他的鸟发现岛上突然长出一棵树，一定会被活活吓死的。”

“我有个办法。”迪克说，他在岸上找到了需要的石头，画了一个代表小岛的圆圈，“岛上有几块像这样的巨石。鸟巢在这里，巨石就在比较平滑的岸边。我把屏障挂在巨石上，悄悄溜到它后面……”

“风帆怎么样？”佩吉说。

“那就要在上面打个洞，才好拍照。”约翰说。

“不能在马克的风帆上打洞。”弗林特船长说。

“渔网最好。”迪克说，“我能看到外面，潜鸟却看不到里面。”

“像纱窗一样。”提提说。

“很遗憾，马克出海前把渔网送到岸上了。”南希说。

“这个不算困难，柜子里有许多细绳。”

“双股细绳。”苏珊对多萝西解释说。

“可我们怎么织网呢？”提提问。

“佩吉是织网高手。”南希说，“她会让你大开眼界的。我们的吊床就是自己织的。”

“不要细网。”迪克满怀希望地说，“有了大网，我天黑以后就能拿到岛上，马上挂在岩石上。然后，我第二天一早从另一端上岸。那时，鸟儿已经忘了这件事，我就准备拍照吧。”

“它们不会觉得大网本身就有点儿古怪吗？”提提问。

“不仅仅是一张网，”迪克解释说，“我们能加上许多石南。”

“噢，对了！”提提说，“它们会认为夜里长出了许多石南。”

“好主意！”佩吉说。

“对土著人和鸟都管用。”提提说，“这里到处都是石南丛，不会引起注意的。”

“好。”弗林特船长说，“回船吧。快点！我们没有时间可以浪费在废话上。”

“网针呢？”佩吉问。

“你安排吧。小船怎么办？留在这里？”

“过一会儿凯尔特人可能会来。”提提说。

“藏在芦苇丛中，以防万一。”南希说。

南希沿着芦苇丛划动折叠艇。她驶入芦苇丛中，泊在岸边。除非事先确切知道上哪儿去找，否则没有人会发现小艇。

迪克、弗林特船长和多萝西匆匆赶回洗船湾的沙滩上。他们回望其他人，看到苏珊、佩吉和提提从瀑布处下来。

“喂，”弗林特船长说，“约翰和南希上哪儿去了？”

“他们探险去了。”提提说，“去上面的山谷看鹿群，顺便看看有没有凯尔特人。”

“我觉得，有没有都没什么关系。”弗林特船长说。

“别的时候没有关系，”提提说，“但现在，南希觉得应该弄清楚。”

“他们用不了多长时间。”苏珊说，“他们没带吃的，饿了就回来。”

“傻瓜。”弗林特船长说，“不过没有他们，我们的织网任务不轻啊。”

“你知道，拍鸟类照片必须有隐蔽所。”迪克说，弗林特船长划向北极熊号。

“好吧，”弗林特船长说，“我们尽力而为。”

第十五章　结网功败垂成

没有时间可以浪费。弗林特船长取下烟盒的盖子，一分为三，长度大致与网针相似。他原先打算用烟盒垫羽毛保存鱼饵。然后，他喷云吐雾，船舱里充满了青烟，呛得他流出了眼泪。他用苏珊的汽化炉把拨火棍烧烫，再用拨火棍烧掉多余的木头，网针就做成了。苏珊从瞭望室的储备箱中拿出两大团细绳。提提、迪克和多萝西用刀和砂纸磨光烟盒边角，制成通常所谓的网片。第一批网针和网片一做好，佩吉就教其他人怎么使用，并且像南希一样说了很多的“真见鬼”，因为他们总是打不出正确的人字形结，而是打错结。多萝西和提提从右舷支索的网片开始，佩吉和迪克用左舷支索的网片接着做，弗林特船长和苏珊用横杆的网片做第三批，这样船长就可以舒舒服服地坐在驾驶室里工作。

一开始，他们犯了几个错误：网结松脱、网片脱漏等。但这些错误越来越少，网越来越好，网片越来越长，网结越来越稳。

“其实不用着急。”佩吉一面穿针引线，一面说，“反正翼手龙号已经去了北极。”

“可是问题在于，”迪克说，“我今天晚上就要把网送上岛，让潜鸟有时间习惯它。每一分钟都要争取！”

“奇怪，”提提对多萝西说，“一切都是因为鸟儿，它们自己却一无所知。鸟蛋收藏家赶往北极，约翰和南希侦察山谷，佩吉、苏珊、弗林特船长还有你和我忙着织网，罗杰守望。一切都是为了鸟儿，鸟儿自己却一无所知。我们因此改变回英格兰的航线，从半路折回。”

“鸟儿为什么不能一直留在这里？”佩吉问。

迪克的针停在半空中。“我根本不知道它们为什么会来。”他说，“书上说它们来这里过冬。”

“可它们离开以后去哪儿？”

“北极。”迪克说。

“那个混蛋没有走错方向。”弗林特船长说。

“可幸好他走错了路。”迪克说。

“它们大概想躲避北极附近的冬天。”提提说，“天越来越黑，南方的水域还没有完全冻结，所以它们南下捕鱼。”

“但它们为什么过了冬又要回家？”多萝西说，“嗨，迪克，结网不要停。”

“那我就不知道了。”迪克慢慢放下针和网，递给佩吉。佩吉一面打量苏珊飞针走线，一面将迪克的网片跟另两块网片联结起来。

“大概只是偶然事件。”提提说，“雌白嘴潜鸟和雄白嘴潜鸟正准备飞回北极，但意外发生了。它潜水时，可能螃蟹或鳗鱼伤了它的腿。要么就是它在水下撞上了岩石。总之，事故耽误了旅程。雌鸟不肯离开它。然后，就是伤好了，时间也来不及了。它们慢慢从北方来到赫布里底群岛，大概从冰岛来吧。”

“继续说，”多萝西说，“我来翻网。继续说，接下来怎么样？”

“它们看到小湖，想在这里住一两天。然后，它们发现了湖中的小岛。”

“我知道，”多萝西说，“雄鸟说：‘这里好安家。’雌鸟说：‘看来没有北极熊。’雄鸟说：‘不管有没有北极熊，这里有许多鱼。’雄鸟扎进水里，就为了向雌鸟炫耀一下。”

“对，”提提说，“它们留下来，日复一日。最后，雄鸟开始觉得北极路远，留在这里最好。雌鸟觉得赫布里底群岛跟冰岛一样好，甚至更好一些。”

“雄鸟跟迪克一样，”多萝西说，“看到感兴趣的东西就不想走。雌鸟一开始像苏珊一样。”

“怎么啦？”苏珊从网上抬起头，问道。

“惦记钟点。”多萝西说。除了苏珊以外，所有人都笑了起来。

“有人经常惦记钟点，那是好事。”弗林特船长说。

“我知道。”多萝西说，“我是说，一开始，雌鸟会说：‘亲爱的，我们真的该走了。’但后来，雌鸟看到这里没有多少人，却有很多鱼，地方不错，就考虑在伤全好之前不要长途跋涉。”

“无论如何，”提提说，“它们决定留下来。后来它们下了蛋，就是想走也走不了了。”

“问题是，”迪克说，“如果它们在这里养小鸟，小鸟也会回到这里筑巢。小鸟再生小鸟，那个混蛋就会拿走鸟蛋。”

“哎，现在他拿不到了。”提提说。

中午时分，大家放下网去吃饭。这时，他们正好看到罗杰在皮克特古屋上发信号。

“N……O……T……H……I……N……G……结束。I……N……结束。S……I……G……H……T……结束。（什么都没有看见。）G……G……S……”

“G……G……S……”佩吉说，“什么意思都没有啊。”

“是海岸警备队哨所的简称。”提提说。

“让他回来。”苏珊说。佩吉上了甲板，发出信号。

“N…O…结束。（不。）”罗杰回应，接着就消失了。之后的信号毫无回应。

“他自己玩去了。”弗林特船长说。

“好吧，他身上有吃的。”苏珊说，她眺望小溪上游，寻找约翰和南希的踪影，“其他人连巧克力都没有带。他们该回来吃东西了。”

“我希望有人跟踪他们。”提提说，“南希不相信有人跟踪我们。”

“我不希望。”弗林特船长说，“现在不是跟土著人起冲突的时候。”

午饭（黄油鸡蛋和罐头梨子）后，大家继续结网。弗林特船长一直在值班，刚刚把针和网交给佩吉，就突然在驾驶室里睡着了。轻轻的呼噜声和喘息声向大家说明了发生的事情。他的外甥女想叫醒他，但多萝西及时制止了她。大家都感到困倦。但其他人没有真正睡着，只是哈欠连天。弗林特船长的呼噜声把他们逗笑了，这可能有助于保持清醒。后来，船长醒来，重新接手工作，然后又再睡再醒了好几次。最后，他让佩吉一看见他打盹就捅醒他。

喝茶时间到了。约翰和南希仍然踪影全无。

“他们会不会迷路了？”苏珊问。

“不会。”提提说，“约翰有罗盘。他们出发时，他就在看罗盘，我看见的。”

“他们大了，能照顾自己的。”弗林特船长嘟囔道。

“他们一定饿坏了。”苏珊说。

“他们应该来结一份网。”佩吉张开手指说，“如果他们饿坏了，那是活该！”

更奇怪的是，罗杰抗命以后，没有一点儿信号，即使苏珊都不想上山捉他回来喝茶。几个人结网，随时保持三块网片连接，任务繁重，弄得手指酸痛。迪克和多萝西自己坐小艇上岸，带回一船石南，手上伤痕累累。所有人都担心他们不能及时完成结网工作，因为迪克黄昏时就要登岛，第二天就要在隐蔽所拍照。他们喝完茶，停下来打了几个哈欠，用一段绳索穿过网眼，连接网边缘，把三块网片联结起来。然后，他们把整个网穿过横杆挂起来。

石南散落在甲板上，用来装饰网眼。大家都觉得成果令人满意，人人情绪高涨。他们摆脱了鸟蛋收藏家，把船开回来，证实了迪克看到的鸟儿。折叠艇已经准备就绪，藏在湖边芦苇丛中。网差不多也完成了。万事俱备，只待迪克明天拍完照，北极熊号就要驶回大陆，迪克的发现将会永垂史册。

然而，事态突然急转直下。

“我们还需要一大堆石南。”佩吉说。

“我去摘。”迪克说，“但我们先试试效果。”他钻进石南装饰的网下。

“我看外面没问题。”他说。

“可我们也能看见你。”多萝西说。

“他后面空空荡荡，你当然能看到。”弗林特船长说。

迪克从网下钻出来。“我进驾驶舱去。”他说，“然后你们把网盖在舱顶，那就跟后面有坚固的岩石一样了。”

就这样，他们从横杆上取下网，罩在驾驶舱上，迪克蹲在后面，透过网眼和石南向上看，围绕在甲板上的其他船员清晰可见。

“好。”他说，“你们现在看得见我吗？”

没有人回答。

“你们看得见我吗？”迪克又问。

仍然没有人回答。

他突然感到事情不对劲，抬起网的一角，把头伸出来。结网人围在甲板上，根本没有往下看，却向外凝视大海。他听到弗林特船长低声叫：“该死！”他看到多萝西和提提一脸恐慌，佩吉一脸愤怒。他从网下钻出来，想亲眼看看他们在看什么。

大型摩托艇绕着河口海岬外慢慢打转。毫无疑问，就是鸟蛋收藏家的翼手龙号！他根本没有去北极，而是就在这里，不过三百码外。杰梅林先生自己站在甲板室里。

“他看到我们了。”佩吉说。

“噢，迪克！”多萝西说。

“这家伙有脑子。”弗林特船长说，“他知道那天在海上遇见我们的地方。他先向北，靠近海岸，然后折回来，挨个查看海湾，直到发现我们为止。看来他正在驶入海湾。”

“可惜北极熊号没有大炮！”提提说。

但翼手龙号慢慢驶过河口，又向南驶去。

“他也许没有认出我们。”多萝西说。

“他肯定能认出来！”迪克说。

“哎，他走了。”多萝西说。

翼手龙号消失在海湾南口的石壁后。一时间，甚至弗林特船长都以为多萝西说对了。然后，他们听到引擎声更近了。翼手龙号近在咫尺，但他们却看不见。

“他驶向另一条河里了。”弗林特船长说，“他大概对海岸了如指掌。”

佩吉已经从侧支索爬上了横杆。

“他进来了。”佩吉向下面叫道，“我看到他的混账小桅杆在移动，就在山崖另一侧。到山崖不那么高的地方，我马上就能看到他全身……他在那儿……”大家顺着她指的方向，听到引擎的轰鸣，虽然看不见，却很清楚翼手龙号的方位。

“他比我们走得更远……他在抛锚，慢慢前进。”

“他也许会撞到山崖上。”提提说。

“可惜你早上没有拍照。”弗林特船长说，“那我们现在就已经走了，他再也找不到这里了。”

“迪克不可能那时候拍照。”多萝西生气地说，“那不是他的错！”

“他还没有找到鸟巢。”迪克慢腾腾地说，“他的地图上标有这一带的几百个湖泊。除非我们指路，他不会知道是哪一个。我们最好放弃拍照，一走了之。”

“我们不能把其他人扔下。”苏珊说。

“我得说，我不愿意最后让他赢。”弗林特船长说。

“让他赢？”佩吉在他们头上说，“我们不会的。可惜南希和约翰还没有回来。”

“我奇怪的是，”弗林特船长说，“他沿着海岸南下，我们的监视哨居然没有发现。”

“罗杰怎么没有发信号？”多萝西说。

“我们无能为力。”提提说。

“他无论如何应该发信号啊。”多萝西说。

“这家伙现在在干吗？”弗林特船长向上面问道。

“他在抛锚。”佩吉说，“他们的锚刚刚下水。”

“他没有上岸，就什么都做不了。”多萝西说。

“我不知道我们应该怎么做。”迪克说，他非常想拍下照片，证明鸟儿在这里筑巢。但如果因此向鸟蛋收藏家暴露了鸟巢的位置，他就宁可放弃。也许，他们即使放弃拍照，一走了之，也已经太迟了。鸟蛋收藏家近在咫尺，他可以挨个搜索湖泊，直到发现为止。他会拿走鸟蛋，杀掉鸟儿。因此，鸟儿再也不会年复一年飞回来了，只剩下两只剥制的鸟类标本和风干鸟蛋，在“杰梅林收藏品”当中显示白嘴潜鸟的尝试和失败。

“放弃太糟了！”多萝西说，“折叠艇已经准备就绪，迪克的隐蔽所也差不多完成了。”

“你们能透过网看到我吗？”迪克问。

“一点儿也看不见。”提提说。

“网没问题。”弗林特船长说。

“我们还可以完成网的掩蔽。”苏珊说，“但我们的石南不够掩蔽整个网。”

“我会多摘一些。”迪克说，“但如果我们一走了之，鸟儿会不会更安全些？”

“他可能不会跟上来。”多萝西说，“即使跟上来，我们也防不了他以后回来。”

“如果他留下来，只要一直听下去，早晚会听到鸟叫的。”迪克说。

“我们只听到过一次鸟叫。”弗林特船长说。

“可惜南希不在这里。”多萝西说。

“看那上面！”弗林特船长说，“他们这会儿在干什么？”

“他们没有放下小艇。”佩吉在横杆上说，“噢，现在他们放小艇了。不，他们没有。他们准备放小艇，但改变了主意。”

“迪克，”弗林特船长说，“我跟你一起上岸……仅仅是为了以防万一。”

“我们多摘些石南不会有任何害处，”迪克沮丧地说，“顶多是用不着罢了。”

“照我说，”多萝西说，“我们可以一直在这里守候，直到他放弃离开。”

“我们恰好做不到。”弗林特船长说。

“快点，你们两个！”苏珊对提提和多萝西说，“在迪克带着新的石南回来之前，把原来剩下的石南插上去。”

“我们现在起不了什么作用。”多萝西说。

那一天的欢乐消失了。毕竟，他们没有甩掉翼手龙号。弗林特船长和迪克划上岸，采回最后一批石南。很难说北极熊号甲板上和小艇上哪一边更沮丧。

第十六章　密切监视

罗杰爬上皮克特古屋的山顶，跟在北极熊号上开动引擎时一样心满意足。他知道，要不是靠引擎（当然，还有工程师），北极熊号不可能摆脱翼手龙号的追踪，回到洗船湾。他对迪克的鸟类没有丝毫兴趣，但很高兴借此机会展示一下引擎（当然，还有工程师）的力量。虽然翼手龙号一无所知，但毕竟是他罗杰打败了翼手龙号。他很想瞭望摩托艇盲目追逐的窘态，享受一下沾沾自喜的快感。他低声窃笑，就是这样，北极熊号知道去哪里寻找潜鸟，翼手龙号同样寻找潜鸟，却只能盲目追逐，一无所获。

他尽可能迅速地爬上山，害怕他还没有赶到山顶，翼手龙号就已经从视野中消失了。他快到皮克特古屋时，看到远方碧海中白浪一闪。好！他来得正及时。他还没有爬上标志数千年历史的高地，就警觉地打量起高地后面的山脊。那里隐藏了多萝西所说的"城堡"。那边没有人活动。他仔细观察了片刻，想到一两天前形迹诡秘的跟踪者。那些狗和高个子凯尔特人把探险家赶出了山谷。没有，那边没有人。罗杰爬上山，正好进入倒塌的古屋所在的山谷。除了天上飞过的老鹰，谁也看不见这里的古屋。这里是设置哨所的完美地点，面向大海的侧墙甚至设有监视孔。罗杰可以把自己隐藏起来，眺望山崖外，观察翼手龙号徒劳的行程。罗杰暗自窃笑，鸟蛋收藏家和他的手下要去北方寻找北极熊号的白帆。哎，他最好让其他人知道。他又一次警惕地打量起山脊，起身向北极熊号船员发信号。

他下面有两处海湾，北极熊号停泊在较近的一处。他们刚刚把折叠艇从船边放下来，他就发出信号：“他们驶向北极。”然后，他在望远镜中看到了南希回应的信号：“好。”

他重新回到山谷里，观察翼手龙号向北行驶的航线。他自觉来得太及时了。几分钟后，翼手龙号就会消失在海岸线突出的岬角后。天哪，船开得可真快！罗杰羡慕他们的工程师有这样的引擎可用。他几乎为鸟蛋收藏家感到难过。“冷……越来越冷……冻死啦。”他一面嘟囔，一面注视着敌人破浪驶向错误的方向，“如果他提前半小时，我们推迟半小时……他就会找到我们啦。”船继续在远方大海里破浪前进。“如果船没有尽快掉头，我们就安全了。继续这样前进，不会有问题……管他去北极还是设得兰群岛呢。”他甚至用望远镜都很难发现翼手龙号的踪迹。翼手龙号再一次从视野中消失后，终于无影无踪了。

“再见。”罗杰说，起身俯视北极熊号。他看到小艇躺在船边，挤满了人，迪克爬进折叠艇。他发出“消失了”的信号，得到小艇的回答。这时，他不再关心北极熊号了。让他们玩鸟吧，我还有一整天，皮克特古屋属于我一个人。他不知道当原始人好，还是当海岸警备队员好。他可能两样都有点儿想当。当然，如果翼手龙号还在视野内，他就是海岸警备队员。但现在没有翼手龙号，他当一上午原始人也不错。

他以前是船上的服务生，现在是北极熊号航程的工程师，没有多少机会安排自己的时间。总有船长、大副告诉他下一步该做什么。他发现的皮克特古屋小道杳无人迹。确实，他们离开那儿，沿着山谷前进，受到了隐蔽的凯尔特人跟踪，有过一段欢乐的时光。不过，如果他们留在皮克特古屋，事情可能会更好。他发现古屋以后，总觉得应该利用。这比他们度寒假的湖畔圆顶屋强多了，样子就和东海岸小溪里的那艘废弃的旧驳船迅捷号一样，他们当时还发现了一个在那里独自生活的少年。今天，罗杰觉得自己就像这个少年。皮克特古屋属于他一个人。

可那是什么？他想起隧道下面发现的饼干盒。他溜出门，弯腰进了隧道，把盒子拿了出来。留下盒子的人有没有回来吃掉蛋糕？他打开盒子，立刻明白了，两天前探险家发现皮克特古屋以后还有别人来过。装蛋糕的纸包不见了。在同样的地方，金字红纸包着一条厚厚的巧克力。至少，从包装纸来看，里面应该是巧克力。罗杰拆开包装纸和里面的箔纸。没错，就是巧克力！想来不会有毒的。他掰下一小块，但没有放进嘴里。两天前，这里还没有巧克力。他不能以发现宝藏的人自居，尝尝这块巧克力跟北极熊号的巧克力有什么不同。毕竟，他背包里又不是没有给养。罗杰把掰下来的巧克力又放回去，重新包起来，放进盒子里，把盒子放回隧道，留在他发现的地方。

他再一次爬出来，环顾四周，虽然一点儿巧克力都没有吃，仍然有近乎内疚的感觉。他登上皮克特古屋，周围空空荡荡，还是只有他一个人，甚至海上都没有任何动静。墙外的山脊上没有人活动。上次他们穿过山口去邻近的山谷，就在那边遇见了另一个世界的人和狗。北极熊号抛锚在他下面的海湾里。他能看到内陆的青山、岩坡和石南，能看到湖泊、小岛和远岸。但他没有看到近岸的动静，也没有看到博物学探险队。只有他一个人。

他再一次爬进倒塌的古屋所在的山谷，像史前人类一样自己安顿下来。提提不在场太可惜了，她这时就会清楚原始人是怎么做的。多萝西随时都能拿出现成的故事，罗杰却玩不来这一套，他不擅长编故事。顺其自然吧，他躺在山谷里的皮克特古屋顶上，想象自己是最后一个皮克特人。不过，做第一个皮克特人或许更爽？他在山顶上建房，可以提前很久发现敌人来袭。小路很窄，熊都走不过去，防备狼群更不成问题。还是做最后一个皮克特人吧，野兽和野人已经吃掉了所有的族人，只剩下他一个人，早晚在劫难逃。沼泽地的动静和海上驶来的小船都可能是敌人。他应该赤身裸体才合适。原始人就是一丝不挂，只会在身上涂油彩，或是披狼皮。但他既没有狼皮，也没有油彩。他考虑片刻，立刻现实地决定不让自己冻坏，没有脱下衣服。毕竟，他的衣服宽松舒适，如果原始人有机会换上，大概也不会稀罕皮毛了。他登上山顶，瞭望远方。

远海升起一缕轻烟，罗杰从原始人变成了海岸警备队员。他用望远镜监视南下的渔船队，用了很长时间。最后一艘渔船消失后，他又回到山边，俯视河口，看到北极熊号船上有动静。他拿起望远镜，发现六个人在甲板上忙活。他们已经观鸟归来。罗杰看不清他们在干什么，但很像在工作。这时，他回到了原来的角色——这次度假的工程师。船员越干越欢，工程师无所事事。

上午晚些时候，罗杰看到船员们抬头看他。他又变成了海岸警备队员，发信号说他什么都没有看到。他看到佩吉发信号回应。她说什么？要他回船？不！他气愤地发信号说“不”，不给他们回应的机会。让他们继续干他们的吧，他要监视他们所有人。

他在皮克特古屋所在的山谷里舒舒服服地安顿下来，把望远镜放在手边，打开给养包。从船上把食物拿到山上再回船去吃是愚蠢的。无论如何，需要有人始终监视翼手龙号。他打开三明治纸包，把它一分为二。一块当午饭，另一块以后再吃，可惜没有带两瓶柠檬水上来。他一面吃，一面遥望大海。这一天的不同时刻，他扮演了史前原始人、海岸警备队员、哨兵和工程师。这顿饭比他原来预期的更好吃，他吃了一半三明治，又把另一半也吃了，然后吃了巧克力和橘子，喝了半瓶柠檬水。

不久，他就睡着了。

他有充分的理由：早上起床太早，晚上没有睡好，天还没有亮就醒了。太阳火辣辣的，他从背包里取出太阳帽，遮住眼睛，把自己安顿得舒舒服服的。风吹不进皮克特古屋山谷。他一再闭上眼睛，重新睁开又闭上。最后，他闭上眼睛不再睁开了，把离开铺位后损失的睡眠都补了回来。

沙灰色头发的少年身穿高地服装，守卫崎岖的小路通过的山口，环顾四周。山谷空空如也。他暗自微笑，想到了前两天的入侵者。他、老昂古斯和牧人都看到了。他们惊扰了鹿群，老昂古斯把他们赶走了。他们飞快地逃回船上。老昂古斯昨天早上报告说，他们已经走了。谢天谢地！他目送这些人扬帆远去。

突然，他的笑容消失了。附近海湾下面是什么？船？他从挎在肩上的旧皮包里取出望远镜。老昂古斯错了。如果不是那条船，也一定是非常相似的船。如果老昂古斯错了，他们没有扬帆远去，那么他就对了：他们是来找麻烦的。如果他们回来，土著人就再也没有放牧母鹿的机会了。一旦开始，就会得寸进尺。

这些入侵者惊扰鹿群，他们还没有造成什么损害，就被赶走了。伊安的父亲听本地的父老说起过这件事，伊安当时也在场。伊安的父亲和老昂古斯一样愤怒。他听说赶走鹿群的人不过是几个孩子，更为恼火。“他们让小孩子来做这种事，”他说，“那就更可耻了。”他再次下令，不要驱赶他们。他让小伊安、老昂古斯和父老们制订计划，把猎人变成猎物。老昂古斯同意他的意见：“小孩子好对付。又不是第一次了，但我们需要一劳永逸。”第二天早晨，老昂古斯在餐桌旁显得阴郁而沮丧，报告说入侵者吓坏了，已经离开海湾。伊安能听出他失望的口气。

片刻间，他想穿过山口回去，报告入侵者重来的消息。但老昂古斯已经去了谷顶。当然，这可能不是同一艘船，只是非常相似而已。他决定翻下山脊，爬过小山，去他的秘密庇护所。那里是草地覆盖的废墟，他称为史前圆塔。在那里，他可以近距离观察来船。而且，他在那里的饼干盒里留了一大块巧克力和一本日记。他为了练习跟当地父老们交流，用盖尔语写日记。不过他平时跟父亲说话都是用英语。

在下面的远方海面上，北极熊号船员正在努力结网，哨兵罗杰在皮克特古屋顶上睡觉。没有人抬起头，看到年轻的高地人敏捷地爬下石南覆盖的山坡。他从山口离开山崖，取道临海一侧，重新来到皮克特古屋。北极熊号船员只有在偶然几次机会中才能看到他。他的步伐悄然而迅速，他的祖先也是这样。他们是猎鹿人，无论有没有必要，总是这样走路。他来到皮克特古屋，接近芳草覆盖的墙壁。他小心地绕过古屋，找到适当的地点，从峭壁俯视下面的海湾和抛锚的船只。

他断定就是同一艘船，泊在史前圆塔附近。他从背包中取出打猎望远镜，开始观察。甲板上似乎有许多人，忙忙碌碌的。他用打猎望远镜看不清他们到底在干什么，但他至少能认出其中两个人就是那天的闯入者。他和老昂古斯碰见他们惊扰了鹿群。这一次，有个胖子带领他们，在甲板上打瞌睡。老昂古斯误以为他们已经溜之大吉，现在他们又来了，这一次别想全身而退。他们当中一定有人非常熟悉这一带海岸，否则绝不敢这样抛锚，伊安想知道这个内行是谁。不远处陆地上还有人，老昂古斯说他们上了岸。鹿群和鲑鱼一样，总是回到出生地交配繁殖。不诚实的人破坏邻居的养鹿森林，不费吹灰之力就能增加自己的鹿群。这是最卑鄙的诡计！让小孩子赶鹿，更加卑鄙！今天太晚了，这些流氓做不了什么事情。显然，他们正在忙着做某种准备工作，但他们不会在这上面多花时间的，明天就会动手。好吧，明天，他、昂古斯和当地父老们会好好对付他们。

伊安从小就把皮克特古屋当作自己的秘密庇护所和观察哨。他绕到隧道入口，这里通向古代皮克特人生活的地方。他弯腰进去，拿出饼干盒，打开盒子，取出巧克力包和日记。有几件事需要记录……谷地居民派小孩子驱赶鹿群……把他们赶走……他们的船走了……他亲眼看到他们去而复返，现在潜伏在海湾里，显然是为了蒙混过关。他的铅笔流利地写下盖尔语。他把日记放回盒子里，心想，下一次就该记录他们大败坏人的辉煌战绩了。

然后，他把盒子放在古屋墙边，打开巧克力纸包。奇怪，纸包好像已经被打开过了，但他记不起这样的事。更奇怪的是，巧克力的一角好像被掰开又粘回去的样子。他剥开糖纸的感觉不对劲，没有预料的声音。他匆匆下山，在岩壁间攀行。无论如何，巧克力没有问题。他在阳光下坐下，下面的岩壁遮蔽了他的身影。他监视的船只只能看到他的头和眼睛。伊安一面吃，一面想，如果入侵者赶鹿，明天需要多少土著人才能把他们一网打尽。

他吃完巧克力，把糖纸折叠起来，扔进随身的鹿皮口袋。突然，上面传来轻轻的声音，他吃了一惊。不是叹息，也不完全是呼噜。他注意听，这个声音又响起来。是野兔吗？伊安绕过皮克特古屋，找到从海湾看不见他的监视点。他一点一点从侧面爬上去，最后慢慢抬起头，从古墙边窥视中间的塌陷区。一个年龄比他还小的男孩在那里睡觉，嘴半张着。伊安又听到轻轻的呼吸声。伊安认出了他，就是那天向鹿群扔石头的男孩！

伊安差一点儿怒吼起来，叫醒这个入侵者。但他转念一想，改变了主意。如果他惊醒了男孩，只会让他逃回船上，提醒入侵者。他不动声色地守候，但仍然非常愤怒。陌生人旁若无人，仿佛在自己家里一样。伊安注意到空柠檬水瓶子、吃光的橘子皮和在橘子上挖洞的童子军小刀。三明治包装纸落在打开的背包里，还没有被风吹走。这些孩子都不是独来独往的。幕后策划者非常聪明，从其他地方找到孩子们，再从海上送来。他们一得手就走，无法追踪。伊安看到望远镜躺在男孩身边。他也用史前圆塔作为监视哨，伊安从小就是这么做的。伊安经常躺在这里，瞭望大海。他在监视什么？伊安掉过头去。海上有两条渔船，天边有一条汽船。他慢慢转过身，那是什么？一条白色摩托艇沿着海岸南下窥探。那一定是格拉斯哥的有钱人，向客人们介绍赫布里底群岛的风光。突然，伊安全身僵硬。

昂古斯告诉老领主，也就是伊安的父亲，他把上岸的闯入者赶进了一条小帆船。老领主当时就说：“他们要造成真正的损害，就需要更多的人。不想被路人看见，就需要更大的船。”摩托艇是不是他们的后续人马？这就可以解释它为什么沿着海岸一路窥探了。它在寻找这些人，这就可以解释男孩为什么在伊安的秘密地点守候。他为这些人守望，船来了就发出信号。伊安咧嘴笑了。他看看熟睡的罗杰，心想：这个哨兵不怎么样嘛。如果摩托艇带来了坏蛋的援军，那就更好了。父亲说过：“不要把他们赶走，要拖住他们，我们会把鹿群的事情安顿好。”

这时，他庆幸自己没有一声怒吼惊醒罗杰，要他解释，让他继续睡反而更好。

伊安决定悄悄溜走，给家里报信。但他又看了罗杰一眼，罗杰完全没有想到敌人正在窥探他。伊安为自己成功的监视而自豪。这孩子不知道算不算走运，让他睡吧，等他醒了……伊安咧嘴笑了。他慢慢翻进山谷，开始动手。首先是柠檬水瓶，然后是望远镜，接着是背包，他会摸不着头脑的。他慢慢打开三明治包装纸，没有发出声音，从皮袋里拿出一截铅笔，在纸上写字。他又笑了，拿起男孩的童子军小刀，在他脑袋上方把纸插进地面。他继续听了一会儿罗杰的呼吸声。

然后，他小心翼翼地后退，翻过史前圆塔边缘，离开了。

下午的时光慢慢过去。罗杰经历了过去两天两夜的劳累，睡得很沉。最后，一只冠鸦在史前圆塔上窥探，把他惊醒了。冠鸦没有伊安那么谨慎，猛扑过去，发出尖叫，从罗杰身边一英尺的地方掠过。

罗杰睁开眼睛，伸展身体，打了个哈欠，突然坐起来，想起了自己在哪儿。他伸手摸望远镜，却什么都没有摸到。他迷惑地发现，望远镜竖在山谷边上，像灯塔一样直指天空。肯定不是他放在那儿的！然后，他发现，柠檬水瓶放在右边，里面插着一朵小蓝花。他知道，不是他摘的。他的背包被翻了个里朝外，像漏气的足球一样放在他脚边。天哪！他跳起来，又看到了其他东西。他的小刀把三明治包装纸插在地上，纸上龙飞凤舞写着几个大字。罗杰咧开嘴，但笑得不太愉快。海岸警备队员或哨兵看到这样的标签，都不会感到愉快的。

“睡美人。”

“混蛋！”他自言自语道，“可恶的混蛋！他们本来可以把我叫醒的。下午茶时间大概早过了。”

他把背包理顺，收起小刀和望远镜，愤怒地将三明治包装纸揉成一团，根据不乱扔废物的老规矩，把它和柠檬水空瓶子一起放进背包。他不知道怎么处置橘子皮，找不到兔子洞，就把它跟三明治包装纸一起塞进了背包。然后，他从皮克特古屋俯视洗船湾。他看到北极熊号，也看到了其他的东西，不禁面红耳赤。另一艘船停在北极熊号外面的岩壁另一侧，是一艘白色大摩托艇，上面有大型甲板室。他不用望远镜也认得出，这是翼手龙号。

他立刻明白发生了什么事情。他看到翼手龙号向北驶出了视野。这条船一定是越过了他们那天相遇的地点，然后掉头，重新沿着海岸南下，挨个查看所有港湾，直到发现旧领航船抛锚的地方。他们根本没有甩掉鸟蛋收藏家。天知道翼手龙号已经停了多久，鸟蛋收藏家到底看到了多少东西。他罗杰身为哨兵，却睡着了，没有发出敌人回来的警告。其他船员一定找到了他们的哨兵，没有叫醒他，却轻蔑地把标签留在他头上，让他睡个够。“该死！该死！”罗杰叫道。他的羞愧变成了愤怒。既生自己的气，又生别人的气。片刻间，他真想再也不回去了。接下来，他咬牙切齿，从皮克特古屋顶跳下来，猛地落在地上，向峭壁下的海湾飞奔而去。

第十七章　海上和岸上的敌人

罗杰下了山崖，走进北极熊号两天前停泊的港湾。他看到船静静地泊在河口的锚地，小艇不在船尾。岸上肯定有人，他想知道是谁。罗杰看到佩吉坐在横杆顶上，背对着他，猜想她一定是在监视翼手龙号。她在上面，可以看到分隔入河口水道的海岬低处。苏珊、提提和多萝西都在甲板上。他没有看到迪克、南希、约翰和弗林特船长。然后，他看到小艇已经被拖上了海湾顶端的沙滩，溪水在那里流入大海。他想，一定有人上岸，在近处监视翼手龙号。噢，他为什么偏偏睡着了，没有向他们发出警告呢？罗杰没有向船上打招呼。他们发现他睡着了，给他头上留下标签，让他自己睡醒。他不想在这个时候上船。他蹲在岸上，怨恨所有的人。

在北极熊号船上，没有人注意到他。佩吉在横梁上，时而俯视下面的人。下面的人也经常放下工作，抬头看她。但谁也没有注意到罗杰在岸上等待。罗杰觉得，他们故意不理他，以示羞辱。

他正想一个人回内陆去，却看到迪克下了小艇，往上面装东西。然后，罗杰看到弗林特船长从海湾对面的山崖下来，知道他一定是去侦察敌人了。两人一起向小艇里放东西，他们让小艇浮起来。他们离开岸边，迪克坐在船尾，弗林特船长向北极熊号划去。小艇接近北极熊号时，罗杰看到迪克指着他，弗林特船长扭过头，改变了航线。几分钟后，小艇就停在了罗杰脚下。

“我看到船驶出视野，”罗杰说，“不久我就睡着了。我不是故意的。”

“好啦。”弗林特船长说，“打起精神来。没关系。说实话，我自己也睡着了。”

迪克非常沮丧，一言不发。

半个小艇都是石南，罗杰没有问为什么。

小艇靠船，罗杰郁闷地上船，多萝西抓起缆索。

“佩吉说他没有上岸。”她说。

“他没有上岸。”弗林特船长说，“我想他今天晚上不会上岸。太晚了。他这种人总以为人人跟他一样，可能以为迪克一回来就把鸟蛋拿走了。既然我们还在这里，这个想法就不成立了。如果我们拿到了鸟蛋，肯定已经走了。他接下来就想到，既然我们还没有拿到鸟蛋，明天肯定会去找。他相信我们会给他指路的。”

“我们应该扬帆远去，让他跟上来，那样鸟儿就安全了。”迪克说。

“他不会跟上来，除非他认为鸟蛋就在船上。”弗林特船长说。

“你们弄到了许多石南。”多萝西说，“迪克，我相信无论如何，你都会顺利的。”

迪克和弗林特船长抱起石南。罗杰爬上船，一言不发。

“我说，罗杰，”提提说，“你没看到他来吗？”

“没有，你知道的。”罗杰火了，“我觉得你们都坏透了！写那个标签，可恶！”

“你在说什么呀？”苏珊问。

“什么标签？”提提问。

“都怎么啦？”弗林特船长问，一面把大批石南递给多萝西。

“我不在乎你们怎么说，”罗杰说，“反正坏透了。”

“我们怎么啦？”苏珊问。

“你们爬上皮克特古屋，留下标签又走了，就因为我忍不住睡着了。我想我也没有睡多久。”

“可我们从来没有接近过皮克特古屋。”提提说，“我们观鸟后直接回来，之后一直在干活。”

“哎，如果不是你们，”罗杰说，“我知道是谁干的了。南希在哪儿？”他问，“约翰不会这么做的。”

“做什么？”弗林特船长问。

“她自己心里有数。”罗杰说。

“啊哈……嗨！”

大家环顾四周。

“她来了，”苏珊说，“还有约翰，刚刚从岸上过来。谁去接他们？”

“我去。”弗林特船长说，他仍然在小艇里，“迪克，你上船吧。”

迪克爬上船，郁闷地打量横杆上悬挂的大网。一端仍然仅仅是网，另一端已经插满了石南枝。

“我们很快就会完成的。”多萝西说。

“用起来不安全。”迪克说。

罗杰不明白他们在说什么，他没有提问，站在梯子顶上等待南希。

“舅舅！”弗林特船长让小艇与大船平行，南希说，“我们将不得不避开他，事情有点儿更难办了。我说，苏珊，我们饿了。我想吃肉饼。罗杰，让路。你站在那儿，我怎么上船？”

罗杰面红耳赤，瞪着南希。“你这个可恶的家伙！”他说。

“真见鬼！”南希快活地说，“我把你怎么啦？”

“你自己心里有数。”罗杰说。

“我不明白。”

“你在皮克特古屋怎么对付我的？”

“可我从来没去过你的皮克特古屋呀。”南希说，“你们探险那天，我忙着洗船。”

“我是说今天。”

“别傻了，罗杰。”约翰说，“我们根本没有靠近你。我们直接去了山谷末端的山上。我说，提提，我们发现了一位跟踪者，他向我们吼了一阵。”

罗杰睁大眼睛。“天哪！”他说，“不会是凯尔特人写的吧？这是英语，凯尔特人应该不会。”

“写什么？”

“上来！”弗林特船长说，“我们上船吧。然后，你再从头说起。”

“我忍不住睡着了。”罗杰说。

“别介意。”弗林特船长说，“这没什么。我们反正没法阻止那条船过来的。”

“那条船在外面探察时，我们就看到了。”提提说。

“罗杰，继续说！”南希说，“谁写的？写了什么？在哪儿？”

“好吧，如果你没有干，那就一定是别人干的了。”罗杰说，“我醒来时，那个混蛋已经来过了。我的背包被翻过来，花插在柠檬水瓶里，望远镜换了位置。我把三明治包装纸折好，放在了一边。有人把它拿走、展开、写上字，用刀插在地上，免得被风吹跑。”

“插在什么地方？”约翰问。

“在我的头旁边。”罗杰说。

“上面写了什么？”

“留言？”提提问。

“不是这些东西。”罗杰说。

“哎，那到底是什么？”南希不耐烦地说。

“都是些混账话。”

“到底是什么话？”

“包装纸在哪儿？”提提问，“说不定是秘密情报。”

“是密码吧。”多萝西说。

罗杰没有想到这一点。他从背包里掏出包装纸，重新展开。这时，他们都知道翼手龙号已经盯上他们了，就停在岩壁另一边。但即使在这样严肃的时刻，大家看到包装纸上的字，还是大笑起来。只有罗杰笑不出来。

“照我说，”弗林特船长说，“这不是密码。”

“这仍然很严重。”南希说，“你没有听到有人，或是看到有人吗？”

“没有。”罗杰说。

“一定是那些跟踪者之一。”提提说。

“可他们是凯尔特人。”罗杰说。

“就是小酋长自己。”多萝西说，“他的英语和盖尔语一样好。”

“土著人不友好。”南希说，“你真应该听听那个人是怎么向我们吼叫的。”

“你们笑什么？”佩吉从横杆向下面叫道。

“我们没有笑。”南希说，“事情比我们想象的更严重。海上和陆上都有敌人。

我是说，他们在逼近。我要上去看看，你们回去干活吧。早饭后，我们还没有吃过什么东西呢。”

“半小时内开饭。”苏珊说，“其他人回去结网吧。就算迪克用不上，我们还是要把网结完。”

“用不上？”南希一面爬绳梯，一面问道，“谁说用不上？区区一艘翼手龙号，打不倒北极熊号！”

“我得说，我不喜欢被这家伙打败。”弗林特船长说。

“我们不会输的。”南希在上面说，“你们看我的。”

多萝西和提提已经苦干起来，完成剩下的石南装饰工作。约翰和弗林特船长跟着干了起来。两位厨师下去了。

“快点，罗杰！”提提说。

“可是为什么？”罗杰说。他仍然很生字条作者的气，但已经不再怪罪北极熊号船员了。大家让他一起干活，争取把隐蔽所做好一点。

“可是现在更难办了。”迪克说，“我们要非常隐蔽，既不能让人看见，也不能让鸟看见。”

“藏在隐蔽所里。”罗杰说。提提知道，罗杰已经恢复过来了。

“你一旦进了隐蔽所，就没有人能认出来，甚至用望远镜都不行。”弗林特船长说。

“把隐蔽所放在那边。”迪克说，“如果鸟吓坏了，就会尖叫起来，暴露我的位置。”

“你等天快黑了再靠近。”

“不能等天快黑了。”迪克说，“无论如何，我还得把网送上岛。天不能太黑，要不然没法布置。”

“你能安排好的。”多萝西说。

不知为什么，南希一回来，北极熊号就弥漫着阴郁的气息。在跟鸟蛋收藏家谈过之后，也许只有迪克明白白嘴潜鸟和鸟蛋面临着何等巨大的危险威胁。其他人只觉得翼手龙号带来了麻烦，但麻烦完全可以克服。南希一下来吃饭，其他人就爬上横杆，遥望山崖对面的大摩托艇。他们的敌人一览无余，一点儿被斗败的样子都没有。

他们在船舱吃晚饭，组织了一个战时内阁。

南希做总结，“看来，”她说，“我们有两股敌人，不是一股。迪克去拍照，不能让杰梅林发现，还得避开土著人的耳目。如果那些人大呼小叫起来，就像对我和约翰一样，鸟儿就会被吓跑，我们就没有机会了。”

“还要更糟！”迪克说，“如果凯尔特人看到我上岛，大呼小叫起来，就会把位置暴露给鸟蛋收藏家。”他停顿了一下，似乎又有一个新问题跳入他的脑海。“注意，”他说，“还有一件事情。如果土著人看到了我在做什么，鸟蛋收藏家只需等到我们离开后，再向他们询问。他们会收下他的钱，然后向他指出鸟巢所在的位置，那样的话，我们就无能为力了。”

“以大海雀起誓！”南希叫道，“干得好，教授！我们当然能做到。我们要让两股敌人相互斗争。很简单，我们想个办法，让凯尔特人在错误的地方大呼小叫。”

“可是，如果他们看到我……”

“他们看不到，”南希说，“他们不会看到。听我说，提提。说说那天跟踪的事情，让我们听听确切的情况。”

提提、罗杰和多萝西七嘴八舌地说起那次探险的经历。他们有遭到盯梢的感觉，却看不到跟踪者。最后，他们来到山谷，监视者才带着狗露面。土著人用盖尔语叫喊，把探险家们赶回了船上避难。这一次，土著人向约翰和南希叫喊。一等水手们有了愿意相信的听众。这样，叙述的过程就大不相同了。

“我们只需要再一次吸引他们跟踪就行了。”南希说。

“我们尽量别跟土著人起纠纷。”弗林特船长说，“他们是哪种人？”

“有一个小酋长。”多萝西说。

“还有一个灰胡子老巨人。”提提说。

“你亲眼看见过他。”罗杰说，“我们扬帆远去，向他挥手告别，但人家都不回应。”

“还有其他人，”多萝西说，“所有凯尔特人都在当地山上发出凯尔特人的战斗呼唤。”

晚饭后，约翰上了横杆。他报告说，翼手龙号的小艇仍然挂在吊柱上，甲板上看不到人，没有人上岸。

“低调一点儿，”南希说，“反而更好。”

“可是凯尔特人呢？”迪克问。他洗漱完，上了甲板。

“这么晚了，他们不会出去的。”约翰说，“我们一旦去了湖泊区，顺水前进，海岸山崖就会遮住你的视线，让你看不见山脊。只有你划向小岛时，才会有危险。天快黑了，明天大家起床前，你一定要赶到。”

大家一起动手，网很快就装饰好了。他们把网摊开、折好、卷起，以便携带。用绳子捆好，以防散开。石南装饰好以后，大网变成了一大捆。当然，不比结网的绳子重多少。

“开始吧。”苏珊说，“除了弗林特船长，大家都没有睡足……还有罗杰。”

“苏珊！”罗杰愤怒地叫道。

“罗杰，别介意。”弗林特船长说，“苏珊自己就在打哈欠。她无非是羡慕我们。”

“还不行。”迪克说，“我应该尽可能晚点儿出发，只要有一点点光就行。”

“无论如何，你不能现在去。”南希叫道，“不能马上改变航向，有人可能会下来跟我们说话。”

太阳正在向山后落下去，但仍然在罗杰的皮克特古屋上方。这时，两个身影出现在地平线上。他们下了山坡，向海湾走来。

“是那伙跟踪者。”罗杰说。

“我想，那一个就是小酋长。”多萝西说。

“是个男孩子。”弗林特船长说，“嗯，说不定他就是罗杰那位聪明的朋友。字条不像是当地牧人的手笔。”

“我要上岸！”罗杰说，“我想跟他谈谈。”他跳起来，想解开系在船尾的小艇的缆索。

“不行。”南希说，“好好坐下，他们过来了，我们等着瞧。”

但高个子老牧人和穿高地服的少年对北极熊号没有什么兴趣。他们下了山坡，随即向侧面走去。北极熊号船员一度看不见他们。他们重新出现时，已经快到湾顶了。然后，他们又一次消失了。

“他们去湖泊区了。”迪克说。

“当然不是。”多萝西说，“那样他们就不会经过皮克特古屋旁边，他们要去山岬对面。”

这时，佩吉已经上了桅顶。

“翼手龙号船架上亮起了灯光。”她报告说。片刻后，大家看到她不再出声，只用手打旗语。

她看到了凯尔特高个子和少年。不久，其他人也看到了他们。

“他们已经过了河。”约翰说。

“他们要找鸟蛋收藏家谈谈。”迪克说。

“他们已经结盟了。”多萝西说。

北极熊号观察者看到一老一少穿过低矮山脊的岩壁和石南丛。

“他们在等什么？”提提说。

两个身影停在山脊顶部，俯视抛锚的摩托艇。他们在那里站了一两分钟，然后掉头从原路返回。

“来都来了，连招呼都不打就走，是不是很奇怪？”南希说。

“他们没有结盟。”多萝西说。

“小点儿声，”南希说，“你知道，声音在水上传得有多快。”

太阳已经下山，远方的山岭沐浴着金光。一老一少的身影隐没在皮克特古屋山坡下，难以辨认，但大家不止一次看到有东西在活动。他们俩经过皮克特古屋的片刻间，黑黢黢的身影在暮色中格外醒目。

“他们回城堡了。”多萝西说。

“怪事。”弗林特船长说，“但他们对我们没有兴趣，只想看另一条船。”

“他们已经看到我们了。”提提说。

“都怪你不让我上岸。”罗杰说，“如果那个男孩……”

“他比你还大。”约翰说。

“我不在乎这个，”罗杰说，“我想知道他为什么那样做。”

“也许不是他。”苏珊说。

“那还能是谁？”罗杰说。

“你准备出发了没有？”弗林特船长问迪克。

“先等等，让他们回了家再说。”南希说。

半小时过去了，天光暗淡，暮色笼罩海岸。

“现在，”南希说，“你的机会来了。凯尔特人和杰梅林都上了床。出发吧。我们会一直监视海岸，万一他们上岸，就吹响雾角。他们要上岸，一定要先把小艇放下来。听我说，如果约翰跟迪克一起去，我就陪他们上岸，在山崖间监视杰梅林。我借用苏珊的哨子，不，用不着。如果杰梅林放下小艇，我就学一声猫头鹰叫。然后北极熊号吹响雾角，约翰和迪克就知道危险临头了。”

“对，迪克。”多萝西说，“你今天晚上就把隐蔽所布置好，不会有害处的。即使明天为了安全而不用，也没有问题。我们把它留下，没人能注意到。”

“我们现在就出发，再等天就黑了。”迪克果断地说。

约翰一言不发，把小艇拉到扶梯下，自己下去。迪克跟着他。网被放下去了，约翰把它搁在两腿之间，准备划船。南希放下缆索。

“你应该到船尾去，”约翰说，“不过现在没关系了。”

“祝你们好运。”多萝西说。

小艇悄悄驶向河口。

第十八章　夜访岛屿

南希在河边上岸时，霞光已经暗淡。她扶住船头片刻，然后让船重新浮起。这样，约翰和迪克就可以在对岸登陆，不至于被网绊倒。

“你们回来的时候，轻轻学一声猫头鹰叫，”她轻声说，“我会听到的。”

约翰让小艇先后退，再重新行驶。他和迪克无声无息地登岸。他们小心地拉起小艇，放下小锚。约翰把网放在肩上，收紧捆网的绳索。南希在河水对岸默默向他们挥手。她离开溪流，爬上山崖，寻找合适的监测点，消失在他们的视野里。

他们在残余的暮光下，仍然能够找到早晨的小路。他们穿过石南和岩壁，跨过瀑布，来到湖边。折叠艇仍然隐藏在芦苇丛中。天色暗淡，迪克在石南丛中摔了一跤，丢了眼镜，好长时间才找到。他因此信心大增。

“找到了？”约翰问。

“找到了。”迪克说，“看来天确实黑了，远方的人不可能看见我们。”

“当然看不见。”约翰说，“大概也没人看。”

迪克一有机会从脚下狭窄的小路上抬起眼睛，就会打量北方的山崖。多萝西的“城堡”和凯尔特人的农舍都隐藏在那里。山崖仿佛由硬纸板制成，插入天空。他能看到山崖间的峡谷。他知道，小路从峡谷中穿过，通向对面的村庄。

“他要在黑暗中看到，必须有很好的眼力才行。”迪克说。

“谁也看不见。”约翰说。

迪克想到更大的危险隐藏在低山脊后面的山谷中，但他知道南希在那边守望。如果翼手龙号派人上岸，南希就会向北极熊号发出信号。北极熊号就会在夜色中吹响雾角，提醒他们不能划向小岛。他只需要操心一件事：安置隐蔽所，不要惊动了鸟儿，尽快回到北极熊号。

他们来到湖边，绕过隐藏折叠艇的芦苇丛，发现上游的斜岸遮蔽了北方的山崖，只留下他们头上几码的天空。

“我觉得，”约翰说，“没什么好担心的。我们不离开小岛，凯尔特人就不可能发现我们。你带着网留在这里，我去芦苇丛里拿折叠艇。”

迪克蹲在捆好的网旁边，遥望远方暮色中微波泛起的湖面。他抚摸网绳，等他在岩壁间挂网时，千万不能在解网时弄得乱七八糟。如果两边山岩相距太远，怎么办？如果两边山岩相距太近，中间没有足够的地方藏身，怎么办？

他听到芦苇丛中传来沙沙声，看到折叠艇的黑影向外移动。约翰把小艇划到离湖岸几码远的地方。

“约翰。”迪克轻轻说。

“一切正常。”约翰说，“我看到你了。”

约翰先让船尾靠岸。迪克把网送上船，抓住两侧船舷，上了船。

“够折腾的。”他说。

“幸好有点儿风。”约翰说。

“为什么？”

“如果水面微波不兴，我们造成的涟漪就会一直扩散到对岸。人家即使看不到我们，也能看到涟漪。小船很容易打转搅动的。”

“不仅人会看到，”迪克说，“涟漪还会向鸟儿透露有人在这里。”

“鸟儿现在还没有睡觉？”

“听。”迪克说。

“鸭子。”约翰说。

“它们在最北端。”迪克说，“我们一来，它们就开始交谈，但它们并不害怕。”

他们划了几桨，离开湖岸的阴影几码远。突然，迪克的心脏几乎停止了跳动。小湾传来一声泼剌声，一块石头落入水中，接下来，急促的蹄声在柔软的泥炭土上渐渐消失。

“只是鹿。”约翰说，“天哪！我还以为有人在暗处捕鱼呢。”

“鹿群一定是到湖边来喝水的。”迪克说，希望他的牙齿不要这样咯咯颤动。水虽然有点儿凉，但还不至于这么冷。

“迄今为止，一切正常。”约翰说。

一只麻鹬从天上高高飞过。迪克想看看它飞越暗夜中的山谷，但无法做到。鸭子沉默了片刻，又开始相互交谈起来。迪克遥望对岸，打量小岛黑黢黢的低矮轮廓。

“现在下结论为时过早。”他说，“我们应该再过去一点儿，然后出去。这样，对岸的鸟儿就看不见我们了。”

“不知道那边的陆地是什么样子。”

“我看到对岸有些芦苇丛。”

“可能是软泥。”约翰说，“无论如何，对折叠艇而言，软泥比岩石好。我们如果把帆布弄破了，就变成傻瓜了。”

迪克没有想到这一点。船底有洞是最糟糕的事情，那样的话他们只能留在岛上，等天亮暴露在众目睽睽之下。不过，如果约翰的担心成真，他还有别的考虑。

“即使是软泥，我们还是一定要轻手轻脚，”他说，“……因为鸟儿。”

这些潜鸟会怎么反应？他在诺福克湖区观察过黑鸭子，如果人类接近它们的鸟巢，它们会逃走，但很快就会回来。

就是这样，它们不会走远。但这些野生大鸟来自海上，害怕人类……谁知道它们会怎么反应？如果它们就此抛弃这里呢？他几乎希望自己根本没有来。但北极熊号为此专程返回、结网，全体船员都对他寄予厚望，他不能半途而废。博物学新知有待证实。如果他能向鸟儿解释，它们都会理解的。他真希望能告诉它们，他会尽可能避免惊扰它们。

小岛黑黢黢的轮廓在左前方出现，截断了展开的涟漪。小船掠过岛屿。没有任何迹象显示潜鸟已经注意到他们。接下来还有新的危险，他不能惊动鸭子。鸭子溅水、起飞，附近一切生灵都会警觉起来。

“动手吧。”他轻轻说。

约翰右手停下，左手轻轻运桨。折叠艇摇摆起来，最后对准湖泊顶端。约翰稳住小船，尽可能轻轻划桨，驶向小岛顶端。

“一切尽收眼底。”他说，小船从岸边的阴影中驶出，他又一次看到连绵的群山直指天际，“谁也看不到这里。”

“我们千万别出声。”迪克轻声说。

现在有没有人已经无关紧要，迪克只关心潜鸟。它们都在巢里孵蛋吗？也许一只在孵蛋，另一只在他们登岛的地方警戒。他随时准备听到愤怒、恐惧的警告声。

鸦雀无声。只有天上传来长长的呼啸，仿佛是另一个世界的呼唤。

“又是麻鹬。”迪克轻声说。

约翰继续划桨。迪克看到，他身后的芦苇丛摇摇晃晃。

“快到了。”他轻声说。

约翰扭过头，停止划桨，脱下鞋袜。迪克笨手笨脚地照办。

“你不用，”约翰轻声说，“你还要穿着上岸。”

迪克等待，倾听。两只鸟都睡着了？这样太好了，简直不像是真的。

约翰又开始划桨，仅仅点水而过。双手露出芦苇丛上方，小船驶过芦苇丛，芦苇发出窸窸窣窣的声音。他感到船桨已经探底，就跨出船舷。迪克双手扶住船舷，确定小船已经着陆。小船突然晃动了一下，向前倾斜。

“停稳了。”约翰轻轻说，“快点，从船头下来。我给你递网。”

“让它保持原样。”迪克轻声说，“这样我第一次展开时就比较方便。”

迪克上岸，约翰留在芦苇丛中，把捆好的网放进迪克手中。水下泼剌一声，可能是青蛙或水耗子的声音。除了他们，小岛丝毫没有人类存在的迹象。两只大鸟就在附近三十码内。

“要不要我来？”

“不用，”迪克轻声说，“人越少越好。”

“好。”

迪克转过身……他是不是出发得太晚，现在已经看不清楚了？不，这时南方的夜色还不太黑。迪克能看到脚下的杂草和白石，他向小岛中央走去。岛中央的巨石形状像母牛或海象。迪克对自己的浮想感到不耐烦。问题不在于像什么，而在于怎么布置。如果山崖间没有他拍照的藏身之地，他还不如不来。

他慢慢向前，小心落脚，身上的一大捆网相当碍事。面前的白崖似乎相互交错。他在山崖间寻路前进，把网放在一块石头上。他注意倾听，等待声音。潜鸟是不是睡着了？它们在这样四面环水、远离人类的孤岛上，应该没有什么可以害怕的。他知道，迄今为止，他和约翰都没有发出声音。

他匍匐前进，现在已经到了小岛中央。那些形似海象的岩石已经落在他身后。前面有块巨石很合适，遮住了来自湖岸的视线。他觉得这是个不错的隐藏地点。再后面还有两块岩石，迪克能看到它们的顶端。对，两块岩石之间有一块黑魆魆的空间。

迪克匍匐着挪到那儿。鸟巢位于湖岸平坦的草地上，在山崖和水面之间，离他只有十二英尺。

再有一码就到了。接着，迪克时运不济，踢到一块石头。他几乎没有疼痛的感觉。那不算什么，他穿着网球鞋，这一踢几乎没有发出声音。然而，他运气不好。踢飞的一块石头擦过另一块，声音虽然不大，却已经足够震耳。有东西飞过山崖，落向湖岸。一只潜鸟笨拙地落入水中，重新起飞。迪克咬牙切齿，听到第二声泼刺……鸟儿起飞时翅膀拍水的声音。任何人听到荒野中传来“呼——呼——呼——”的声音，都会知道潜鸟惊醒了。他继续等待，除了微波拍岸的声音，什么都没有。

最后，迪克又开始行动。等也没有用，现在一只鸟飞走了，另一只鸟已经知道他在这里。迪克凝视暮色，似乎看到岸边鸟巢的位置有黑黢黢的一团。另一只鸟可能一面孵蛋，一面像他一样倾听。迪克现在除了离开，别无他法。不过，他无论如何要把网安置好。

可惜他没有手电筒，天色也不够亮。他害怕天色太亮，但光线不足，他就无法工作。他就在这些岩石附近，巨石间道路狭窄。两块岩石更接近鸟巢，当中有足够的地方供他蜷伏。他解开捆网的绳索，手指发抖。他咬紧牙齿，免得它们咯咯作响，但心脏怦怦直跳，不知道鸟儿会不会听到。快！快！既然非做不可，那就快点动手吧。网上的石南发出沙沙声，没法避免。他解开绳索，竭尽全力将网挂在岩石上，在两块灰暗的石壁之间展开，石壁就是隐蔽所的护墙。从岸边看，这里仍然是黑黢黢的山崖。

他忽然想到，也许蛋就要孵好了。他记得，有一只灰林鸮在树根上筑巢，光天化日之下，两三码外根本看不见。他两天后再去，看到两只幼鸟——除了张开的嘴，浑身还包裹绒毛。快！快！幸好网足够大，挂在两块岩石上，两边都能着地，跟计划一样，通向鸟巢的入口。他摸到一块合适的石头，压在网上作为锚，然后又加了两块。他绕到另一边，如法炮制，找到了更多的石头，压在上面。一块石头碰到山崖，他似乎看到鸟儿在活动。“走吧，走吧。”他自言自语。

在微光下，他最后打量了隐蔽所一眼。能做的都已经做了，只有等天亮了再看看它管不管用。他留心倾听泼刺声，但再也没有出现。他匍匐穿过岩壁，回到岸边芦苇丛中。

约翰站在水中，为他掌船。

“怎么样？”约翰轻声说。

“一只鸟飞了。”迪克说，“但我想另一只还守在鸟巢里。”

“干得漂亮，教授。”约翰轻声说，“听我说，我在芦苇丛中准备了一个适当的泊船位，你来拍照时，小船挤进这里，湖两边都看不见。”

“我应该留在这里，省得天亮了还得回来。”迪克说。

“不行。”

“我知道，我没有带照相机来，也许我留下来还会惊扰它们。那我们快走吧。”

“隐蔽所怎么样了？”

“我想，已经弄好了。划到前面一点儿上岸吧，我们不要靠近它们那一侧。一只鸟在水里，我们尽量不要惊动它。”

约翰悄无声息地划船，离开小岛。不远处的鸭子沉默了许久，这时突然嘎嘎叫起来，他们吓了一跳。然后他们向湖边划去，掉过头，停在倾斜的岸边。迪克没有听到潜鸟的声音。他在暗淡的暮光中凝视小岛，没有发现水波有动静。

“好吧。”他说，“不管照片能不能拍到，这件事总算做完了。”

“为什么不能拍？”

“如果鸟蛋收藏家在监视，我就不能拍。如果其他人看见，结果同样糟糕。只要他出价，这些人就会卖给他，他们不知轻重。”

“南希有办法。”约翰说。

他们来到湖边的芦苇丛，找到早晨隐藏小船的地方，把船放回原地，支在芦苇中。然后，迪克和约翰都脱下鞋袜，把折叠艇留在芦苇丛中，把缆索系在石头上，把石头投入几码外的水中。

“我们很容易找到地方，”约翰说，“就在堤岸终止处的对面。”

“明天我一个人来，”迪克说，“隐蔽所塞不下两个人。两个人上路，更容易吓坏它们。”

“还更容易让人看见。”约翰说，“我把这个给忘了，哎，快穿上鞋。南希会以为我们把折叠艇弄沉了。”

迪克夜半归来，越走越轻快。该做的事情都做了。最妙的是，他已经确定两只鸟都没有离巢。天亮以后，岩石上就像长出了一丛石南，但他觉得鸟儿不会在乎。约翰确信南希有办法，迪克终于觉得他能够拍下照片，并且不会让杰梅林有机会拿走鸟蛋了。南希的办法总是管用的，虽然有时需要牵涉其他人，但到头来一切都会好的。

天色比平常更黑，但路程似乎更短了。他们一越过瀑布，就迅速顺流而下，看到北极熊号泊在河口海湾里，索具在暮色中闪闪发光。

“以大海雀起誓！”河对岸传来平静的声音，“你们走得跟大象似的，用不着学猫头鹰叫，我也知道你们来了。”

“我们在岛上没这么大声。”迪克说。

“杰梅林有什么动静？”约翰问。

“上床了。”南希说，“十分钟前，他们最后一点儿灯光也灭了。他们的小艇仍然在船上。他们至少要等到明天才会活动。隐蔽所怎么样？”

“搞定了。”迪克说，“有一只鸟还在那儿。”

他们登上小艇，向南希划过去。

“你有没有备用眼镜？”南希突然问迪克。

“我原来有，”迪克说，“但出门时忘了。你问这个干什么？”

“跟我的计划有关。”南希说，“没有关系，我还有别的办法。”

“你要眼镜干吗？”约翰问。

南希在暮色中轻轻窃笑，但没有马上回答。他们一路回到了北极熊号。

“哎？”

“怎么啦？”

“搞定了？”

“没有声音。我们一直在听，但什么都没有听到。”

甲板上传来焦急的声音，欢迎他们回来。

“杰梅林甚至没有上甲板。甲板室和舷窗原来有灯光，现在都灭了。”

“我看到他们熄灯了。”佩吉说，“我上了横杆，但熄灯以后留在那儿就没有用了。”

“隐蔽所呢？”多萝西问。

“我觉得搞定了。”迪克说。

“鸟儿呢？”提提问。

“一只下了水，”迪克说，“没有出来，也没有叫。我就怕它叫起来。另一只肯定没有离开鸟巢。”

“你看到鸟蛋没有？”弗林特船长问。

“我没有试，害怕把鸟儿吓跑。”

“网够不够大？”

“足够了。”

“这么说，明天一切准备就绪，不用再等了？”弗林特船长问。

“听我说，”南希说，“迄今为止，我们没有耽误一点儿时间。迪克搞定了隐蔽所，我和约翰有了锦囊妙计。杰梅林和凯尔特人一点儿机会都没有，我们算无遗策。不算你，我们有八个人。不，七个，因为迪克要拍照。好，七个疑兵应该够了。”

“疑兵？”大家异口同声地问道。

“我等会儿解释。”南希说。

“我们下去吧。”苏珊说，“水煮开了。我们喝了咖啡上床。明天什么时候起床？”

船舱里，咖啡杯热气腾腾。南希的计划是用疑兵引开凯尔特人和鸟蛋收藏家，让迪克有机会拍照，不被任何敌人发现。只有迪克和罗杰一言不发。迪克在考虑拍照的细节，罗杰有他自己的计划。他没有忘记凯尔特人监视睡觉的哨兵。

半夜万籁俱寂。北极熊号在锚索上摆动，暮光照耀着空无一人的甲板。两只大鸟睡在岛上，忘了惊扰它们的声音。杰梅林在翼手龙号铺位上辗转反侧，想把两只剥制的鸟儿和鸟蛋放在大玻璃箱里。这将是“杰梅林收藏品”无上的光荣。年轻的高地人伊安在山脊顶上的灰色房屋里沉沉睡去，没有做梦。他和老昂古斯在暮色中回家，像北极熊号船员一样，制订了明天的行动计划。

第十九章　为迪克清除障碍

南希把闹钟压在枕头下面，点燃瞭望室的汽化炉，然后叫醒厨师做饭。她本来只想叫苏珊，但佩吉也听见了。约翰从船舱打量她们。

“船长还没有起床。”他说。

“不要吵醒他。”南希轻声说，“去照看一下罗杰。”

罗杰在瞭望室的铺位上翻身。苏珊挂了一块备用帆给他遮光，他没有再动。

“除了迪克，不要叫醒任何人。”苏珊说，把手指放在嘴唇上。

“其他人不用着急。”佩吉轻声说，“提提和多特睡得越久越好。”

万事大吉。一切按照昨天晚上的计划执行。首先，随船博物学家要赶紧去湖泊区，神不知鬼不觉地藏进隐蔽所。邻近的河口有翼手龙号，岸上有凯尔特人，因此这个任务并不轻松。南希最初打算让迪克一个人在天亮前去，但这样做有各种风险，不如等到天亮，便于活动和侦察。南希自己和约翰从远方向他发信号，通知他是不是安全、能不能从芦苇丛中取出折叠艇划到岛上。那是最危险的时刻。拍下照片以后就不那么危险了，他只需要离开小岛，把小船带回来就行了。湖里的小船从几英里外就能看到，但那时他们已经将陆上和船上的敌人引到远方或错误的方向了。

他们让迪克去吃早餐，把食品装进他的背包，供他在隐蔽所里吃。等待太阳升到适合拍照的位置、所有的敌人都被引诱到安全距离外，还需要很长时间。燕麦片昨天晚上就泡好了。苏珊在一只汽化炉上煮燕麦粥，在另一只汽化炉上烧水。

佩吉切面包，做三明治。

“燕麦粥准备好了吗？”南希轻声说，“我去叫迪克。”

但迪克已经醒了。他赤着脚，手上拿着鞋，从船舱窥视瞭望室。

“我睡过头了？”他焦急地问。

“嘘！”

南希点点头。“进来吧。”她轻声说，“我们不想现在叫醒其他人。坐到绳卷上去，尽量吃饱喝足。我们越快动身越好。”

“我现在准备好了。”迪克说。

“你还没有。”苏珊说，把燕麦粥和勺子递给他，“很烫，不过加上牛奶就凉了。”

“牛奶在这里。”佩吉轻声说，把炼乳倒进半杯水里。

“你也没有吃早饭？”迪克问。

“以后再说，”南希说，“现在先送你出发。”

“背包里还有什么东西？”佩吉说。

“没有了。”

“照相机呢？”约翰问。

“胶卷呢？”南希问。

“让他好好吃。”苏珊说。

“哎，他可不能忘记东西，”南希说，“上了岛就没法回来取了。”

“我昨天晚上都准备好了。”迪克边吃边说。

“茶。”佩吉说，把杯子放在他身边的地板上。

苏珊敲开熟鸡蛋。博物学家变成最重要的船员，这还是第一次，但其他人谁也代替不了他。大家断定，只有让他尽力而为。

迪克本人的心思都在潜鸟上。他昨天晚上虽然小心翼翼，但他布置的隐蔽所仍然可能吓跑鸟儿，甚至可能更糟。天一亮，它们第一眼看到隐蔽所就可能被吓跑了。鸟儿有时确实会抛弃鸟巢。如果它们抛弃鸟巢，都怪他坚持拍照。他跟鸟蛋收藏家一样坏。他狼吞虎咽地吃掉早餐，拒绝吃第二个鸡蛋，准备出发。

他们害怕吵醒罗杰，没有打开前舱门。五个人蹑手蹑脚，穿过船舱，上了甲板。迪克伸手感受舱门边的湿气，露水很重。

“好。”他说，“天气不错。没有阳光可不行。”

“没有阳光，许多事情都不行。”南希说，“但没有什么事情一定会不行。”她补充说，“我没考虑到天气，幸好运气还可以。主要是他太着急，一天也不想多等。”大家都明白，她在说弗林特船长，后者急着将北极熊号归还原主。

他们蹑手蹑脚地走过又湿又滑的甲板。约翰拖来船尾的小艇并注意避免碰撞，把它放在中座上。迪克和南希跟在后面。

“座位是湿的，别坐。”苏珊轻声说。

南希露齿而笑，改变了主意。苏珊是对的。“最好别坐，”她轻声说，“免得你在隐蔽所里打喷嚏。最好以静制动。”

佩吉等着传递迪克的背包，约翰接过来，放在身后的船头上。

“你们俩最好回去睡觉。”南希轻声说，“其他人另有安排，现在还用不着。”

苏珊把缆索扔进船头。约翰解缆，小艇漂浮在潮水上。他取下桨，划向海湾顶端，将迪克和他的背包送往河北岸。

“随船博物学家，出发了！”南希说，“等我们清除了障碍，你再进入湖面。我们登上低山脊，监视下面的杰梅林。我们还能从那儿眺望山谷对面的凯尔特人有没有动静。我们站在那里可以看到你，你却看不见我们。无论哪一边有危险，我们都会发出信号。如果没有信号，你就一直往前走。”

“你到了岛上，”约翰说，“把小艇推进我们昨晚上岸的芦苇丛中。我给你指地方。”

“好。”迪克说。

“无论你做什么，可别忘了你不仅需要躲避鸟儿。”

“当然。”

“去吧，祝你好运。”

迪克出发了。大家看到他背起背包，拍拍口袋，确保没有漏掉东西。他沿着河边前进，靠近瀑布往上爬，消失在他们的视线中。

他们重新下水，在对岸登陆。他们看到白色大摩托艇仍然系在锚上，小艇仍然挂在吊柱上。

“我们要像蛇一样，”南希说，“慢慢等待。如果我们行动，所有人都会跟在后面。你明白，我们可以从横杆上看到他们，他们也能从桅顶上看到我们。”

“大概船架上一直有人在监视我们。”约翰说。

“如果我们扬帆，他就会以为鸟蛋已经上了船。吉姆舅舅说，他会跟在我们后面，再次要求购买。他看到我们没有动，就知道鸟蛋不在船上，他只需要盯住我们往哪儿走。他认为，我们会把他引到鸟儿那里去。”

“如果我们不小心，事情就会变成那样。”约翰说。

“我们不会给他这样的机会。”南希说，“快点！要不然我们还没有发出安全信号，迪克就不得不开始了。”

他们沿着分割入口的山脊前进。山脊渐渐上升，变成了内陆的群山。

“湖泊就在那儿，”南希说，“我们昨天就把折叠艇留在那里。你们有没有把它放回原地？”

“放了。”约翰说，“但我得说，这一边隐藏得不太好。我从这里就能看到。或许，如果我没有事先知道位置，还是看不到的。”

“没关系，”南希说，“只要迪克划向小岛，它就不在那儿了。他现在就快到芦苇丛了。”

约翰举起望远镜，对准远方芦苇丛。他不知道，有没有别人注意到芦苇丛中的黑点。他知道，那就是折叠艇。

“只要他上岛时隐藏好就行。”他说。

“给我望远镜。”南希说。她拿起望远镜，仔细扫视山谷对面更高的北方山脊，然后对准博物学家前进的湖岸。两个哨兵轮流使用弗林特船长的双筒望远镜。

“一切正常。”她说，“他可以安全开始了，那边没有动静。”

约翰向上爬了几步，可以看到山顶对面。

“杰梅林还在睡觉。”他说，“无论如何，没有人活动。他应该尽快上岛。”

“好。”南希说，“我说过，如果没有危险，我们就不发信号。快点！迪克在观察我们。我们躺下，这样他就知道可以出动了。”

两个哨兵在山岩平台上躺平。不发信号就是信号，这种方式别具一格。但他们刚刚躺下，迪克就消失了。

“迪克，好样的。”南希说，“他完全明白了。”

“他在芦苇丛中，”约翰说，“他把船拿出来了。他出发了。”

折叠艇黑黢黢的船头从芦苇中露出。

“天哪！太显眼了。”约翰说。

“没有人看，”南希说，“他出来了。”

“划得不好。”约翰说。

“小船太难伺候。”南希说，“没关系，他沿岸前进。”

“可这是什么走法？”约翰说。

折叠艇离开芦苇丛，沿岸曲折前进。早晨没有风，湖面微波不兴。现在船桨来回摆动，长长的涟漪打破了平静的水面。

“天哪！”约翰说，“哪怕罗杰也会划得更好。”

“不可能更差劲了。”南希表示同意。他们都是老水手，一度是燕子号和亚马逊号船长，看到随船博物学家扭过头划一桨，再扭过头划下一桨，实在很不耐烦。

“不知道凯尔特人什么时候起床。”南希用望远镜搜索了很长时间，然后说，“没有动静。”

“轻一点，”约翰说，“轻一点，不要那么用力。天哪！又在打转！”

“折叠艇不合适。”南希说，“他划小艇还可以。但谢天谢地，没有人看到他，从山上向下喊能把事情完全搞砸。”

“他现在划得好一点儿了。”几分钟后，约翰说。

折叠艇靠近小岛。突然，一道白浪从水上升起。

“迪克的鸟儿！”约翰说，“有一只起床了。”

“赫茨！赫茨！赫茨！”恐惧和愤怒的刺耳尖叫声响彻湖岸。

“天哪！运气太差了。”

约翰看向天际，打量翼手龙号的动静。听到尖叫的人不只是他们，他们当时就看到甲板室的门打开了，鸟蛋收藏家身穿粉红色睡衣冲出来，站在甲板上倾听。

“他不知道方位。”南希轻声说。这时，粉红色身影转来转去。但如果鸟儿飞起来，发出第二次尖叫……

“肯定是这样。”约翰说。

他们平躺在地上倾听，鸟蛋收藏家也在倾听。他们几乎可以看透他的想法。他在甲板两侧转来转去，面向他们所在的南方。南希虽然担心，还是咯咯笑了起来。她把望远镜递给约翰，“看他托着脑袋的样子，”她说，“活像画眉鸟在寻找虫子。”

“叫声这么大，糟透了！”约翰说。

“他就是下船，也不知道方位。”南希说，“但如果鸟儿再叫一声……”

他们随时准备听到刺耳的尖叫声响起，向鸟蛋收藏家暴露动手的地方。但奇迹发生了！一只麻鹬飞过，山谷一片寂静，仿佛什么也没有发生。他们看到鸟蛋收藏家抬起头，然后迅速回到甲板室，关上了门。

“他垂头丧气，”南希说，“还以为听到麻鹬叫，根本不是迪克的鸟儿。”

“但愿如此。”约翰说，“但他如果确实听见了，就会知道迪克的鸟儿就在附近。喂，迪克已经上岛了！”

他们看到小船划进小岛对面的芦苇丛中，似乎停下不动了。

“如果他就这样泊船，”约翰说，“我们就得发信号告诉他：船完全暴露在外面。”

不过，片刻后，小船就消失了。

“用望远镜看看。”约翰说。

“一点儿也看不到折叠艇。”南希边说，边转着望远镜。

“看来他已经藏好了。”约翰说，“喂，他走了。”

他们看到迪克在山崖间时隐时现。

“有一件事，”约翰说，“谁都不知道隐蔽所就是一丛石南。他干得很漂亮。”

“你看到他了？”一两分钟后，南希说，“我没有看见。”

“我也没有。”约翰说。

“好。”南希说，“鸟儿不会再叫了，第一步已经完成。随船博物学家已经进了隐蔽所。现在我们该吃早饭了，接下来还要调虎离山。”

他们穿过山谷，北方山脊毫无动静。他们俯视翼手龙号，甲板上空无一人。他们最后回望湖中小岛，小岛地势平坦，近端有山崖，山崖间似乎有茂密的石南丛。他们匆匆赶到河口，推出小艇，划回北极熊号。

这时，北极熊号全体船员都已经醒来，为白天的事情做准备。多萝西起床，得知迪克已经上路，便在甲板上等候他们。弗林特船长坐在驾驶室里刮胡子，半边脸都是白沫。小艇停靠时，约翰和南希可以听到罗杰的声音，他在抱怨某些事情。

“你们好。”弗林特船长说，他对着镜子剃须，在白沫中张开嘴，“你们干吗不叫醒我？”

“没有必要。”南希说。

“迪克好吗？”多萝西问。

“上岛了，在隐蔽所里。运气不好，一只鸟叫起来。杰梅林上了甲板，穿着粉红色睡衣，红得跟草莓一样。他听得清清楚楚，正在等待下一声。幸好没有下一声，一只麻鹬恰好飞过，他又会以为自己弄错了。”

“吃的呢？”佩吉在下面叫道。

“准备好了。”南希说，“我们一分钟都不能耽误。调虎离山，越快越好。”

大家下到船舱里，早餐已经摆在桌上。苏珊包好八块三明治。约翰和南希不得不再讲了一遍迪克如何安全上岛，藏好船只的情况。

“石南晚上长了一点儿，”南希说，“谁也看不出他在那儿。如果不能事先知道该往哪儿看，谁也发现不了他。现在，我们要确保没有人往这方面想。”

早餐很快就吃完了。三明治和柠檬水瓶子被塞进背包，便于携带。每一个疑兵都有自己的背包。因此，如果有必要，他们可以分散行动，不会挨饿。弗林特船长留守，他那一包三明治留在船舱桌上。

“都清楚了吗？”南希问，“吉姆舅舅在桅顶上监视翼手龙号。迪克安全归来，他就吹响长长的三声雾角。疑兵主力走那天探险队的路线，让自己受到跟踪，将跟踪者从山谷引向山上，给迪克争取时间，让他拍照，从岛上划走折叠艇。我和迪克去吸引翼手龙号。杰梅林一看到迪克，就不会再注意其他地方。他肯定会咬住迪克不放。我们把他引向错误的山谷，那儿有许多湖泊。他跟踪我们，准会自以为迪克暴露了鸟儿的位置。”

“可是迪克在岛上啊！”多萝西说。

南希咯咯窃笑。“约翰假扮迪克。”她说，“我昨天晚上还担心，因为没有多余的眼镜，但我们有办法了。”

“罗杰的身材更像迪克。”多萝西说。

“我还有其他任务。”罗杰说。

“罗杰没有约翰能跑。”南希说，“杰梅林会拿着支票和钞票追我们。我们不能让他走近，认出迪克其实是约翰。我们可能要拼命跑一阵。你们出发吧。我送你们上岸，再把小艇划回来，约翰做准备。佩吉呢？”

“嗨！”佩吉在上面平静地叫道，“他们把杰梅林的小艇拿出来了。”

“快点下来！”南希说，“我们一分钟也不能耽误了。”

疑兵主力下了小艇，包括苏珊、佩吉、多萝西、提提和罗杰。南希划船，迅速将他们送上北极熊号竖起支架洗船的地方。

“顺流而行会不会更好？”佩吉问。

“傻瓜，”南希说，“当然不是。你们直接上山脊，跟那天一样。提提和多特引路，她们知道往哪儿走。”

“经过我的皮克特古屋。”罗杰说。

“无论如何不要靠近湖泊。”南希说，“让凯尔特人跟踪你们，但不要让他们靠近。”

“如果他们追上我们了呢？”佩吉问。

“不要让他们追上。”南希说，“如果追上也没关系，尽可能保持距离。你们没有做亏心事，向他们笑一笑，保持礼貌就行。问问他们，大西洋还有多远。如果你们已经看到了大西洋，就问他们这里是什么地方，让苏珊去说。”

“可惜弗林特船长不能跟我们一起去。”苏珊说。

“没有他更好，你们才能假装什么都不懂。高高兴兴地挥挥手，一走了之就行。有了他就得认真交谈了。你们的任务是让凯尔特人忙忙碌碌。”

罗杰坐在船头，一言不发。他只有一个想法：抓住那个给他留“睡美人”纸条的家伙。如果罗杰遇上他，可不会认真交谈，但其他人不会明白的。毕竟他们没有睡着，并在醒来时发现，有个敌人曾在旁边转悠，把背包翻了个底朝天，还幸灾乐祸。

疑兵上了岸，向皮克特古屋前进。南希尽快划回北极熊号。

弗林特船长在等她。

“翼手龙号小艇走了。”他说。

“快点，”南希说，“如果他上岸，我们要尽快让他看到‘迪克’。约翰在哪儿？喂，横杆上是什么东西？”

“漆罐，”弗林特船长说，“锤子，索钉，刮刀，砂纸。我可不是无所事事的人。我取下东西，清洗，上漆。摩托艇上那些人如果用望远镜观察，就会看到我忙忙碌碌，满意吗？”

“好主意。”南希说，“可惜你从这里看不到湖泊，但你能看到山谷对面另一批疑兵，除非当中有高地。”

“如果是我，就会先让迪克拍照，再让收藏家拿走鸟蛋。”

“不行。”南希说。

“哎，见过他以后，大概就不行了。”她的舅舅说，“别挡路。约翰在哪儿？”

“约翰！”南希不耐烦地叫道，“大海雀啊。”她叫道。约翰爬上升降梯，仿佛戴着黑边眼镜，俯视小艇。眼镜其实是木炭画成的黑线。

“我已经尽力而为了。”约翰走下小艇说。

“远距离看效果不错。”弗林特船长一开始又惊又笑，然后说道。

五分钟后，约翰和南希在河口登岸。

“你肯定我最好不去？”弗林特船长问。

“去坏事？”南希说，“不，船上必须有人留守，并吹响雾角，让我们知道真正的迪克安全归来。三声长音。如果你看到杰梅林进了我们的山谷，就反复吹两声短音，我会给其他人解释意思。”

“万一鸟蛋收藏家已经去了那儿呢？”

“他一见‘迪克’就会跟过来。”

弗林特船长又看看约翰。“我想，他会走另一条路。”他说，“如果不是，千万不要让他靠近。”

“别等了，”南希说，“有人现在已经在桅顶上了。约翰，我是说‘迪克’，快点！我们早就该出发了。注意不要揉眼睛，当心弄成大花脸。”

弗林特船长划船，南希和乔装打扮的约翰出发诱敌。

第二十章　圈　套

“往山顶上跑。”约翰说，一时忘了他的主要任务是装扮迪克。

他们沿河而上，最后来到他们早上的观察地点。那时，他们看到真正的迪克划折叠艇去了小岛。他们突然飞快地冲上山坡，翼手龙号的哨兵几乎来不及撤走。这些人措手不及，有一个穿蓝运动衫的水手跌倒在石南丛中。他没有出声，跌跌撞撞地爬下山脊另一边，靠近摩托艇停泊的海岸。

“天哪！”约翰说，“不知道他要多长时间才能赶上来。”

“用不了多久。”南希说，“我们回去吃早饭的时候，他们还没有放小艇。”

“他的样子好滑稽。”约翰说。

“心肠不好，”南希说，“样子吓人。就是他想套苏珊和佩吉的话。”

“我说，”约翰想起他现在是迪克，“我们离他那么近，他会不会看出我的眼镜是画出来的？我上山时低着头，用手遮住脸，他应该看不清楚。”

“问题不在他。”南希说，“当心，不要看翼手龙号。‘粉睡衣’上了甲板，正在打量我们。他还拿着双筒望远镜，你不要让他看清楚。快点，继续前进，好像你在急着赶路。给我一个借口，让我向你喊叫。”

“为什么？”

“不开窍！”南希叫道，“快点！我们正在寻找鸟巢之类的东西。你只管一路跑。水手没有动，杰梅林目瞪口呆，这就是我们想要的效果。你如果在我身边，我向你喊叫是蠢事，他会看出我在演戏。前进！迪克上船时肯定已经说出了名字，你看不出来吗？我相信杰梅林知道你是谁。”

约翰从眼角斜瞥翼手龙号甲板上的杰梅林。他看到水手划过水面，仿佛在向主人请示。南希探察石南丛。约翰背对他们，沿着山脊继续前进，好像有急事。他走了大约五十码，听到南希在后面叫道：

“嗨，迪克！嗨，迪克！”

他回头一看，收藏家仍在摩托艇甲板上，眼睛对准双筒望远镜。他看不到水手，猜想他们一定在附近的岸边。片刻后，他发现南希的计划起作用了，收藏家指着山谷和约翰。南希又叫道：

“嗨，迪克！迪克·卡勒姆！嗨！”

约翰笑起来，不相信自己居然挥手回应，停下来等待。

南希赶到他身边。

“成了。”她说，“我想，我们成功了。远距离看，眼镜挺不错的。脸上有点儿花，不过没关系了，他现在肯定拿你当迪克了，我已经让他明白了。我叫出名字时，他简直跳起来了。杰梅林直指山谷，显然是给水手指方向。”

“他要怎样？”

“盯住我们。”

“我们怎么办？等他来看个明白？”

“不要让他们靠近，你继续装迪克就行了。迪克会干什么？”

“观鸟。”

“好，那你就观鸟，很容易。但他如果在路上碰见潜鸟，就不会闲逛。快点！我们要牵着水手的鼻子走。山谷里有许多湖，我们选上六个，每一个都是错的。杰梅林以为他的水手盯上了迪克，他就不会有威胁。如果佩吉和苏珊把凯尔特人引开，博物学家就可以拍照、回船，神不知鬼不觉。”

“你肯定他会跟踪我们？”

“当然。”南希说，“不要回头。我们不能让他猜出我们知道他在跟踪，只管走就行了。我们想知道他的位置，就让一个人指指天空……老鹰什么的……然后抬头转圈，斜瞥一眼。”

五分钟后，南希突然停下来。

“约翰！我是说迪克。看看信天翁！那上面！”

约翰抬起头，看看南希指向的空荡荡的天空。

“你没看见吗？”她说，“粉红色，绿色的翅膀。还有一只，散布着金色和紫色的斑点。继续，抬头看看信天翁，瞥一眼后面。”

“摩托艇不见了。”约翰说。

“别管摩托艇，”南希说，“水手呢？”

“看到了，”约翰说，“他躲在岩石后面。”

“哪儿？哪儿？”

“还是在那儿。”

“成了。”南希说，她也看到了水手的蓝运动衫，“他想躲过我们。厉害！我知道迪克会做诱饵。天啊！信天翁害我歪着头看天，脖子都僵了。但我用不着再回头了，他已经上钩了，我们要一直牵着他走。我真想知道，引诱凯尔特人的疑兵现在怎么样了。”

“我们穿过山谷以前，不用再抬头了？”

“不用。”南希说，“我们让他以为迪克的鸟儿就在这个山谷里面。快点，前面就有湖。我们先往那儿走，然后再找别的。我们要把他带得远远的，让他没有时间返回。等迪克回到北极熊号，吉姆舅舅吹响雾角，我们才能甩掉他。”

“他还跟着我们吗？”

“肯定的。但我们不要经常扭头，免得他起疑心。偶尔看看信天翁就行了。”她扭扭脖子，“我们还有很长的路要走。下一次，我们同时看到大海雀时，再突然扭头瞥他一眼。”

他们继续前进，首先前往山谷里的几处小湖。他们尽量推迟看海雀的时间，觉得大踏步前进最有可能牵住翼手龙号水手。

“现在，”南希终于说，“怎么样？”

“好。”约翰说。

“我数到三，然后……飞快地一瞥，看看任何活动的东西。准备好没有？”

“好了。”

“一……二……三……大海雀！”

他们扭头，确定翼手龙号水手就在身后三四百码的地方。他赶紧藏在石南丛中，看不见了。

“搞定！”南希说，“他跟踪我们，不想让我们发现。欢呼三百万声！眼镜大功告成，我叫你的名字也有用处。现在我们只需要牵住他就行了。”

翼手龙号哨兵盯住假迪克，使得真正的迪克悄悄拍照。他们确定计策成功，心满意足。当然，他们不能冒险上山，遥望山谷对面引诱凯尔特人的疑兵。他们知道，疑兵会尽力而为。毕竟，将鸟蛋收藏家调虎离山才是计划中最重要的部分。他们自己还有许多任务，再操心别人是愚蠢的。今天还有繁重而愉快的工作，他们引诱倒霉的水手到处走，从一个小湖到另一个小湖。约翰和南希只要不断走动，就不会陷入柔软的沼泽地，但水手穿着沉重的靴子，一直陷到膝盖。有一次他们回头，看到水手正在倒空靴子里的水，然后重新吱吱嘎嘎地跟踪。

“幸好我们保持距离，听不到他说什么。”约翰咧嘴笑道。

“噢，我不知道，”南希说，“我们大概能学到一些新词。”

太阳升到高空。他们身前的长影子变成了身后的短影子，转眼到了下午。约翰和南希掠过山谷，偶尔回头一瞥，蓝衫水手仍然遥遥在后。最后，他们开始期待北极熊号吹响雾角，宣布大功告成。他们很热，但一想到翼手龙号水手一定比他们更热，就感到很满足。午饭时间已经过了许久，他们开始饿了。

“我说，”约翰说，“我们好长时间没有见过他了。你觉得他会不会放弃了？”

“这会儿，迪克一定拍完了吧。”南希说。

他们停下来，回望宽广绵延的沼泽荒野，视野内没有一点儿动静。

“我们有吃的，”南希说，“我口干舌燥。如果瓶子跟我一样热，肯定会马上爆炸。”

“现在停下来没问题。”约翰说，“他露面时，我们再看一眼。”

他们躺在干燥低矮的石南丛上，翻开背包，打开三明治包，拔出瓶子软木塞的声音像枪响一样。

“他可能陷在最后一片沼泽里了。”南希匆匆咽下第一口食物，说道。

“要不要把画上的眼镜擦掉？”约翰问，他一只手放在前额上，准备擦掉冒充迪克的黑眼圈，“现在没关系了。”

“眼圈有点儿花。”南希打量他，咯咯笑道，“但你只会越擦越糟。炭条画需要肥皂才能洗掉，甚至需要浮石。”

“烦人。”约翰说，他用干净的手指抚摸脸上，指甲染上了黑色，“不知道北极熊号上有没有浮石。”

“引擎室里有一盒。”南希说，“我们回去就能弄掉。天哪！我真想知道另一支疑兵的经历。”

“没有叫声。”约翰说。

“如果没有人跟踪他们，”南希说，“疑兵就算是白费了。”

“苏珊会高兴的。”约翰说，“她才不愿意被凯尔特人追逐呢。”

“都怪吉姆舅舅，”南希说，“老是教她别惹麻烦。但她会尽力而为的，她明白这事的重要性。”

“我们爬过山脊，大概就能看到他们。”约翰说。

“不行，”南希说，“后面有人盯梢呢。”

“他这会儿没有盯上，”约翰说，“但他马上就会露面。注意我们过平原时经过的开阔地。”

他们吃完三明治，把最后一滴柠檬水倒进喉咙。他们坐起身，看到蓝衣水手在四分之一英里外步履蹒跚。这时，南希突然抓住约翰。不到二十码外，有人在监视他们。他们看到岩顶上露出一顶破旧的水手蓝帽和一张惊愕迷茫的褐色面容。约翰来不及扭头隐藏黑眼圈的污迹。秘密暴露了。这个水手在翼手龙号上见过迪克，现在明白了约翰不是真正的迪克，他们白跑了一趟。谁都没有说话，水手和假迪克面面相觑。水手用一块大红手帕蒙住脸，他又看了一眼，气急败坏地站起来。约翰也站起来，不知道下一步会怎样。但水手仅仅目瞪口呆地站着，仿佛无法从约翰抹花的脸上移开视线。南希慢慢站起来，站在约翰身边。

突然，水手仿佛下了决心。他转过身，一路小跑，下了山谷，向远方小溪跑去。

“他要去报告杰梅林，他们跟错了人。”南希说。

“他跟踪得不错，”约翰说，“正好赶上了我们。”

“希望杰梅林会好好犒劳他，”南希说，“那是他应得的。但我打赌杰梅林不会，他会气疯的。”

“他回去用不了多久。”约翰说，“他可以走直线，用不着走我们带他绕的许多弯路。”

“好啦，”南希说，“雾角随时都会响起。除非吉姆舅舅已经吹过号，我们距离太远，没有听到。”

“雾角很清楚。”约翰说，“不知道我们是不是应该把他留住。”

“来不及了。”南希说，“交涉也没有用。他一看到你的装扮，就没人拦得住他。”

“我们上山脊看看，”约翰说，“看看山谷里的情况。”

“等水手看不见了再说。”南希说。

“他不会马上转身的。”约翰说。

他们注视深蓝色身影迅速走下山谷，消失在岩石和洞穴之间，重新出现在高低不平的地面上。

“他抄近道回去了。”约翰说，“来吧，我们从山脊上可以看到对面。”

他们迅速将三明治包装纸、空瓶子塞进背包，背起背包出发。

水手消失在视野外。他们爬上分隔两边山谷的山脊陡坡都没有看到他。他们还没有爬到顶，就有了第一个发现。远方传来一声尖厉的鸟叫，不可能认错。

“你听到没有？”南希停下来，气喘吁吁地说道。

“听到了，”约翰说，“这不是苏珊的声音。我认得出她的口哨。”

这时，第二声响起来，音调略有不同，“这一声也不是她的口哨。”南希说。

他们登上最后五十码，得以俯视山谷以外。右前方是皮克特古屋山和蓝色海岸线。他们只看到湖泊的一小部分，在湖泊上面，山谷对面，青烟从天际升起，说明那儿一定有住房存在。他们从疑兵出发的山谷顶端开始，沿着对面的山脊搜索。

“他们在那儿，”南希说，“有几个在那儿。他们走了很远。可是谁吹的口哨？我没有看到凯尔特人。你呢？”

“没有，”约翰说，“没有……至少……你看到几个疑兵？”

“分散得很远。”南希说，“提提和多特坐在底下，他们走得比我们更远。”

“我们绕了弯路，只顾看这些湖泊，好把水手引开。”约翰说。

“那是佩吉的红帽子……对定位蛮有用的。”

“对藏身可不好。”约翰说，“当然，她不用隐藏。他们想要吸引凯尔特人来跟踪……”

“招惹公牛的红布……吸引凯尔特人的红帽子。”南希说，“苏珊在那儿。有四个了……上面还有一个，一定是罗杰。喂，后面一点是谁？那就六个了！”

“除非迪克跟他们在一起，否则不可能有六个。迪克知道应该尽快回北极熊号。可是，看那边，地平线右边还有一个。七个！我说，南希，是不是弗林特船长……”

“他答应留在桅顶上，就不会走开……看！……看！再过去一点儿，峡谷伸入群山。一……二……三……四……大队人马散布在石南丛中。”

“如果那是人的话，”约翰说，“对，是人。我看到一个人站起来又下去，消失了。喂，瞧那些鹿。”

“以大海雀起誓！”南希说，“那就是凯尔特人。他们倾巢出动，一支正规军。噢，疑兵干得漂亮！凯尔特人把他们包围了。不知道佩吉和苏珊有没有发现。我觉得他们好像走进埋伏了。我想发信号。”

“凯尔特人会看见你的。”

“没关系。”南希说，“我们离迪克的湖泊有几英里远，我们应该马上告诉他们。”她爬上岩石，左右挥舞手帕，“你用望远镜盯住，一有人看到就大声喊。”

“苏珊看到你了，”片刻后，约翰叫道，“她正对着我们看。佩吉也是。”

“好。”南希说。她短距离挥舞手帕两次，然后尽可能长距离挥舞一次。然后，又是两短一长。再重复一次。“天哪！”她说，“如果他们还不明白，我的手都要撑不住了。”

“佩吉在挥手。”

“这傻瓜看不出我在发信号吗？”

“喂！她明白了。长……短……长……短……是回应信号。好了，现在呢？”

情况急转直下。约翰和南希听到远方传来两声口哨，近处传来一声。他们看到佩吉和苏珊走到一起，回望，开始向前跑，又停下来。他们看到石南丛中的男人和男孩不再潜伏，奔下山坡。他们听到苏珊熟悉的口哨声，他们看到苏珊和佩吉示意多特和提提下山谷。更多男人集合，在这些人下面，多特和提提并肩奔跑，跟对面山坡的苏珊和佩吉会合。

“他们怎么不往我们这儿跑？”南希说。

“原因在那儿。”约翰指着那儿说。

“是大块头本人。”南希叫道。他们看到大块头站起来，挥舞拳头，逼近多特和提提原来的位置。

疑兵无路可逃，完全被包围了。接下来，敌人正在向他们逼近，观察者看到佩吉又向他们发了信号。三短一长，三短一长。

“求援。”约翰严肃地说。

“他们干得不错。”南希说。

“快点！”约翰说。他和南希一起冲下山坡。

第二十一章　疑　兵

很难说谁是疑兵的领队。苏珊和佩吉负责，但她们仍然要依靠向导。提提、罗杰和多萝西以前爬过山谷这一边，走过山口，受过凯尔特人跟踪。是提提、罗杰和多萝西向领队展示，怎样吸引凯尔特人再次跟踪。罗杰急于回到皮克特古屋，爬到其他人前面。提提和多萝西还是说隐蔽的敌人在石南丛中跟踪她们。最后，被罗杰称为大块头的白胡子老巨人把他们赶下了山谷。这一次，大家愿意相信了。她们所说的风笛和角楼的灰色房屋，就在北方山崖外。

“多特，不可能真是城堡。”苏珊说。

“不过确实很漂亮。”提提说。

“可是跟踪是怎么开始的？”佩吉问。

“一开始狗向我们叫。”提提说。

“小酋长从塔楼上观察我们。”多萝西说。

“昨天晚上，跟大块头一起下来的那男孩吗？”

“一定是他。”多萝西说。

“好吧，”佩吉说，“我们尽力而为。我们不去打扰睡着的狗，那样不安全。他们一醒来，登上山顶，就会把迪克看得一清二楚。”

“我们要小心翼翼。”苏珊说，“他们第一次没有准备，这一次可能快得多。如果我们自己暴露，一开始没有搞好，那就像捅了马蜂窝，又没法逃得远远的。”

“船头的帆啊索啊！”佩吉用南希的口头禅叫道，“我们要弄清楚，我们不是要他们追我们。我们越晚挑衅他们，迪克就越安全，但我们还是要挑衅他们。我们沿着山脊走，然后在他们侧面露面，闹闹嚷嚷，引起他们的注意。”

“如果他们不来呢？”

“他们肯定来！”佩吉说，“南希说过，大块头向她和约翰咆哮。”

“就像他对我们咆哮一样。”提提说。

“希望他们不要来得太快。”苏珊说，“弗林特船长说过，我们不要跟土著人起冲突。”

“我们就是要这么做。”佩吉说，“我们试一试他们，仅此而已。我们会尽可能避免麻烦。罗杰怎么啦？”

罗杰已经登上了皮克特古屋，向她们示意。

“昨天有人来过这里。”他说，“至少，我走后有人来过。看看门口。”

“有什么不对劲儿？”苏珊说。她跟佩吉都是第一次来。

“罗杰爬进去之前，”提提说，“这里没有一点石南。”

“昨天还没有。”罗杰说，“我又看到了旧饼干盒子。有人故意放在这里的。”

一大丛石南堵住了门口的方形空地，根部扎在一起，因此，从外面看好像是长在这里的。任何人都要穿过石南，才能进门。

“你确定上次你在的时候，还没有石南？”苏珊说。

“这家伙可能是趁你睡觉时布置的。”佩吉说。

“他没有。”罗杰说，他不喜欢提到睡觉时留在脑袋旁边的字条，“我临走前察看过周围。”

“可能是大块头和小酋长昨天晚上布置的。”多萝西说。

“也可能是今天早晨，”提提说，“他们可能比我们起得更早。”

五个人焦急地打量山脊。

“小路穿过山口，”提提说，“他们在多特的城堡吹风笛。山脊对面有许多凯尔特族房屋，跟我在斯凯岛上看到的房屋一模一样。”

“我们先越过山口，然后再仔细看。”苏珊说。

“我留下。”罗杰说，“无论门是谁堵住的，目的都是为了不让我进去。他肯定会回来看有没有人动过石南。”

“你别做这种事。”苏珊说。

“罗杰，不要。”提提说。

“我们本来就缺人，”佩吉说，“还要留一个在这里睡觉……”

“不是睡觉，”罗杰说，“如果有人以为他能再玩第二次……”

“约翰和南希已经动身了。”多萝西说。

他们可以看到，下面远处北极熊号停泊的海湾附近，狭窄的岬角向翼手龙号停泊的岸边延伸。他们看到弗林特船长坐在小艇上，明白他必须先送约翰和南希上岸，然后再把小艇划回去。

“我没有看见他们。”提提说。

“他们要开始当诱饵了。”多萝西说。

“我们也该动身了。”苏珊说。

“快点！”佩吉说。

他们离开皮克特古屋，沿着小路前进。他们犹豫片刻，因为多萝西一开始倾向于出现在凯尔特人面前。最后，他们还是沿着通向山谷顶端的小路前进。

他们从小路上可以清楚地看到两个湖泊和鸟儿所在的小岛。

“他的小船很隐蔽，”多萝西说，“谁都猜不出那儿有人。”

“地方似乎太小了，连迪克都藏不下。”提提说。

“他现在大概已经在拍照了。”多萝西说。

“希望他不要这样。”佩吉说，“他离开小船，就会完全暴露。而我们还没有引开凯尔特人呢。”

“不要往下看。”苏珊说，“我们知道他在岛上，知道约翰和南希在邻近的山谷诱敌。我们不知道有没有人监视，往下看是愚蠢的。”她瞧瞧罗杰，“只会暴露自己的秘密。”

“苏珊说得对。”佩吉说。

“我们应该先引诱他们，”提提说，“否则他们上一次也不会盯住我们。”

“我们走远一点儿才安全。”苏珊说。

在她听到尖厉的口哨声之前，几乎一言不发。大家扭头注视山脊顶端。

“一定有人监视！”多萝西说，“我就说，他们会一直盯住我们的。”

“天哪，”佩吉说，“我们必须抓紧时间。快点，集合。崎岖的小路更好走。展开队伍，把他们弄糊涂。疑兵前进！把他们从洞里熏出来。”

哨声一响，山坡上的一小队人马开始行动，没有想到他们正在自投罗网。哨声还没有停，五个疑兵就开始奔跑，好像背包里不是三明治，而是赃物。

“苏珊，加油！”罗杰紧跟在她后面。

“沿着小路走。”苏珊扭头说。罗杰边跑边笑。他也看到小路两侧的泥炭，被堆起来晒干，用作冬天的燃料。

“佩吉，跟上来！”他叫道。

“你都喘不过气了。”佩吉甚至不屑于扭头。

他们沿着弯曲的小路奔跑。小路高低起伏，绕过山崖和石南。他们一开始什么都不想，只顾奔跑，吸引凯尔特人追踪。接下来，他们上气不接下气，开始打量地平线。

“就像那天一样，”提提气喘吁吁地说，“我们明明知道他们在这里，却一点儿也看不见。”

“我……跟……不上了……”多萝西气喘吁吁地说。

“撑住。”苏珊说，“我们还有几英里路要走……罗杰去哪儿了？”

他们停下来回望，然后面面相觑。无疑，他们原来有五个人，现在只有四个了。罗杰不见了。

“我回去找他。”苏珊说。

“苏珊，不行的。”佩吉说。

“他可能滑倒受伤了。”苏珊说。

“不会，”佩吉说，“那样他就会叫起来。他是故意掉队的。我猜得出他想找什么。我们不该出发前就把食物分给每个人。”

“不要回头。”多萝西恳求说，“如果跟踪者看到我们回头，就会以为那儿值得注意。”

“地平线上有人，”提提轻声说，“我原以为是岩石，现在动了。”

“注意，苏珊。”佩吉说，“如果罗杰摔倒了或者出了什么事情，他会喊的。我们刚开始跑的时候他还紧紧地跟在我后面。我们不能冒险去打破全盘计划，仅仅是为了罗杰那个傻瓜和他那个愚蠢的游戏。”

“我们真的不能。”多萝西说，“现在迪克已经上了岛。他需要我们，还有南希和约翰。如果罗杰被人逮住，那是他自己的错。”

“他们就算逮住了他，也不会杀了他。”佩吉说。

“我们回去找他简直是把婴儿扔给了狼群。”多萝西说。

“他很喜欢这一套。”提提说。

“我希望他不至于。”佩吉说，“计划就是计划，人人都应该执行。噢，苏珊，不要回头看。”

“那边有动静。”提提说。

“干得好，”多萝西说，“跟上次一样。我早就知道会这样。噢，苏珊，千万不要回头看。”

“好吧，我不看。”苏珊说，“但罗杰太过分了。毕竟，我们在别人的地盘上。”

“探险家总是这样。”提提说，“除非他们去北极，或是诸如此类的地方，只有一点点因纽特人或是拉普人。罗杰应该记得科克船长，他总是跟土著人搞好关系。”

“科克船长跟土著人搞不好关系。”多萝西说。

“土著人把他吃了，”佩吉说，“怎么不把罗杰也吃掉呢？那是他活该。我们返回时再把他拖回去，但我们现在不能无所作为。听我说，提提，是不是很像那一天？我们听得见土著人的哨声，却看不见他们的人。”

“我们再走远一点，他们就会有声音了。”提提说。

心烦意乱的苏珊在前面领路，疑兵继续前进。显然，他们只能这么做。

“他们上次跟踪时，我们假扮成地质学家，”多萝西说，“表示我们没有恶意……”

“用不着。”佩吉说，“除非害怕他们失去兴趣。不过，你确定他们在跟踪吗？”

难以置信。提提似乎看到一个人的脑袋出现在天边，但其他人都没有看见。大家都听到了口哨声。佩吉和苏珊看不出有被跟踪的迹象，疑兵在荒野沼地中疾行，似乎毫无目的。不过，她们仍然看得出，提提和多萝西相信以前的经历又重演了。渐渐地，她们自己也相信了。她们的奔跑变成了闲逛，但随时准备重新开跑。

“不要回头，”佩吉说，“我知道罗杰想干什么。我想他一直都在打这个主意。”

“什么主意？”

“回到他的哨岗。”佩吉说，“你知道，他昨天在那儿打瞌睡。我想，他打算一直守在那儿。”

“他怎么神不知鬼不觉地溜走的？”

“他只要有心思，就能跟印第安人一样机灵。”提提说。

“如果约翰和南希听到这事，会气死的。”苏珊说。

“咕……咕……咕……回去！回去！回去！”

“你算了吧。”提提说，“那是松鸡。不是我们惊动了它们，石南丛中一定有人，虽然我们没有看见。”

“咕……咕……咕……”

“又来了一群。”多萝西说。她们看到鸟儿在天上打转。

“回去！回去！回去！”

“它们在说跟踪者。”提提说。

“我可不希望跟踪者回去。”佩吉说，“我挥挥手，让他们以为是我们惊动了鸟儿，我们都会的。”

四位疑兵抬头遥望山顶，欢快地向岩石和石南挥手。

跟踪者毫无反应，但他们看到另一群松鸡沿着山脊向群山飞去。

疑兵正要继续前进，忽然看到山谷中有动静。

“是鹿群，”提提说，“我们上一次也看到了。”

刚才鹿群没有动静，所以他们没有发现，但现在二三十头鹿都在活动。

“怎么都没有角？”多萝西说。

“山坡上又下来一大群……快到这儿了……”

“想必是南希和约翰惊动的。”佩吉说，“天哪！我真想知道他们走到哪儿了，杰梅林有没有盯上他们。”

他们这时已经越过迪克的两个小湖，到了上游，可以安全地打量山谷对面了。宽阔的山谷在岩石和石南的绿色点缀中伸展，直到更遥远的山脊，远方的山脊遮蔽了后面的谷地。他们知道，约翰和南希就在那里，执行他们那一部分计划。他们看到青山向南方延伸，他们就是从那儿的谷口进来的。峭壁、石堆陡然升起，酷似自己故乡的群山。但视野内没有农场、建筑和人，除了脚下的小道蜿蜒伸入群山，没有丝毫人迹。

“怪不得迪克的鸟儿选在这里安家，”提提说，“我们到来以前，这里一定只有它们。”

“凯尔特人呢？”多萝西问。他们又一次攀上石南丛生的峭壁。

“我们已经走了很久了。”苏珊说。

“远远不够。”佩吉说，“听我说，大家是不是累了？”

“一点儿也不累。”多萝西说。

“该吃饭了。”苏珊说。

“我敢打赌，罗杰正在狼吞虎咽呢。”佩吉说。

苏珊忍不住又回头看了一眼。

“苏珊，”佩吉叫道，“不要看！”

“我没看见他。”苏珊说。

“好吧，”佩吉说，“别管这个小捣蛋。瞧，那边，那边！……其实没什么，我总是觉得那儿有人在盯着我们。”

“我们最好不要停下来吃饭。”多萝西说。

“用不着。”佩吉说。

她们边走边吃三明治，只有喝水时才停下来。佩吉说过，谁也没法边走边喝柠檬水。佩吉刚刚喝光最后一滴柠檬水，情况就急转直下了。

佩吉放下柠檬水，扭过头。另外三个人等待片刻，突然传来一声尖厉的咔嗒声。

“怎么啦？”苏珊说。

“差点硌到牙。”佩吉说，“别动！注意我看的方向。”

一个身穿高地服装的少年在头上方的山顶上监视他们。

“是小酋长。”多萝西说。

她们四个人都看见过他。那天傍晚，就是他和罗杰所说的大块头默默打量翼手龙号，然后一言不发地走了。

“有趣。”佩吉说，“我们一开始没有惊动他，他就跟着我们。我相信他们一直在监视我们，但我不明白他们怎么知道我们来了。”

“天晓得。”苏珊说。

“凯尔特人有第二视觉。”提提说。

“说不定他们也知道迪克的动作。”多萝西说。

“不可能。”佩吉说，“南希害怕他们发出战斗的呐喊。杰梅林听到声音，就会知道鸟儿的位置。他们没有这样做，迪克没事的。”

“他目前为止还没事，”多萝西说，“我们吸引了凯尔特人。”

“我想，无论我们有没有打算，他们都会跟踪我们。”

“小酋长正在发信号。”苏珊说。

“他消失了。”提提说。

“我们继续走吧。”多萝西说。

疑兵的任务就是把他们引向错误的方向。无论你想不想，都会受到跟踪。寸步不离，这就完全是另外一回事了。从此以后，疑兵不仅要考虑吸引追兵，还要考虑不被追上。

她们不再急于寻找跟踪者的迹象。相反，她们觉得每一块岩石后面都可能有敌人。荒凉的山谷似乎变得生气勃勃。越来越多的松鸡从山坡上飞过，山谷里的鹿群不断活动，偶尔抬起头来望望，然后接着活动。

“你觉得我们可不可以放心返回了？”苏珊问。

“不行，等北极熊号吹响雾角吧。”佩吉说。

“我们已经比那天走得更远了。”提提说。

“越远越好。”多萝西为迪克考虑。

“我想，跟踪者比我们走得更远。”片刻后，提提说，“瞧那头鹿。”她们看到，在前面远方，一头落单的公鹿好像受了惊，从山脊上跑下山谷。

“我看时间已经不短了，前面的松鸡越来越多。”佩吉说。

“距离太远，我们可能听不到雾角。”苏珊说，“我们还是尽快回去吧。”

“现在还不行。”佩吉说。

“我们应该动作快点，再把他们甩远点。”多萝西说。

“急什么，”苏珊急忙说，“我们又没有惹是生非，就是走走而已。我们应该装出不知道有人跟踪的样子。”

后面响起一声尖厉的口哨。她们急忙转过身，四个人都看到，有一个人站在崎岖的小路上面的岩顶上。

“大概我们经过时，他就藏在那儿了。”提提说。

“我们不能从那儿回去了。”苏珊说。

“我们用不着。”佩吉说，“我们可以穿过山谷，从对面下去。”

“上次，”多萝西说，“狗把我们从石南丛中赶下去的。”

“凯尔特人把它们叫回去了。”提提说。

“当时那个老人在我们后面大喊大叫。”多萝西说。

“我们像野兔一样逃之夭夭了。”提提说。

苏珊遥望山谷。“多特，”她说，“迪克给鸟拍照需要多长时间？”

“我不知道，”多萝西说，“但他说要等到日头西斜。你瞧，上午的阳光会直接照进相机。”

“无论如何，他现在总该拍好了。再留半小时回去的时间，然后我们就穿过山谷返回。”苏珊轻声对佩吉说。

“好吧，”佩吉说，“当然，不能让他们包抄。你们俩听我说，我们分散开来，我和苏珊继续沿着小路走，但你们俩最好往山谷下走。万一我们要逃走，你们可以抄近路。”

“提提，走吧，”苏珊说，“别等了。”

“可我们还没到回去的时候。”多萝西说。

“没有，”佩吉说，“除非万不得已，我们要继续前进。”

提提和多萝西离开小路，从斜坡走下山谷。佩吉和苏珊继续沿着小路散步，假装完全不知道有人暗中跟踪。

大概二十分钟后，山坡上传来两声响亮的哨声。她们又吃了一惊。

“我说，佩吉，”苏珊说，“我不知道该怎么办。”

她们停下来，俯视山谷。提提和多萝西也在下面的苔藓地上停了下来，抬头等待她们的指示。鹿群四散，她们没有看到原因。

苏珊突然看到南希的红帽子出现在山谷对面，松了一口气。

“南希和约翰在那边。”她说，“我们是不是该回去了？看，她在挥手。”

“她在发信号。”佩吉说，“天哪！我没有手帕。”

“我有。”

“快给我。”佩吉说。

她们看到山谷对面白影一闪一现。

“莫尔斯电码。”佩吉说，“真麻烦，我希望她用旗语。无论怎样，字母都是一样的。为什么她不继续说？我给她回信号。喂！短……短……长……短……短……长。一个‘U’接着另一个‘U’。”

“危险信号。”苏珊说，“意思是：你们中埋伏了！”

“我们知道。”佩吉说。

“或许约翰和南希看到的东西比我们多。”苏珊说。

“到处都有跟踪者。他们想要我们怎么样？”

她们身后的山坡又响起口哨声，山谷上面立刻传来应答。凯尔特人从山崖后面、石南丛中涌出。鹿群吓坏了，纷纷向山坡下逃走。

提提和多萝西在山谷下面左顾右盼。

“她们怎么不往南希那边跑？”佩吉问。

“她们不可能那么做。”苏珊说，“当心！当心！我们最好会合。”她吹口哨示意。

“天哪！”佩吉说，“是罗杰说的那个大块头。”

提提和多萝西也看到他了。上次就是这个花白胡子的大块头把他们赶跑的，这个严厉的家伙一直把他们赶到海边。昨天晚上，也是同一个人来到海边。他现在近在咫尺。苏珊发出信号，她们听到了大副的口哨声，不再等待，向她跑去。大块头转身追赶。

“还要发信号，”苏珊说，“给南希发信号，约翰知道怎么办。快点，向他们求助。三短一长。一直发下去，反复发。”

第二十二章　围　捕

提提和多萝西大踏步跨过平坦、柔软的苔藓地，跌跌撞撞地穿过覆盖山坡的石南丛，跟苏珊和佩吉会合。凯尔特人包围过来，苏珊和佩吉一直站着不动。荒凉的山谷一片鼎沸。南希的红帽子、凯尔特人、鹿群……到处一片混乱。

“大块头在追我们。”提提气喘吁吁地扭头说，“约翰和南希来不及做什么了。”

“我没法更快了。”多萝西喘息道。

“挺住！”提提说。

她们气喘吁吁地踏上山坡的小路。这时，苏珊和佩吉已经被俘了，被六个外貌粗野的凯尔特人四面包围。

苏珊在大声说话，好像对方是聋子。

“如果我们越界了，对不起。”她说，“我们只是散步，没有看到任何标志。如果我们造成了什么损害，那也只不过是误会……”她渐渐无话可说。提提和多萝西明白，她已经说了好一阵子了。凯尔特人严肃地盯着她，一言不发。

苏珊刚停下，佩吉就开始说话，凯尔特人撇开苏珊，盯着她。

“听我说，”她说，“一切都很好。我们只是想找个地方看大西洋。你们知道……大西洋……从这儿……眺望美洲……”她含混不清地指着群山和凯尔特人包围的各个方向，唯独排除约翰和南希越过山谷匆匆赶来的方向。凯尔特人转向佩吉，仿佛努力想听，但没有听懂。

“我们来了！”提提说。

“我希望其他人快点儿来。”苏珊说。

“他们一句英语都听不懂。”佩吉无可奈何地说。

俘虏和围攻者一言不发，观察约翰和南希爬出山谷。他们从大块头身边经过，大块头没有试图阻止他们，只是不紧不慢地跟在后面，似乎并不着急，只想咬住不放。

“好了，苏珊。”约翰说。他爬上马车小路，穿过凯尔特人留出的地方，跟其他俘虏会合。

“噢，约翰，约翰！”苏珊说，“你没有受伤吧？你脸上怎么啦？”

约翰这才想起脸上的木炭，伸手一抹脸，结果弄得更糟。凯尔特人盯着他。其中两人在急切地交谈。

“他们完全听不懂英语。”佩吉说。

“没事。”约翰不耐烦地说，“只是化装迪克的眼镜而已。出什么事啦？”

“我来谈谈。”南希说，但她这会儿也无话可说。包围他们的凯尔特人向山脊移动，仿佛在等别人。

白胡子老巨人大踏步跨过来，拄着拐杖，浓眉下的眼睛怒视俘虏。他靠近一点儿，打量约翰的脸。他的蓝眼睛看不出表情。他用一种语言问了一个问题，俘虏们知道那是盖尔语，另一个凯尔特人回答了他。他们全都转过身，抬头看看山坡，然后又回到小路上。

“我们还要走多远，才能看到大西洋？”南希问。

大块头对她皱起眉头。“你会看到的。”他停顿片刻后，说道。

“噢，好哇！”南希说，“我们就怕你不懂英语。”

“你们赶我们的鹿群，我用不着懂英语也能明白。”

“可我们没有，”苏珊说，“我们什么都没有做。”

“听我说，”约翰说，“这都是误会。”

“谁派你们来的？”

“谁也没有。”苏珊说，“我们就是出来走走。”

大块头转过身，背对着他。一个年轻的凯尔特人对另一个同伴说话，他们都转过身去。提提挽住多萝西的胳膊。一个穿苏格兰短裙的少年从山坡上跑过来。

“是小酋长。”多萝西说，“这下好了。”

“你好。”约翰说。这时，少年从身边小路的石南丛中跳下来。

“哎，”南希快活地说，“挺好玩的。你追上我们了，算你赢。可我们现在要回船了。”

少年先瞅瞅约翰，再看看南希，但没有回答，他挨个打量俘虏的脸。

“少了一个，”他用英语说，“还有一个男孩，更小一点儿。”

“不要告诉他。”多萝西想到迪克，差不多尖叫起来。

“他是说罗杰。”提提说。

少年对大块头匆匆说了几句悄悄话。接着，他猛地转过身，沿着崎岖的小路向家里奔去。

“喂！嗨！你等等！”南希生气地喊道。

少年转过身来。

“就一会儿。”约翰说。

“我爸爸会跟你谈。”少年说，随后又一路小跑，走了。

“走吧！”大块头说。

“我们怎么办？”苏珊说，但这个问题其实没有必要。凯尔特人上路了，俘虏们只好跟着走。

“你没听见吗？”南希说，“走吧。他说走，我们就走。很简单，那孩子懂英语，他爸爸肯定也懂。我们不久就能把事情弄清楚。多亏你们，迪克有充分的时间拍照，其他事情都无关紧要。”

他们轻声交谈。大块头虽然懂英语，但他走在最后面，距离太远，听不清俘虏们在说什么。

“怎么会多亏我们？”多萝西说。

“哎，看看他们。”南希说，环顾前后左右的凯尔特人，“幸好你们吸引了整个凯尔特部落。要不然，一旦有人在湖上发现了迪克的踪迹，马上就会闹起来。鸟蛋收藏家就会如愿以偿。”

“我们还没有听到雾角的声音。”提提说。

“我们没有听到，无非是因为路程太远。迪克想必已经上了北极熊号，吉姆舅舅正准备扬帆远航，怪我们怎么还不回来。”

“鸟蛋收藏家有没有盯上你们？”多萝西几乎跑到南希身边，问道。

南希咯咯笑起来。“比那还好。”她说，“约翰画了一副一流的眼镜。杰梅林以为他是迪克，以为我们去观鸟，派水手跟踪我们。他一直端坐在摩托艇中，没有乘小艇上岸。”

“水手这会儿在哪儿？”多萝西遥望山谷地面，说道。

“终于追上我们了。”南希说，“约翰的化装太棒了。他要回去也有几英里路。一切都符合我们的计划。”

“我只担心罗杰。”苏珊说。

“罗杰在哪儿？”约翰问。

“我们一开始就把他弄丢了。”苏珊说。

“我想，他一定回皮克特古屋去了。”提提说，“无论如何，凯尔特人没有抓住他。那孩子说少了一个人。”

“他大概已经回到北极熊号了，”佩吉说，“正在跟吉姆舅舅和迪克一起喝茶。”

“可惜我们没有回去。”苏珊说，“这些人为什么如此气急败坏？我不知道是怎么回事。”

“天哪，”南希马上说，“如果他们的动作这么快，我们没被锁起来就走运了。”

“他们要直接带我们去城堡。”多萝西说。

“好。”南希说，“这孩子看起来很体面，有点可惜了。我们可以把他拐走，变成我们的盟友。好主意！我们可以把他关在北极熊号上。可惜来不及了。不过没关系，我们已经达到了目的。”

他们走得太快，几乎没有工夫讨论，甚至南希都不再说话了。俘虏沿着小路，慢慢爬回山谷北面的山脊。凯尔特人跳过上上下下的石南丛。罗杰所说的白胡子巨人在队伍后面大踏步前进，像牧羊人赶羊一样。

山谷的路很长。疑兵引开了所有潜在的敌人，让迪克有机会神不知鬼不觉地拍下照片，离开小岛。路程好像不远了，凯尔特人似乎不知疲倦。俘虏在他们当中疾行，决心不能让凯尔特人看轻。而且，疑兵虽然被俘，仍然像凯旋一样，相信他们的任务已经完成。他们面露诡异的笑容，让凯尔特人莫名其妙，因为后者也觉得自己是胜利者。只有苏珊感到不安。约翰和南希似乎认为，说两句英语就能解决问题，但苏珊不这么想。这些外貌粗野的男人和少年走在他们身边，脸上没有笑容。她打量这些阴沉的面容，开始无缘无故地感到罪恶感。无论出了什么问题，这些人显然觉得问题严重。如果少年和他爸爸也这么认为，解释就很困难。

“苏珊，开心一点。”南希说，“我们已经大获全胜。”

苏珊想笑一笑。但她担心罗杰，担心一切。

小酋长消失了很久，向酋长报信去了。他们已经接近山谷脚下，小路从这里穿过山口。他们能看见皮克特古屋和山顶的史前建筑物。上面的山谷里有两个小湖，一条溪流将它们连接起来。他们经过上游的小湖，地面隆起，遮蔽了下游小湖的很大一部分，但他们能看到岛上的鸟儿。

提提突然停下来，佩吉撞到她身上。

“对不起，”她说，“我好像看到什么东西了。”

“怎么啦？”

“皮克特古屋有动静。”

“什么动静？”

“罗杰。”提提轻声说，瞅了苏珊一眼，“但我现在什么都看不见了。”

多萝西突然抓住南希的胳膊。

“南希，南希，”她轻声说，“我看到迪克了……在湖边……小岛和湖岸之间……划船。”

南希脑袋一震，但没有扭头：“不要回头，不要注意那边，他们没有发现他。”

“他完全暴露了。”多萝西轻声说。

“快，”南希尖厉地说，“我们要吸引他们的注意力。快点！大家快点！约翰，快点！赶紧往山口走！”

俘虏们飞奔而去。

凯尔特人发出一片呼啸声。马上有几个人堵住前面的小路，像牧羊犬拦截逃走的羊群。

“没用了，”约翰说，“他们已经看到他了。”

俘虏们停下步伐，几个凯尔特人俯视下面的湖泊。俘虏们不知道往哪儿看，迪克和折叠艇踪影全无。

“可我看见他了，”多萝西说，“从这边划走了。他一定快到下面的湖岸了。我们看不见，因为有山崖遮蔽。”

“大块头在哪儿？”佩吉说。

俘虏打量他们的卫队。凯尔特人排成两路，上下察看山脊和山谷。凯尔特老巨人消失了，从其他人的视线判断，他去了俘虏们最害怕的方向。

苏珊第一个拿定了主意。“不要停下，”她说，“凯尔特人带我们去见他们的酋长，越快越好。我们把事情解释清楚，才能给迪克帮忙。”

南希附和。

“苏珊说得对。”她说，“如果我们都往下冲，凯尔特人拼命追我们，一切都会搞砸的。我们一整天调虎离山，就是为了方便迪克拍照。他拍照的时间太长了，不是我们的错。我们现在应该尽快离开山谷，尽量避免声音。逃走没有好处，只会刺激他们大喊大叫。走吧，不要出声，处处留心，假装他们请客。”

“可是迪克，”多萝西说，“如果他也被俘了，我们是不是应该等等他？”

“不。”南希坚定地说，但声音低得几乎像耳语，“任何人都能看到，我们是一群人。我们应该尽快离开山谷，大步流星，假装什么都没有注意，不要回头。”

第二十三章　随船博物学家

迪克在调虎离山那一天的经历完全不同。他观察危险信号，看到南希和约翰躺在山岩上，岸边空无一人。他推开芦苇丛，找到隐藏的小船，发现露水浸湿了小船的帆布。他找了一块干燥的地方坐下，用桨把船撑走。他虽然极力小心，但还是搅动了芦苇丛。大片涟漪在湖面上泛起，彼此追逐。鸟儿也看见了涟漪。迪克希望微风在湖面上到处泛起涟漪，这样他搅起的涟漪就不大显眼。他的最佳选择就是尽快登上小岛，把小船重新藏起来。

迪克着手展开折叠艇，重复他和约翰昨天晚上的做法。他一开始紧贴湖岸，不转向小岛，直到他对准鸟巢最远端……如果他没有看错鸟巢的话。迪克已经着手拍照，还在想他会不会完全搞错了。不，他肯定没错。这些涟漪真讨厌！他本来蜻蜓点水，现在一桨跟一桨，尽量驾驭不听话的小船。

他沿岸划了一半路，即使现在收到警报，也来不及返回了。他只有先登上小岛，才能找到适合隐蔽的芦苇丛。如果鸟蛋收藏家和他的部下现在看到小船，秘密就泄露了，鸟蛋收藏家就会发现小湖的位置。他早晚会找到鸟蛋，杀掉鸟儿。如果迪克从来没有发现它们，情况反而会更好。噢，这些涟漪真讨厌！这条船真别扭！三只、四只、五只鸭子扑打水面，沿岸飞翔。它们在向潜鸟报警吗？接近野鸟最大的难题是：你没法表示没有敌意，不会伤害它们。

他继续划船，向右扭头，看看小岛。一只潜鸟在水里，另一只想必就是岸上的黑点。它们想必已经看到迪克了。迪克尽可能安静地划船。突然，他听到翅膀的沉重拍击声。泼剌！泼剌！泼剌！一只巨大的白嘴潜鸟腾空而起。这已经够糟了，更糟的事情还在后面。

“赫茨！赫茨！赫茨！”

愤怒、恐惧的叫声几英里外都能听到。

迪克几乎一桨落空。他抓住桨，停下来等待。他看到南希的红帽子在小湖对面移动、消失。他继续划船，随时等待警报通知他：鸟蛋收藏家已经听到声音了。没有警报，但随时都可能有。鸟儿已经受了惊，他只有一件事可做：尽快藏起来，避开人和鸟的视线。迪克安静、迅速地驶出湖岸，绕向小岛远端，把小船停在芦苇丛中。他坐下来，气喘吁吁，打量小船。只有船尾露出芦苇丛，如果他来时没有人看到，那么再过去一两码就没有人能看见了。白嘴潜鸟发出一两声危险的叫声后，不再作声。迪克感到一侧船桨在浅滩软泥上着陆，水深不超过一英尺。他脱掉鞋，把鞋带拴起来，挂在脖子上。他跨过船舷，拿起缆索，跋涉上岸，把船拉过去。他在缆索末端绕了一个圈，套在岸边圆石上，看到小船完全隐没在芦苇丛中，然后向隐蔽所匍匐前进。

他满脑子疑云。尖叫声会不会激起鸟蛋收藏家下船，冲进山谷？他时刻准备听到第二声尖叫。昨天晚上，隐蔽所布置得怎么样？他到达隐蔽所之前，会不会有人已经看见了？他有没有把鸟吓跑？它们会不会回来？

随船博物学家像印第安人一样匍匐前进，试图避开人与鸟的耳目，罗杰和提提都做不到这点。快！快！前面的山崖遮蔽了他的隐蔽所。石南覆盖的网挂在鸟巢入口跟前的两座山崖之间。他潜入隐蔽所，等待远方的叫声。没有声音。鸟儿发出第一次愤怒和警告的尖叫后，无声无息了。他躺在隐蔽所内，什么都看不见。他慢慢伸展一条腿，然后是另一条。他跪下来，从网眼向外打量。两只鸟都不在，但鸟巢有一圈踏平的芦苇丛，踩出的小路通向水边。圈里有两个绿色的大蛋。片刻后，鸟儿游进视野，离岸一两码远。迪克悄悄从背包里拿出双筒望远镜，他可以看到鸟蛋上的斑点，鸟蛋并不真正是绿色的，而是某种偏褐色的橄榄色。鸟儿呢？今后再也不会有疑问了，是白嘴潜鸟的鸟巢。以前从来没有人见过它们在不列颠群岛筑巢。迪克的感觉犹如天文学家发现了一颗新行星。

他第一个冲动是马上拍照。但太阳照进他的眼睛，湖水闪闪发光，正对着鸟儿后面的照相机。他及时想起来，他的照相机只有五张胶卷，不能浪费。他本来已经举起照相机，又“叮当”一声放在石头上。鸟儿听到声音，转过身游走，从隐蔽所狭窄的视野中消失了。接下来，迪克经历了他一生中最难熬的三分钟，生怕鸟儿弃巢而去。然后，他又看到水中有一只鸟，只露出头和脖子。迪克屏住呼吸观察。鸟背渐渐露出水面，鸟儿照常游动，越来越近了。突然，另一只鸟向鸟巢游去。“它直接游到地面上来了。”——后来，迪克这样描述他的见闻。它游到地面上，然后在翅膀的帮助下，挣扎穿过湖水和鸟巢之间几英尺干燥的地面——“简直难以称为鸟巢”。

鸟儿在巢里，疑惑地向隐蔽所方向打量。这时，它又活动起来，拖着脚打转，双翅遮住鸟蛋。它擦擦胸部，然后脖子略向后仰，头略向前伸，好像已经被打下来、放在“杰梅林收藏品”当中似的。它在巢里，背对着迪克，面对湖边，似乎预感危险会渡湖而来。迪克相信，只要他不弄出声音，鸟儿就不会发现他在那儿。

除了等待以外，他无事可做。一小时又一小时过去了，太阳爬过高空。照相机对准网眼，棱镜不再受到阳光直射。一小时又一小时，他知道需要长时间等待，但随便什么人都受不了长时间等待，只有随船博物学家例外。他最困难的时候已经过去了，人已经进了隐蔽所，船已经藏好了。无论敌人在哪里，他们都没有发现他和鸟。鸟儿平安无事。他只需要等待其他人把鸟蛋收藏家和凯尔特人引到山区，然后他就可以拍照了，就可以带着照相机和胶卷上岸，拿出鸟儿种类和筑巢地点的确凿证据。

他小心翼翼，选取了一个尽可能舒适的姿势。一小时又一小时，迪克蜷伏在他向往已久的大鸟几码外的地方，目不转睛地打量着它们。他几乎没有感到时光流逝，巴不得这一刻永远持续下去，就像有些人看戏一样。

他拿出笔记本，描述鸟巢、鸟蛋和鸟儿“四肢并用”的出水走动方式。“翅膀变成‘四肢’的一部分。”他通过弗林特船长的双筒望远镜，看清了巢中鸟儿的每一根羽毛，甚至鼻孔的狭缝。从远方看，鸟头是黑色的。但他现在可以看到它背后微弱的绿色光泽，面颊微弱的紫色光泽。在阳光下，脖子下面兼有绿色和紫色。“当然，不到近处观察，甚至燕八哥看上去都是黑色的。”迪克心想。

有时，它的配偶游到湖远方。迪克用双筒望远镜对准它，观察它潜入水中，准备重新浮出水面。迪克几次看到它叼着鱼上来。大概在迪克到达隐蔽所三小时后，水里的鸟儿离他距离最近。它一面潜水，一面向岸边靠拢。岸上突然活动起来，迪克还没有明白发生了什么事，孵蛋的鸟儿就跌跌撞撞向湖边走去，泼剌一声下了水。另一只鸟爬上岸，顶替它的位置。迪克拿起照相机，很高兴它这时候才来，因为光线正从鸟儿身后照过来。他长期拍照，完全清楚必须守在照相机后面。那只捕鱼的鸟儿面对湖边停下来，迪克相信，它正在观察几码外的地方。他多次观鸟，但没有一次像这样，没有一次是这种鸟。

一小时又一小时过去了。迪克忘记了凯尔特人、鸟蛋收藏家、翼手龙号、北极熊号和其他一切事情，心中只有眼前网眼外狭窄的画面。世界上只有迪克和鸟儿，其余一切都化为乌有。如果他没有看到潜鸟整天捉鱼吃，他也不会觉得饿，想到吃三明治。他没有吃掉带来的所有的三明治，因为当他小心翼翼拿出一半三明治时，一小块落在地上，微弱的声音吸引鸟儿转过头。迪克不敢再冒险，而且很高兴他带的是一个长颈瓶，没有柠檬水开瓶时的一声噼啪响。

他的守望突如其来地结束了。最后，他终于看到阴影遮蔽了孵蛋的鸟儿，阳光不再照进网眼，而是掠过头顶。他几乎不能相信，时间已经过去了这么久。随船博物学家完全变成了摄影师。没有一点错误，五张胶卷完全拍成照片，没有一点浪费。他想到经常因为没有在照相机后面卷胶卷，只得重拍第二张，不禁脸上发热。无论发生什么情况，他今天不会犯同样的错误。接下来就是焦距的问题。他认为是十到十二英尺，可惜没法测量、确定。他记得，棱镜光圈越小，焦距就越大。因此，几英尺误差影响不大。这意味着需要更长的曝光时间，这一点他能做到，因为鸟儿孵在窝里不动。但他必须在更长时间内稳住照相机。他一英寸一英寸地挪动位置，最后单膝跪在地上，头靠在膝盖上。虽然取景不利，但照相机靠在膝盖上非常稳定。他发现，取景区域有一片模糊。当然，那是网幕。他只得更靠近网眼，确保照相机棱镜对准网眼正中。鸟儿迅速扭过头，迪克呆若木鸡，直到鸟儿重新转过去。他弯曲的小腿一阵痉挛，他悄悄按摩，一只手指按住肌肉。他尝试第二次，鸟儿在取景区域中非常小。这没有办法。等他长大了，第一件事就是买一个长焦镜头。在这之前，他只能尽力而为了。他设置成十一号光圈，速度二十五分之一秒。太阳明亮，天空晴朗。这就足够了。万事俱备。

他最后一次取景。他按动快门，却毫无反应。他想得太多，忘了打开遮光板。糟透了！他知道自己的手指在发抖。别急，别急。他提醒自己，强迫自己等一下，打开遮光板，再次定位，按动快门。

一声尖厉的咔嗒响。照片拍下来了，但事情会怎样呢？鸟儿听到了咔嗒声。一瞬间，迪克以为它会离巢而去，不给他第二次机会。但它没有走，它迅速扭过头，然后慢慢做了摄影师最希望它做的事情。它在鸟巢里活动，充满疑虑，但没有吓坏。它转了一圈，仍然孵在蛋上，但方向正对着迪克的网幕。迪克纹丝不动。鸟儿慢慢低下头。迪克知道外面看不见他，重新设置镜头，打开下一张胶卷，把照相机稳在膝盖上，然后按动快门。

咔嗒。

鸟儿又惊动了一次。

“别走！求你别走！”迪克没有出声，但心里几乎向鸟儿大声疾呼。鸟儿抬起头，伸直脖子，凝视摄影师藏身的山崖和网幕。它仿佛听到了、明白了迪克的心声，慢慢放松下来。一切恢复原状，鸟儿继续孵蛋。摄影师继续藏身网后，两张照片拍下来了。

迪克等了许久，才敢换胶卷，重新设置镜头。两张照片已经稳稳地到手了，他不怕再多等一会儿。他现在梦想把两只鸟儿一起拍下来。另一只鸟儿刚才捕鱼去了，甚至不在视野内。最后，它绕了一大圈，游进视野内。

巢里的鸟转了一圈，重新面对湖面。“它想去捕鱼了。”迪克心想，它在估计另一只鸟还需要多久才会回来接班孵蛋。既然太阳的方位正合适，他相当希望再有一次机会，拍摄它们交换位置。水里的鸟儿越来越近，但并不着急。巢里的鸟儿越来越不耐烦，它离开蛋，翅腿并用，跌跌撞撞向水边挣扎。迪克按动了快门。

咔嗒。

如果快门没有这一声该多好。不过，迪克听到了咔嗒声，鸟儿却没有，因为这时它正好泼剌一声入水。它向配偶游去。三张照片拍好了，迄今没有明显的错误。迪克急忙抓住机会，卷好下一张胶卷，重新设置快门，拍下第四张照片。这一张照片上只有鸟蛋。

只剩下一张照片了。他卷好胶卷。要不要把两只鸟一起拍下来？既然光线不错，已经有了四张照片，他决定冒一下焦距不准、曝光不足的险，拍一张鸟儿跋涉出水的照片。他把光圈调到最大，速度调到百分之一秒。

奇怪的事情发生了。离巢的鸟儿没有开始捕鱼。两只鸟仿佛有话要说，慢慢游到了一起。“雌鸟告诉雄鸟，欢迎归来。”迪克心想，“要么，就是雄鸟告诉雌鸟。”似乎两只鸟肯定要换班回巢。迪克突然一阵恐慌，以为它们在讨论昨天晚上突然出现石南丛的问题。但鸟儿越来越近。最后，一只鸟停下来，把头浸在水里休息，用嘴梳理羽毛。另一只鸟直接游上岸，跌跌撞撞来到鸟巢。迪克拍照。鸟儿要么没有听到声音，要么断定无须大惊小怪。它用嘴翻蛋，重新把蛋安顿好。这时，另一只鸟游进湖泊，第一次潜入水下。（后来，迪克分不清楚回巢的鸟是哪一只，可能是原来那一只，也可能是捕鱼的那一只。）

迪克卷起胶卷，关闭照相机，放进背包里。事情已经办好了，只需要洗照片就行了。这是第一批白嘴潜鸟在不列颠群岛筑巢的照片。他看看表，几乎不敢相信已经待了这么长时间。他希望在隐蔽所里留到天黑，但弗林特船长要他及早回家。约翰、南希和疑兵们不能把鸟蛋收藏家和其他人永远拖住。他必须按计划离开，不能惊吓到鸟儿，把船划回湖边芦苇丛中，把照相机和照片安全地带回北极熊号。

他把照相机、双筒望远镜和长颈瓶放进背包里，但他在隐蔽所里没法背上背包。他拖着背包，匍匐后退，决定把网留在原地。网现在已经没有用处，但挪动它肯定会惊吓到鸟儿。他出了岩壁，焦急地打量山谷两边的山脊。他避开鸟儿的视线，把手塞进背包带中，弯下腰匆匆走向小船。他解开缆索，上了船，环顾左右，把船推出芦苇丛，拿起桨用力划，尽量像以前那样点水，但不再小心翼翼。现在的问题是速度。鸟儿肯定会看到他，但他走得越快，鸟儿就会越快忘记他的来访。

他划到半路上时，看到一只潜鸟在游泳。他寻找巢里的另一只鸟，却没有发现。不久，他发现另一只鸟也在水里，跟第一只鸟相距不远。可见他从山崖间退出时，一定弄出了响动。他一面划船，一面观察，希望鸟儿回去，明白从此以后岛上再也不会有人了。他忘了折叠艇多么不听使唤，只是高兴地看到鸟儿回巢。这时，他出乎意料地靠岸了。小船震动起来，船底突然搁浅。

迪克吓了一跳，环顾四周。他发现，一个白胡子大汉抓住了船舷。那人把小船拖上岸，船上又是一阵剧烈的震动。

“出来吧。”那人说。

“可我要把小船……”

“你先去见领主，小船不会有事的。”

“可是——”迪克说。

“出来吧，别废话啦。”那人说。

迪克下了船。他除了照相机里的照片以外，什么都不在乎。他无论如何都要把照片带回北极熊号。到处都看不到人，迪克决定沿着岸边逃走。

他还没有跑上三码远，一只多毛的大手就抓住了他的衣领。

“路在这边。”那人说，“我不是严厉的人，但你要是耍花招，会后悔的。”

有力的大手抓住迪克的衣领，拍打他的后颈部，迫使他飞快地从岸边向山坡走去。

第二十四章　不受欢迎的援助

已经很晚了。

疑兵前后都有凯尔特人包围，沿着崎岖的小路前进。他们像散步的女子学校学生一样安静，只因为担心引来鸟蛋收藏家及其部下的注意。他们觉得危险不会很大，因为如果鸟蛋收藏家上岸，弗林特船长在北极熊号横杆上一定会看到，吹响雾角报警。

大块头抓住迪克，从山坡赶来，跟他们会合。俘虏们不可能更心满意足了。他第一个冲动就是逃走，但大块头紧紧抓住他的后颈，他就不再打这个主意了。他看到俘虏们的队伍正在上山。他们都被俘了，但没有落入鸟蛋收藏家手中，而是凯尔特人手中。他没有看到杰梅林的踪影。他已经做了非做不可的事情，照相机安全地放在背包里，里面的照片确凿无疑地证明：白嘴潜鸟在赫布里底群岛筑巢。南希和约翰知道怎么向凯尔特人解释。等不到天黑，他们就会拿到折叠艇。等不到明天早晨，北极熊号及其船员就会扬帆出海，驶向大陆。

弗林特船长在北极熊号横杆上度过了不安的一天。他给桅顶刷了一层金漆，给桅木刷了一层清漆，给所有够得着的铁器刷了一层银漆。他抽了差不多一盎司的烟。他用便携式望远镜打量山崖外的翼手龙号，都已经看厌了。这个望远镜是迪克借给他的，用来交换他的双筒望远镜。鸟蛋收藏家比他更舒服，坐在帆布躺椅上，不时地通过望远镜打量北极熊号桅顶。弗林特船长有两次下了桅杆，一次是为了放漆罐，一次是为了拿三明治。他每一次回到桅顶，都看到杰梅林先生回到舒适的躺椅上。显然，弗林特船长在监视杰梅林先生，杰梅林先生也在监视弗林特船长。弗林特船长坚守岗位，不过心里却希望把横杆换成躺椅。他开始怀疑这些捣蛋的孩子是不是完全忘了他。迪克大概早就拍完了照片，又对别的事情产生了兴趣。天下太平，时间不断流逝。现在，他们都应该回船了。弗林特船长真希望迪克从来不曾见过他的鸟儿，真希望白嘴潜鸟跟麻雀一样普普通通。他尤其后悔没有按原计划行事——那样他们早就已经驶过明奇，把船交回到原主手中了。

突然，他抬头看到，高地和皮克特古屋之间、通向北崖群山的小路上，有一群人在活动。他在横杆上扭过头，举起小望远镜，再次观察。大约十二个壮汉和小伙子走过山坡，还有六个孩子。他认不清苏珊、多萝西或提提，但约翰、南希和佩吉的红帽子绝不会错。他们没有向下面的海湾走去，却走向山脊上面的缺口。到底怎么啦？接着，他看到另一个人跟他们会合了，带着一个很像迪克的男孩。他们都被俘了？弗林特船长握紧拳头，捶打横杆。他下次再也不会带这些孩子航海啦！他的拳头受了伤，但他几乎没有感觉。他眼前仿佛浮现出孩子们母亲的怒容。他又看了一眼翼手龙号，鸟蛋收藏家似乎睡着了。无论他是不是睡着了，只有一件事可以做。弗林特船长随即下了横杆，走进小艇。一分钟后，小艇靠岸。两分钟后，他登上了陆地，踏上了山崖。他裤子上撕了一个大口子，却不顾不管，尽快向山上跑去。

在翼手龙号甲板上，躺椅空了。杰梅林先生不再监视，发出信号。一个男人躺在石南丛中，举起望远镜，他溜到海湾，把小艇划过来接他的主人。他已经花了一段时间观察湖中的小岛。

“是迪克！”

凯尔特人在崎岖的小路蜿蜒通过山口的地方停下来，回过头去。大块头和他的俘虏紧跟在后面。接着，迪克气喘吁吁地赶上来了。他左右摇摆脑袋，活动脖子。大块头一马当先，会合的队伍继续前进。

“他有没有伤害你？”多萝西问。

“照片拍到没有？”南希轻声说。

“拍了五张。”迪克气喘吁吁地咧嘴笑道，他最后一次活动脖子，“至少有两张没问题。”

“杰梅林有没有看到你？”约翰问。

“我想没有。”迪克说，“无论如何，我没有看到任何人。一切正常。我看到鸟蛋了。一张照片就是拍的鸟蛋。”

“你怎么这么慢？”南希说。

“慢？”迪克说，“我不可能更快了！太阳方向不对。我们去哪儿？”

“我们被俘了。”提提说。

“我知道。”迪克说，他颈后还有感觉。

“去城堡。”多萝西说，“听！”

他们又一次听到风笛声从远方山脊传来。

“他们把我们一网打尽了。”佩吉说。

“除了罗杰。”苏珊说。

“还有弗林特船长。”提提说。

“我说，”约翰说，“我能看到船上。桅杆上空无一人，他在哪儿？”

这时，大家听到了他的声音。下面传来一声大叫：“嗨！”只有弗林特船长才有这样的声音。

“烦人！”南希说。

“罗杰带他来救援了。”提提说。

“谁想受人救援？”南希说。

“我们甚至还没有见到地牢。”多萝西说。

“继续走。”南希说。

“我们就是想停，他们也不会答应。”佩吉说。

他们瞥见弗林特船长从海岸爬上来。接着，小路穿过山口，他们再也看不见离开时下方的山谷了。风笛声近在咫尺。面前是凯尔特茅屋和灰色角楼大宅，迪克、约翰、南希、佩吉和苏珊还是第一次见到。

“他能解释得更好。”苏珊说。

“我们自己能行。”南希说。

“他来了。”提提说。他们身后传来第二声“嗨！”

弗林特船长穿过山口，飞奔而来。凯尔特人和他们的俘虏已经抵达了第一间茅屋。大块头打开门。茅屋只有门，没有窗，似乎是一间仓库。

“嗨！”弗林特船长又叫道。

大块头环顾四周。他没有开口，但嘴唇活动起来，几乎像是微笑。他这一天大获成功，抓住了赶鹿的孩子们。现在，指使他们的恶棍又要落网了。

弗林特船长气喘吁吁地赶上来，冲过来跟其他俘虏会合。门“砰”的一声在他后面关上了。他们深陷黑暗之中。风笛声音突然变得微弱了。门外插上插销，他们确实成了囚犯。

阳光隔绝后一两分钟，囚犯们什么都看不见。他们相互摸索，不敢移动，害怕在地上绊倒。然后，弗林特船长回过神来，又叫了起来。

“嗨！”他叫道，“我们要见你们的头儿。”

“麦金蒂会见你们的，那时候你们可以说个够。”外面的答复说。

（注：他们听到的名字不是麦金蒂。如果这里暴露真名，人人都会知道白嘴潜鸟在哪里筑巢了。因此，书中有必要使用假名。根据多萝西的建议，我们选择了麦金蒂这个名字，借用迪克和多萝西在诺福克湖区遇见的麦金蒂太太的名字。）

“开门！”弗林特船长叫道。

没有英语的答复，但俘虏们听到外面的凯尔特人在用自己的语言交谈。

茅屋只漏进一点点光线，他们的眼睛渐渐习惯了黑暗。他们一开始什么都看不见，现在能看到彼此在微光中的面容。

“你们马上派一个人去找领主。”弗林特船长用发号施令的语气说，但已经没有令行禁止的气概。

外面传来窃笑声。盖尔语的交谈还在继续，但声音越来越远了。

“他们把我们扣留了。”弗林特船长说，“好吧，南希，希望你能满意。”

“我们没事。”南希说，“问题在于你不该来救援。没有必要，一切正常。”

“是吗？”弗林特船长说，“我们都被锁在里面，像小偷一样。天知道他们要把我们关多久。”

“他们不会绞死我们。”南希说，“迪克已经拍下照片了。”

“可到底出什么事了？”

大家七嘴八舌：“我们像上次一样，让他们跟踪……”“干得漂亮……”“我们把杰梅林的人引到几英里外的山谷……”“我们引诱他从一个湖到另一个湖……”“约翰，当心点。我的鼻子可没有你的胳膊肘那么结实……”“继续……”“我拍了五张照片……看到鸟蛋……”“噢，我脸上碰到蜘蛛网了……”“当心，你要绊倒了……”“哎，别动……”“突然，他们从石南丛中包围了我们……”“我看到佩吉发信号求助……”“小酋长飞奔下山……”

“好……好……好……好……可你们怎么惹着这些人了？”

“我们就是走走，什么都没做。”南希说。

“他们说，我们在赶他们的鹿。”苏珊说。

弗林特船长嘟囔起来。

“鹿群！”他叫道，“你们不可能做得更糟了。在别人的土地上转悠不算什么，赶鹿就严重了。”

“可我们没有赶鹿。”南希说。

“它们是自己跑的，”提提说，“我们不可能拦得住。”

“天知道我们是怎么回事。”弗林特船长说，“我不知道这方面的法律。养鹿的人可能就是法官之类的角色。”

“我们能搞定。”南希说，“如果你没有自投罗网，至少我能搞定。”

“别说话！”弗林特船长说，“听！”

他们又听到了附近的声音。

“领主来了。”多萝西说。

“更像盖尔语。”弗林特船长说，他狠狠地砸门，“嗨！”他叫道，然后急忙问其他俘虏，“他叫什么名字？”

“麦金蒂。”多萝西说。

“嗨！”弗林特船长又叫道，“外面的人听着。马上把麦金蒂先生找来，我有话跟他说。”

门外传来低语声，但没有人回答弗林特船长。声音随即消失了。

“我想，我说的话，他们一个字都听不懂。”弗林特船长说，“可惜这些家伙不是马来人……凯尔特人就罢了。”

“没问题，罗杰的大块头懂英语。”南希说，“男孩也懂。他说，他爸爸要跟我们谈谈。肯定也是说英语。我们只需要等一等。”

“杰梅林先生呢？”迪克问。

“他这一天很舒服，”弗林特船长说，“一点儿也不急……我在横杆上，他在躺椅上……横杆上可够硬的……”

“你走的时候，他还在那儿吗？”南希说。

“是啊，”弗林特船长说，“他这一天过得很轻松。”

“无论如何，我们把他搞定了。”南希说，“现在就不用着急了。”

“不用着急？我们本来今天晚上就应该出海的。”

“不行也没办法。”南希说，“我们只能等待。”

“我想坐下来。”佩吉说。

“不能坐在地上，”苏珊说，“最好坐在我们的背包上。”

“我们是不是应该在墙上刻下遗言什么的？”提提说。

“对啦，”多萝西说，“法国大革命那时候，等待上断头台的人就是这样。”

“把那些吹风笛的家伙绞死吧。”弗林特船长说。

“但他们比法国大革命要公正多了。”多萝西说，“把囚犯关进地牢，麦金蒂部落的麦金蒂先生坐在城堡大厅里，部落风笛手演奏祖先的乐曲。”

“哎，我希望他安静点儿。”弗林特船长说，“我们该走了。只有一件事还不错。我们一出去，马上就能起航。我们全都在这里，没有人掉队。”

“罗杰什么时候回北极熊号的？”苏珊问。

“罗杰？”弗林特船长在微弱的光线下环顾四周，“什么？他不在这儿？”

“不在。”苏珊说。

“不是他带你来救援的吗？”提提问。

“你们走后，我再也没有见过他。”弗林特船长说，“他没有跟你们一起被俘？”

“没有，”苏珊说，“我们不知道他在哪儿。”

“好吧，他不在牢里，”南希说，“他不会喜欢这里的。”

“可他在哪儿？”苏珊说，“要是他回到海滩，发现一个人都没有，他会怎么办？你把小艇留给他了吗？”

“拖上岸了。”弗林特船长说，“他不可能放船下水的，在岸上折腾也不坏。他只能等。”

“他一定饿了。”苏珊说。

“他活该。”南希说。

“他要是真饿了，”苏珊说，“就会游上船的。”

“他不傻。”弗林特船长说。

“他今年特别喜欢游泳。”提提说。

“我一开始就应该回去找他。”苏珊说。

“以大海雀起誓！”南希叫道，“苏珊，开心一点儿。罗杰没事，他能应付。一切都会搞定的。”

“我已经拍到照片了。”迪克说。

“对，可是……”苏珊说。

“你们都别说话！”弗林特船长说，“听！”

他们在昏暗的牢房里静静等待，门下面传来轻轻的拍打声。

第二十五章　罗杰的郁闷期

罗杰那天醒来，脑子里只有一个想法：怎样报复那个敌人。那人幸灾乐祸地打量睡觉的哨兵，把他弄得像个傻瓜。罗杰本来不知道该怎么做，但他一看到石南堵塞了皮克特古屋入口，就抓住了机会。敌人把石南放在门口，因此他应该弄清楚：谁又使用这个入口了？这就像把狐狸堵在洞口，让它无路可逃。罗杰作为狐狸，立刻决定破坏这个计划。他确信，敌人会来查看石南有没有移动。他们就是在皮克特古屋戏弄罗杰的。很好！罗杰也要在皮克特古屋挫败他们。

从其他人身边溜走很容易。第一声口哨响起，疑兵散开，他的机会马上来了。他只落后了一点点，藏身于小路边的泥炭堆后。这时，疑兵和跟踪者向山区走去。他觉得足够安全了，才露出脑袋打量周围。蜿蜒的小路上已经看不见疑兵的踪迹了。罗杰小心翼翼，以防有凯尔特人盯梢，他慢慢返回皮克特古屋，在屋边考虑下一步怎么做。

他捣蛋以后，一向很得意，这一次也是这样。他完全清楚苏珊和其他人会怎么想。无论如何，她们不会明白的。她们都没有经历过醒来寻找那个写留言的人。罗杰甚至不愿意再次想起那张可恶的便条。

他又看了一眼堵住入口的石南，注意不去触动它。现在，这里是敌人的秘密仓库。他发现石南布置得很巧妙，没有露出一点儿树根。任何人都会以为石南是在那儿长出来的。似乎敌人在向他挑战：能不能拿开石南，又原封不动地放回去，不留丝毫痕迹？

罗杰依稀看出如何愚弄敌人，即便赶不上自己受到愚弄的程度。他摸出口袋里备用的绳子，今天算是派上用场了。他找到整整齐齐的一卷，两头松开。他松开绳卷，在一头做了个套子。然后，他轻轻套在入口突出的石南丛上。他把另一端拉紧。最后，石南丛像花束一样勒紧了。他小心翼翼地拉开整束石南，露出入口。石南根伸向四面八方，阻止他放回去。他套上另外两个绳头，对石南根如法炮制。石南没有像敌人设想的那样散落，反而捆在了一起。罗杰得意扬扬地把它放回入口。外面没有人看得出有什么变化。他想到了另一个主意，这个甚至更好。他拿出石南束，放在入口跟前，自己潜入屋里，再把石南束放回原位。敌人想把狐狸拒之门外，狐狸却在里面藏身。现在，他只需要等待敌人上门。石南本身就说明敌人会来，即使仅仅为了查看石南有没有移动。罗杰把石南轻轻推出去，弯腰前进，阳光照花了他的眼睛。用不着在黑暗的隧道中等待，更好的办法是在敌人还没有抵达时就严阵以待。

他想到了饼干盒。这一阵子，他只顾对付石南，把其他事情都忘了。他弯腰返回隧道，摸到盒子，拿回亮处打开。日记仍然在里面，但其他东西都没有了。罗杰关上盒子，放回原位，重新爬了出来。

他走向皮克特古屋临海的一面，从谷顶进去。在这里，他能看到别人，别人却看不见他。他从背包里拿出望远镜，仔细观察他离开疑兵的山坡。他们早已走过山腰，从视野中消失了。那边看不到凯尔特人。他用望远镜俯视下面的海湾，看到弗林特船长在北极熊号横杆上忙忙碌碌。山崖后不远处，他可以看到翼手龙号。后甲板椅子上，大概就是鸟蛋收藏家本人呢。迪克呢？山谷下，高地外，湖光映照远山。那里没有风，水平如镜，看不到迪克的踪影。一切都符合南希的计划。

罗杰惊讶地发现，自己有点儿扫兴。如果敌人不快点上来，他就要在这里逗留一整天了。其他人像鹿一样被跟踪，越是被跟踪越是心满意足。但现在追赶他们没有什么好处。如果有人看见他，像上次的凯尔特人一样叫起来，那么迪克和其他所有人的计划就失败了。他们会原谅罗杰单独行动，但不会原谅他破坏全体船员的计划。烦人！他几乎后悔不该脱队。帮助他们牵着跟踪者的鼻子，这该有多好！无论如何，谁都不能发现他。如果你不想让人发现，就不要活动。除非你睡着了，否则连这都是一件讨厌的事情。

时间从来不曾如此缓慢。迪克在隐蔽所里观鸟，同样的时间显得非常迅速，罗杰却度日如年。他不断从皮克特古屋山谷里向外打量。似乎一切如常。在这没完没了的一天，鸟蛋收藏家和弗林特船长分别在甲板躺椅和横杆上，认真地相互监视。山谷上面，疑兵和凯尔特人踪影全无。到处都没有动静。罗杰想，也许疑兵和凯尔特人都已经出了山谷，登上了青山。也许他的独有敌人跟他们一起走了。最后，他难以再相信岛上有人藏身了。他开始怀疑，迪克是不是拍完照片，已经回船了？不对。如果他已经回船，弗林特船长就会吹响雾角，让疑兵知道任务已经完成。他没有听到雾角的声音，弗林特船长还在北极熊号横杆上，他只能继续等待。

罗杰尽可能推迟吃三明治的时间，但他突然想到，如果他还没有吃饭，雾角就响起来，那么三明治就白白浪费了。他从容不迫、舒舒服服地吃了这顿饭。他再次环顾左右，然后回到皮克特古屋山谷，躺下来策划他跟敌人短兵相接的做法和说法。无论如何，罗杰都会让他大吃一惊。

他突然惊醒了。要不要再睡？不，肯定睡不好了。太阳已经西斜了很远。他最后一次眺望以后，时间一定过了许久。罗杰不知道为什么，总觉得有什么事情已经发生了或是即将发生。他翻身起来，爬上山脊。他立刻低下头，看到一个身穿高地服装的少年沿着山谷顶端古老的崎岖小路稳步前进。是多萝西的“小酋长”。大家都看到他和大块头一起侦察翼手龙号了。弗林特船长说，便条最有可能是他写的。罗杰一想到便条，就不禁面红耳赤。罗杰又看了一次，少年走向小路通过山口的地方。如果他就此回家，罗杰这一天就白等了。不。他离开小路，向皮克特古屋跑来了。他停下来打量私人藏身处有没有遭到侵犯。如果罗杰想跟他短兵相接，那就要抓紧时间了。

罗杰滑下离少年最远的山坡，弯腰赶到入口，把背包推进去，再倒退着爬进去。然后，他从石南根开始，把石南丛放回原位，跟原先一模一样，堵住入口。距离太远，目标太小，少年看不见有人在挪动石南。

罗杰守候，倾听。外面不远处，石块碰撞作响。敌人来了。脚步声……罗杰蜷伏在入口内的阴影中，希望石南没有留下破绽，时刻准备当石南被移开、敌人再次欢呼胜利时，自己灰溜溜钻出来。没有声音。或许敌人去了皮克特古屋顶，昨天发现他的地方…… “睡美人。” 罗杰没有说出口，但念念不忘。光束透过石南。突然，阴影在两道光束之间掠过。又一次出现，然后一起消失了。敌人一定就在外面，停下来打量石南。突然，阴影走了，他一定没有起疑心。罗杰屏住呼吸，听到脚步声慢慢消失。胜利了！

罗杰差一点儿按捺不住，冲出去跟敌人短兵相接。他忍住了。是胜利，还是敌人在耍花招？他是不是假装没有发现有人动过石南？他有没有猜出罗杰在里面？或许他在设圈套：等罗杰以为外面没有人，放心大胆地出门，他自己却在一码外的山顶上守望？罗杰等着，仔细倾听。他什么都没有听到。最后他下定决心，推开石南出来，准备短兵相接。没有人监视他。他正好看到少年飞奔而去，穿过山口的崎岖小路，消失了。

这是一种胜利，石南布置成功了，敌人上当了。但只要他不知道自己上当了，这个胜利就没有意思。罗杰又一次登上皮克特古屋山谷。

突然，他看到有人在山谷上面山口的小路处活动。许多人……凯尔特人回来了？他只看见一下，他们就消失在小路下面。他还没有来得及拿起望远镜呢。

半小时后，他们又出现了。他们越来越近。这一次，他看得清清楚楚：外貌粗野的男人和男孩在外面，北极熊号大部分船员在里面。

“俘虏！” 罗杰气喘吁吁地说，“他们全都被俘了。” 他认出了约翰、苏珊、提提、南希、佩吉和多萝西。约翰和南希怎么来了？他还以为他们在远方的另一个山谷里。不过，计划仍然实现了。南希自己说过，他们被俘没有关系，只要他们能将凯尔特人引向山区，让迪克神不知鬼不觉地拍下照片，返回北极熊号就行了。难道迪克没有成功？罗杰正在观察，忽然一小群人沿着小路匆匆赶来。他们在奔跑，罗杰听到了一两声叫喊。出什么事情了？俘虏们进了凯尔特人的山顶要塞吗？他想，即使这样也没有关系，只要迪克安全登上北极熊号，或是躺在下面的小岛上，等疑兵的队伍过了山口就没事了。

可那是什么？队伍已经隐没在小路下面。现在他们又出现在小路通过山口的地方。他们停下来，向后看，等待着什么。几分钟后，他就明白了。他们在等待另一个俘虏。他看到高个子老人和迪克从小路爬上来，其他人围在迪克身边。大块头一马当先，队伍又开始前进。

他必须马上出手，他必须马上给弗林特船长发信号。他俯视北极熊号桅顶，第一次发现桅顶上没有人。弗林特船长一定是不耐烦继续监视翼手龙号了。他该怎么办？如果他匆匆逃走，就会暴露自己，一起被俘。他灵机一动，凯尔特人可能经过古屋，一眼就会看见他。罗杰匆匆翻过观察哨面对海边的山脊，匍匐来到入口，返回隧道，再一次把石南根留在身后。他上气不接下气，仿佛一直在跑。

除了他自己，疑兵全都被俘了。约翰和南希被俘，甚至不能说服凯尔特人放走他们。迪克也被俘了。大家还算走运，因为他罗杰还是自由身。只要岸边没有人，他可以到海湾去，向北极熊号报信，把弗林特船长叫来。如果他这么做，就连约翰和南希都会承认他的功劳。现在他的呼吸已经平静下来，心中有了主意，蜷伏在隧道里倾听。他听到轻轻的盖尔语，或者自以为听到了。他听到了弗林特船长的“嗨”声。然后，奔跑的脚步声和气喘声在更近的地方响起来。他不用找弗林特船长了。船长已经看到他们，匆匆赶来救援了。罗杰微笑起来，在黑暗中等待。

说话声和脚步声消失了。他小心翼翼推开面前的石南，走出来。凯尔特人和俘虏踪影全无，但他瞥见弗林特船长刚刚穿过山口。山脊外传来微弱的风笛声，探险开始那天，他们就听到过同样的事情。哎，弗林特船长已经跟其他人会合了。他会让凯尔特人释放迪克和其他所有俘虏的。没有什么可操心的了。他站在皮克特古屋旁边，遥望荒凉的山谷，计划着给自己寻点小开心。例如告诉南希，她全靠弗林特船长援救，只有他罗杰一个人没有被俘。突然，他注意到眼前有动静。小湖对面黑黢黢的山坡上有什么黄色的东西在活动。望远镜在哪儿？无论这是什么东西，它动得很快。黄色，只有鸟蛋收藏家穿深黄色衣服。难道还有别人？罗杰投出锐利的一瞥。不可能……不，就是。他通过望远镜，把两个人看得清清楚楚。一个是鸟蛋收藏家，另一个是他的水手。水手扛着枪，他们走下山谷，寻找白嘴潜鸟所在的上游的湖泊去了。

罗杰的微笑消失了。探险功败垂成。鸟蛋收藏家安静地坐在甲板上，一定是随时监视着岸上的活动，看到迪克离开小岛。现在，弗林特船长不再观察，他的机会来了。机会？简直万无一失。迪克必然把折叠艇留在岸边。鸟蛋收藏家及其部下只需要跨过湖泊之间的溪流，沿着湖岸找到迪克留下的小船就行了。北极熊号船员全在凯尔特人手中。鸟蛋收藏家可以偷走鸟蛋，打死鸟儿。南希的计划变成了一场灾难。

罗杰不再考虑他的私人恩怨了。他只想到自己是北极熊号船员，只有他明白情况是多么紧急。他离开皮克特古屋，跳进石南丛中，踏上小路，全速奔向山口。凯尔特人和俘虏就是从这个方向消失的。他必须马上告诉其他人。弗林特船长已经赶去救援了，他为什么用了这么长时间？他到底怎么跟凯尔特人交涉的？他听着风笛，每一分钟都不能耽误。

他来到山口，希望碰上弗林特船长和其他人打道回船。但他们踪影全无，只有几个凯尔特人守在禁闭的茅屋门口。茅屋看不到窗户，大概是谷仓。

罗杰下到平地上。如果他直接冲进这些人当中，自己也会被俘。如果弗林特船长露面，就没有关系，但他不知道船长在哪里。他突然听到一阵轰隆声，好像有人在踢门。他看到大块头来到谷仓门口倾听。然后，他隐隐约约听到了弗林特船长的声音，门口的凯尔特人笑起来。他们离开谷仓，走向农舍，时而回望一下。又传来一两声轰隆声，然后平静下来，只剩下风笛的声音。有些凯尔特人进了他们的农舍，只有两个人留在外面。大块头和另一个人在谷仓角落外交谈。罗杰溜到侧面，匆匆赶来，谷仓隔在他和凯尔特人之间。

他现在明白，弗林特船长和其他人一样被俘了。他知道，谷仓就是他们的监狱。他们一听到可怕的消息，就不会逗留很久的。一分钟也不能耽误。鸟蛋收藏家和他的部下可能正坐在北极熊号的折叠艇上划向小岛。快！快！谷仓后面的人看不见他，但随时可能有人从农舍里向这边看。他记得第一次邂逅时，那些狗从石南丛中扑过来。狗即使看不见你，也能知道你在哪儿。他随时可能听到它们的狂吠。唉，他刻不容缓。他已经到了谷仓跟前，没有人声和狗吠声。他能听到人们在附近用盖尔语交谈。他有一瞬间以为自己弄错了，监狱不在谷仓里，肝胆俱裂。他们可能直接进了灰色的大宅。然后，他听到了南希响亮愉快的声音。他差一点儿叫起来，但及时忍住了。敌人近在咫尺，他甚至不敢大声说话。他伏在地上，开始轻轻拍打大门底部。

第二十六章　麦金蒂通情达理

“哒……哒……哒……哒……哒……哒……”

“这是信号。”提提说。

“嗨！”

门口迅速传来一声轻轻的“嗨”。

“是罗杰！”苏珊叫道。

“哈啰！”

大家都挤在门口。

“安静，”南希说，“他有话说。这样谁都听不见……”

“别说话，”弗林特船长说，“让他先说。”

“真见鬼！”南希说，“我也想听。”

“听我说！”罗杰急不可耐的耳语声从门底下传来，“我不能大声喊。他们随时都会发现。”

“你怎么……”

“听我说，听我说！时间紧急。我在皮克特古屋看到了他们。鸟蛋收藏家一定看到了迪克离开小岛，他们这会儿正在穿过山谷。有一个人带着枪……对，带着枪。我告诉你们，他有枪。”

“我们非得出去不可。”迪克说，“快！快！我们必须制止他们。他会找到折叠艇的。他会拿走鸟蛋，杀掉鸟儿，他说过的。”

“我们完了。”多萝西说。

“我们还没有输，”南希说，“但如果我们不赶快，就输定了。听我说！罗杰，你能打开门吗？”

“我试过了，”罗杰说，“打不开。”

“吉姆舅舅，想办法呀。”南希说，“我们能不能一起把门撞开？”

“安静一会儿！”弗林特船长说，“罗杰！你能听到吗？”

“能。”

“附近有没有人？”

“我听到两个人在说话，他们不知道我在这里。”

“跟这些野人谈不出什么名堂，直接去大宅……”

“他们吹风笛的地方？”

“只要没人拦你，就直接去那儿，敲前门，说你有紧急口信。一找到懂英语的人，就直接求见。”

“生死关头。”提提轻声说。

“确实是这样。”多萝西说，“说不定，那个恶棍这会儿就在偷鸟蛋，受害者毫无办法。迪克会一辈子后悔不该发现它们。”多萝西用她喜欢的风格说话，但最终揭示了可怕的事实。

“想办法去大宅。”弗林特船长说，“如果有管家之类的人想拦你，你就绕过去。风笛的声音会给你引路的，明白吗？”

没有回答。罗杰已经上路了。

“他们总会有个领头人，只要跟他联系就行了。迪克，我很难过。我监视那个混蛋时，他一定也在监视我。我一走，他一定马上就上岸了。是我的错。但我看到你们被挟持，还能怎么做呢？”

“那个跟踪我和南希的家伙一定在回船时看见了迪克。”约翰说。

“我们没法制止他。”南希说。

迪克一言不发。他拿着眼镜，却没有擦镜片。他站在那里，盲目地打量看不见的地面，心想，潜鸟落到最可怕的敌人手里了。

“天哪，那是什么？”南希叫道。

监狱后面传来狂野的盖尔语叫声，然后是另一声回应。奔跑的脚步声响起来了。

“他们发现罗杰了。”多萝西说。

“必要时刻，罗杰会很机灵的。”约翰满怀希望地说。

监狱一片寂静。他们听到脚步声渐渐远去，只剩下远方隐隐约约的风笛声。

“他开了个好头。”约翰说。

“他现在应该到前门了。”多萝西说，“他该按铃了……”

“有些门铃声音很大。”提提说。

“他会一鸣惊人的。”多萝西说，“铃声在城堡里到处激起回声，但声音不会大到我们都能听见。”

“你们俩闭嘴。”南希说。

“小船在湖这一边，”迪克说，“他们必须渡过河，才能拿到船。如果他动作快的话，现在还来得及……”

笛声突然中断。俘虏们在幽暗里面面相觑，想知道别人有没有注意到。风笛狂野、精致的曲调一直无休无止，这时突然在一声哀鸣后中断。一分钟后，笛声又从中断的地方响起。“至少，”提提后来说，“虽然你无法确定，但接下来继续的曲调跟以前是同一类。”

“罗杰可能把他吓了一跳。”多萝西说。

“只要他安排好。”南希说。

“问题在于，我们不知道他会遇上哪种人。”弗林特船长说。

“我们来不及了。”迪克说。大家都看看他，然后一起移开视线。迪克低着头，手指握住眼镜。光线太暗，看不清楚，但大家都知道他有多难过。

沉默许久。

“他如果找到了人，现在就该回来了。”约翰最后说。

“他来了。”南希叫道。

外面响起脚步声和用盖尔语说话的声音，然后夹杂了几句英语，他们的希望又一次消沉下去。

“放开我！”他们听到罗杰的声音，“我不会逃走的。”

沉重的插销嘎吱嘎吱作响。门开了，罗杰猛地冲进来。门在他身后“砰”的一声关上，插销又插上了。

“我们真蠢！”南希叹道，“我们应该等他们开门时冲出去。”

罗杰稳住身体。

“你受伤啦？”苏珊问。

“没有。”罗杰说，“至少，没有多严重。只有我和那个风笛手纠缠时受了一点伤。”

“你遇见领头人没有？”弗林特船长问。

“来不及了。”罗杰说，“我刚到门口，一群人就从后面冲过来，我来不及按门铃。我刚刚冲上台阶，那儿有个风笛手跳起来。台阶后面的房间里，那个男孩和一个老人伏在桌边。我从风笛手后面穿过，但他拿着风笛一转身，我就撞在了他身上。他倒在我身上，风笛脱手，发出一声悲鸣。我还没来得及站起来，他们就把我抓住了。我想喊，但没能成功。”罗杰擦擦嘴，“凯尔特人喜欢烈酒，”他说，“味道也香。有个人向我脸上泼了一杯。”

“可桌边的人呢？”南希说。

“小酋长呢？”多萝西问。

“不知道，”罗杰说，“他们马上就把我拉出去了。风笛手开足马力，继续演奏。我敢打赌，他受了伤。他狠狠摔了一跤，我只垫住他一点点。我膝盖擦伤了，我敢打赌他也一样。”罗杰拍拍膝盖，用手轻轻抚着。

“噢，罗杰。”苏珊说，“碘酒都在北极熊号上。”

“我没事，”罗杰说，“可他们大概已经拿到折叠艇了。”

迪克靠在墙上。鸟儿完了。噢，他为什么要告诉鸟蛋收藏家呢。

“快点，”南希说，“我们只有一件事可做。”

“我们什么都做不了。”弗林特船长说。

“不，我们能。我们可以大吵大闹，让他们在房子里听到。我们有嘴，没有堵住。我们要麦金蒂通情达理。开始喊！吉姆舅舅，继续！放开嗓门！继续！你能震动全船。啊嘿！啊嘿！”

一开始，只有南希一个人的声音。接下来，其他人开始理解她的想法。大家一个接一个地参加。“啊嘿！啊嘿！啊嘿！”

“你不会‘啊嘿’没关系。”南希抓住多萝西的肩膀说，“尖叫就行了。继续。就像有人要杀你一样。你不叫，我就杀了你。尖叫！还有你，佩吉。啊嘿！啊嘿！

吉姆舅舅。”

最后，甚至弗林特船长也明白了。他的“啊嘿”连比斯开湾都听得见。他一声接一声。多萝西仰起头，用最大的嗓门尖叫。佩吉也在尖叫。南希、约翰和提提接二连三地喊“啊嘿”。罗杰发出杀猪一样的叫声。苏珊试图“啊嘿”，结果只能发出普普通通的喊声。迪克也是这样。北极熊号船员的噪声相互淹没，听不见外面的人向他们叫喊。捶门的声音震耳欲聋。他们在片刻间歇中听到“安静！安静！”的叫声。“我们不安静。”南希说。噪音继续发出。越来越多的人叫他们安静。“好，”南希在“啊嘿”的间歇中气喘吁吁地说，“他们一起叫，那就更好。吉姆舅舅，跟上。干得好，多特！就这样，佩吉！别怕叫破了喉咙。啊嘿……嘿……嘿！”

在这一片噪音上，只能听到另一种声音：坚定不移、怒不可遏的风笛手继续演奏。俘虏大声喧闹，彼此都震聋了，却没能淹没风笛尖厉、单调的声音。笛声越来越大、越来越近，演奏古老的进行曲《群岛之路》。

他们一开始简直不相信自己的耳朵。笛声来到门口，所有的叫声突然中断。

“起作用了。”南希上气不接下气地说。

沉重的插销吱嘎作响，抓住迪克的大块头打开门，其他凯尔特人围在外面。两三个女人、六七个红头发的孩子无疑听到了俘虏的喧闹，跑出农舍看热闹来了。南希说得不错，叫声起作用了，他们想见的人来到了门口。高个子老人身穿高地服装、格子呢短裙和鹿皮袋，站在门口。他们明白，此人正是麦金蒂本人。他身边的少年就是探险家上次遇见的少年，罗杰的敌人，多萝西的“小酋长”——伊安·麦金蒂。

罗杰第一个出来。风笛手从几个人身后叫道：“就是这家伙！跑得像发疯的小牛犊！”但麦金蒂做了一个手势，他就安静下来，拖着脚步走开了一点儿，但眼睛仍然盯着罗杰。罗杰把他撞倒，打断了他的曲调，仅仅因为运气，才没有弄坏他的风笛。小麦金蒂飞快地瞥了迪克一眼，慢慢露出一丝微笑，然后又恢复了严肃的表情。

迪克通常不会抢话，这是第一次：“快点！快点！我们必须抓紧时间。他拿鸟蛋去了……”

“安静！”一个人说。

麦金蒂认真打量九个俘虏。提提后来说，他眼中光芒一闪。但其他人都不相信她当时看到的。“他看上去严肃得像死人。”多萝西在日记中写道。他挨个打量北极熊号船员，后者从狱中走进阳光下，正在眨眼睛。最后，他的视线落到了弗林特船长身上。

“你能不能解释一下这些噪音的意思？”他问道。

“只能这样，”弗林特船长说，“别无他法。情况紧急。”

“我们派罗杰去告诉你，”南希插嘴说，“可他们把他拉回来了。”

“就是我说的那孩子。”愤怒的风笛手说。

“我们无论如何都要找你。”南希说。

“确实生死攸关。”提提说。

“噢，快点！快点！”迪克说。

“安静！”大块头抓住迪克的胳膊，迪克拼命挣扎，突然挣脱出来。

“喧闹对你们没有好处。”麦金蒂慢慢说，“你们惊扰鹿群好几天了。你们在这片土地上根本没有权利。谁派你们来的，非要惊扰这些可怜的动物，不让它们在山坡上安分度日？”

“先生。”弗林特船长开口说。

“如果都是些孩子，我可能认为是无心之失。”麦金蒂先生说，“可你是大人了，你们的两条船到这里来……”

“可我们没有……”

“摩托艇跟我们没有关系。”

“我儿子和部下发现了你们的所作所为，”麦金蒂先生说，“一次又一次。你想亲口对我说什么问题，现在就说吧。我们不反对岛外的陌生人，只要他们为人诚实。可是把鹿群赶出繁殖场，既越权又无理。我们会让你明白，我们不能容忍这一套。你干坏事，还利用孩子……”

“先生。”弗林特船长又开口说。

“别把时间浪费在客套上。”南希叫道，她冲到弗林特船长前面，面对麦金蒂，“先生，听我说！”她说。

麦金蒂看看她，再扭头看看弗林特船长。弗林特船长的表情说明他同意让南希替他说。麦金蒂严肃地俯视南希。

“我在听。”他说。

“哎，要行动呀！”南希说，“没有时间争论了。我们没有赶你的鹿，我们尽量避开它们。我们对鹿没有兴趣，是鸟……”

“季节已经过了。”麦金蒂先生说，“你们该不会对我说，你们不知道……”

“噢，我知道松鸡，”南希说，“我们来的地方有许多。听我说，最好让迪克说。那是他的鸟，他发现的。潜鸟，潜鸟在你的湖里筑巢。”

麦金蒂有点兴趣，但有点怀疑。“对，”他说，“黑喉潜鸟。它们每年都来……但你们观鸟，用不着把鹿赶进山里啊。”

“不是黑喉潜鸟，”迪克说，“是白嘴潜鸟。有两只。”

“不会的，”麦金蒂先生说，“白嘴潜鸟不在不列颠群岛筑巢。”

“就是白嘴潜鸟。”南希说，“它们就是在这里筑巢。这是第一次发现，它们在湖中筑巢，我们都看到了。迪克第一个发现的，但他不能完全肯定。因此他画了素描，拿给摩托艇上的那个人看……迪克，最好由你来解释。”

“这是个错误，”迪克说，“我不该让他知道。我上船时还不知道他是鸟蛋收藏家。他想找到鸟巢，但我不告诉他。可他现在已经知道了，他已经上路了。他想杀掉鸟儿，剥制成标本；把鸟蛋拿走，充实他的私人收藏品。这是第一次，潜鸟没有在冰岛和海外其他地方筑巢……”

“他给这孩子五英镑，”弗林特船长插嘴说，“后来又给我一百英镑。”

“所以你就……”

“不是！不是！不是！”南希说。

“我们想甩掉他。”迪克说。

“我们确实甩掉他了。”南希说，“但他发现了我们的船，跟踪而来。你以为我们在赶鹿，其实我们在调虎离山，以免他发现迪克的小岛。”

“你们也想要鸟蛋？”

“不，”迪克说，“他说只有鸟蛋才能证明鸟儿在这里筑巢，但我觉得照片也行。”

“你拍到没有？”麦金蒂用完全不同的语气问。

“拍到五张。”迪克说。

"我们兵分两路。一拨人把他引向错误的地点；另一拨人作为疑兵，为迪克腾出时间登湖中小岛。"南希怀疑凯尔特人不懂英语，但他们似乎都在认真听，"但你们把我们都抓住了……揪住了迪克的衣领，吉姆舅舅离开岗位……他本来在横杆上监视翼手龙号……只有罗杰没有被抓住，罗杰看到他们……"

"看到谁？"

"鸟蛋收藏家和他的部下。他们直接去湖区了，他们带着枪，所以我们派罗杰去找你。他找不到你，我们才用喧闹把你引出来。你果然来了，但来不及了……"

"我们可能已经太晚了……"迪克绝望地说。

"可是如果鸟巢在岛上，你说的鸟蛋收藏家什么都拿不到。"麦金蒂说，"湖区没有船。"

"我们的折叠艇在那儿。"南希说。

"他看到了，可以坐我们的折叠艇取鸟蛋。"

麦金蒂转过身。不久前，有些凯尔特人看到有人挥手跑下山脊，穿过山口。现在，这个人来了。他显然有话要说。罗杰记忆犹新的两条大牧羊犬跑来舔小麦金蒂的手，躺在他脚下，伸出舌头。那人手持牧人曲杖，用盖尔语跟麦金蒂交谈。麦金蒂皱起眉头。

"他说湖上有一条船。"

"我们早说了。"罗杰喃喃低语。

"我们的折叠艇。"南希说。

"你们还有人在那边？"

"不！不！不！"南希说，"那是我们的敌人，他拿到我们的折叠艇了。"

"我们来不及了。"迪克说，"他会拿到鸟蛋，杀掉鸟儿。你有没有办法制止他？"

邻近的山谷突然传来一声枪响，回声响彻群山间，接下来是第二声枪响。

"他把鸟杀了。"迪克呻吟道，"都怪我，我不该告诉他。"

两声枪响改变了一切。麦金蒂难以说服，却敏于行动。第一声枪响的回声还没有消散，他就转过身，向山口疾行。凯尔特人一直等着看他和俘虏们将会做些什么，这时便一面跟他一起去，一面用盖尔语相互交谈。无论他们懂不懂英语，他们明白俘虏不再是俘虏了。俘虏自由了。他们惊讶地听到麦金蒂向弗林特船长道歉，嘴里说“该死的暴徒”和“我的湖”。小麦金蒂一整天跟踪疑兵，正在跟约翰和南希交谈。麦金蒂本人开始奔跑，前面的凯尔特人已经冲过了山口。

第一个到达山口的凯尔特人挥挥手。

“他看到那些人了。”小麦金蒂对身边的南希说。

“瞧山谷那边！”罗杰紧跟在后，很高兴把风笛手甩远了。风笛手珍惜风笛，不敢跑快。

他们到了山口，看到一个黑点在湖中移动，那就是他们的折叠艇。

麦金蒂统率三军，用盖尔语向部下发号施令。大部分人跑了下去，但不是向小湖，而是向海湾和北极熊号。牧人接到麦金蒂的命令，带着狗跑下石南山坡，仿佛要从上面包围小湖。

“我们让他插翅难逃。”麦金蒂向弗林特船长说，“他不是在这边上岸，就是去自己的船那边。我们联合起来，截在他前面。在我的湖里偷蛋打鸟！我们不会给他任何机会。他会后悔不该上岸的。”他跟在部下后面，站在弗林特船长身边，怒视山坡下面。

小麦金蒂有他自己的计划。约翰和南希要跟着弗林特船长，他拦住他们。“他们去船边拦截。”他说，“我们可以做得更好。他一带着死鸟露面，我们就能逮住他。你们从湖湾的泥炭地包抄过去，我跟着罗德里克和狗从另一头追过去。你们最好不要跟我们一起，他一眼就能认出你们。我能绕过去，不让他看到。”

“我知道你能。”南希咧嘴笑道。

“我如果早知道你们在干什么，一开始就不会让他上岸。”小麦金蒂说，“可惜你们没有告诉我。”

“没用的。”约翰说。

“别磨磨蹭蹭了。”南希说，“他还没有打败我们。”

“他把鸟打死了。”提提说。

“从史前圆塔下去，”小麦金蒂说，“就没有人能看见你们。从垫脚石跨过泥炭地，沿着湖岸走。”他走了，避开小路下面，不久就消失了，一会儿重新露出头，在山崖和石南斜坡上越来越低。

“其他人快点！”南希叫道，“迪克！迪克！不要走那边，我们抄他的后路！”

但迪克已经走了。他从粗粝的山崖向下面的小湖一路飞奔，几乎不知道自己想做什么，直接赶往离小岛最近的湖岸。黑点在水中移动，北极熊号把折叠艇留在湖边，仿佛就是为了方便杰梅林杀鸟。

“最好让他去吧。”多萝西说，“如果鸟死了，他一定不想跟我们见面。”

第二十七章　来不及了！

迪克满脑子都是那两声枪响，除了他的鸟儿，他什么都不在乎。他想到，大鸟在水中流血，杰梅林先生和他的部下捡起尸体，摆好姿势，制作标本，放进玻璃柜。这就是第一只在英国筑巢的白嘴潜鸟，还有鸟蛋。鸟蛋永远孵不出来，被风干变成空荡荡的蛋壳。如果北极熊号没有在这片荒野下锚，它们就会很安全。如果他从来没有看见……如果他没有急于证实……如果他不把素描拿给鸟蛋收藏家……如果……他伤心欲绝，跑进山谷，直奔他留下折叠艇、遇见白胡子大块头的地方。没有原因，没有计划。那儿就是离小岛最近的地点。

他看到，折叠艇上有两个人，已经划进湖中。一瞬间，他以为他们可能找不到鸟巢。但鸟死了，鸟巢就没有用了，拿不拿鸟蛋无关紧要。当然，鸟蛋肯定会被拿走。当然，凶手先打鸟，免得它们飞走。杀了鸟以后，他们再划到岛上取蛋。

小艇不听使唤，跟迪克驾驶时一样。他们很难稳定航线，不过他们仍然靠近了小岛，比迪克赶到湖边更早。他无能为力，悲哀地举起双筒望远镜，眼看着小船着陆。他们想必已经发现了孵蛋的地点，就在几码外登陆。一个人稳住小船，另一个人，就是鸟蛋收藏家，穿着深黄色衣服，提着方盒子上岸。不一会儿，他停在鸟巢跟前。完了！第一次在英国筑巢的白嘴潜鸟死了，鸟蛋放进了“杰梅林收藏品”。来不及了！迪克绝望地环顾四周，一个朋友也没有出现。麦金蒂、弗林特船长、凯尔特人和北极熊号船员都不见了。只有他一个人见证了悲剧的最后一幕，他知道，全是他的错。

“赫茨！赫茨！赫茨！”

迪克目瞪口呆。他知道，只有一种鸟会发出这样的叫声。

一定还有一只鸟活着。迪克立刻卧倒，藏身石岩和草丛后，跟第一天观鸟一样。不过，他没有看到鸟儿。那时还没有敌人，鸟儿安静地捕鱼、孵蛋，不受干扰。现在的情况完全不同，枪声已经惊动了小湖。鸟儿交谈的“呼！呼！”声变成了恐惧的“赫茨！赫茨！”声。

他突然看到，黑点在他和小岛之间的湖面上移动。他对准双筒望远镜，马上看到了鸟头，是他的潜鸟！他能看到颌下的条纹和颈下更宽的条纹。鸟儿飞速游动，只露出头和颈。他想，鸟儿受了伤，就要沉没，或许不一定。他想到，诺福克湖区受惊的[illegible]鹏就是这样游动的，它们全身潜入水下。它可能只是吓坏了。混蛋凶手枪杀了另一只鸟，这一只还来得及逃出射程。可是这又有什么用呢？无论它是雌是雄，配偶和蛋都没有了。这时，杰梅林先生大概已经心花怒放了。鸟蛋一个接一个地落入他手中，白嘴潜鸟在岛上筑巢完全一场空。迪克把望远镜对准岛上。他看到水手在船上等待，杰梅林先生跪在地上，把什么东西放进了盒子里。

“赫茨！赫茨！赫茨！”

迪克凝视湖顶，叫声不是水里的鸟儿发出的。

大鸟飞快地掠过水面上方，越来越低。水花飞溅，然后突然沉默。另一只白嘴潜鸟向第一只游过来。迪克明白，鸟蛋收藏家两枪都落空了。迪克差一点儿跳起来，但及时想起来了。两只鸟游到了一起，但迪克看不见它们。他放下双筒望远镜，摘下眼镜，尽快擦干净，重新戴上。他再次举起望远镜，发现其他人也听到了声音。第二只鸟游过湖面，留下长长的白浪。

船上的水手指指点点，杰梅林急忙捆扎盒子，他们都看到了鸟儿。片刻后，杰梅林先生上了船，离开小岛。迪克明白，鸟蛋在他的盒子里。杰梅林会再次开枪，这一次绝不会失手。

“它们挂念鸟蛋，”迪克自言自语，“它们想等这个混蛋走了再回巢。”

但这个混蛋不打算走，还要追踪鸟儿。一开始，水手背对着迪克，杰梅林先生坐在船尾。然后，小船停下来，迪克看到水手转过身。或许，他们终于打算放过鸟儿自己离开了。不，折叠艇在掉头！水手将船向后退，船尾向前。迪克看到杰梅林先生蜷伏在船底，抬枪准备。水手向游水的鸟儿轻轻划过去。最糟糕的是，鸟儿只顾操心鸟巢，似乎没有意识到危险再度降临。两只鸟头露出水面，来来往往，仿佛受到小船驱赶，向迪克无奈地守望的岸边靠近。它们似乎尽可能避免远离小岛。

鸟儿越来越近，小船仍然盯紧它们。迪克双手发抖。他一再失去鸟儿的踪迹，只得重新对准望远镜。他该怎么办？如果他露面，鸟儿可能以为多了一个敌人，直接自寻死路；如果他不露面，鸟儿就不会飞出或游出危险区。杰梅林先生一靠近就会开枪，不能指望第二次侥幸。鸟儿有一两次潜入水下，然后又浮出水面，离小船更近。迪克真想弄清楚射程。他知道步枪的射程，但不知道这是哪种枪。三百码？五百码？小船已经比这更近了，大概不超过一百码。越来越近。越来越近。杰梅林先生伏在船底，稳稳地挪动枪管。他就要开枪了！就要开枪了！迪克跳起来，喉咙在狱中大喊一阵后仍然火辣辣的。他尽量大喊，像风车一样挥动手臂。两只鸟潜入水下，在远处浮出水面。湖面涌起两道长长的波浪，向上游湖泊漫延。

“你这个小傻瓜！”杰梅林吼道。

这时，湖边传来口哨声。迪克听到哨声，看到人们渡过河，越过芦苇丛，包抄已经成功了。

杰梅林先生和水手也看见了他们。水手不再倒船，拼命向对岸划去。杰梅林恢复了平衡，一手握桨，一手握拳向迪克挥舞。他重新坐回船尾，猎人变成了猎物。他们知道，如果不能赶紧撤回翼手龙号，退路就会被切断。迪克把双筒望远镜塞进背包，开始奔跑，心里产生了新的希望。他的盟友已经到了湖边，他能看到南希和佩吉的红帽子。凯尔特人不管在什么地方，也是盟友。鸟儿不会死，只要盟友逮住杰梅林先生，不让他逃回船上，鸟蛋就有救。只要鸟儿还没有吓跑，迪克就会把鸟蛋放回鸟巢。还有机会，白嘴潜鸟仍然可能在它们选择的岛上孵蛋。

迪克边跑边摔，爬起来又跑，穿过湖岸的草丛和岩石。他每一次扭头看小船走了多远，就会绊上什么东西，但他清楚地看到小船难以驾驭。他明白保持航线稳定多么重要，越快越难。他知道小船一定会打转，水手跟他自己以前一样难以办到。谢天谢地！大家把折叠艇带到湖边，却没有用更听使唤的小艇。口哨声一次又一次响起。他瞥见更远的岸边有人在活动。他们能不能及时赶到？如果他自己不能及时赶到，只有他们还是不行。他们能拦住鸟蛋收藏家，但谁都想不到把鸟蛋放回去。他必须赶到，一分钟都不能耽误。但鸟蛋可能被弄坏。鸟蛋收藏家和他的部下可能打败迪克的朋友，抢先上岸，顺流而下，登上翼手龙号一走了之。但他们可能做不到，鸟蛋可能完好无损。还有机会。迪克来到湖边，涉水渡河。他看到远方小船正在驶向岸边，便咬牙切齿地飞奔而去。

第二十八章 “他把鸟蛋怎么啦？”

迪克狂乱的叫声打破了山谷的寂静。约翰、南希和佩吉已经穿过泥炭地。苏珊登上溪流中的石块，伸手拉多萝西过河。罗杰在浅滩上滑倒，水花四溅。提提紧跟在多萝西身后。多萝西跳过去，站在苏珊身边。

“是迪克。”她说，“告诉他，我们在这儿。”

苏珊一再吹响口哨，跳上后面的石头，给多萝西腾出位置，伸手拉住提提。提提跳过来，一脚打湿，不一会儿就跟上了多萝西。苏珊跟上来，想到罗杰和提提打湿了鞋，现在又不是弄干的时候，就安慰自己说，只要他们一直在活动，就不会有什么问题。

约翰和南希已经沿着湖岸奔跑起来，佩吉跟在后面不远处。他们听到迪克的叫声和苏珊的口哨声，看到杰梅林先生和水手的折叠艇掠过小岛，驶过湖面。

“他们很努力，”约翰说，“使尽了浑身解数。”

“折叠艇怎么都快不起来。”南希说，“小麦金蒂说得对，我们有机会亲手抓住他。”

“他们有两个人，”约翰说，“这不是我们的土地。”

“但是我们的船。”南希说。

“我们可以问他拿我们的船干什么。”约翰说。

“我们可以纠缠他，”南希说，“我们可以拦他上岸，等其他人赶来。小麦金蒂就在不远处。”

“无论如何，值得一试。”约翰说。

“我们可以宣布俘虏他。如果他逃跑，就让他跑。我们跟上去，把他赶进凯尔特人手中。他们会逮住他，就像他们逮住我们一样。然后，老麦金蒂会妥善处理的。”

“可惜我们没有绳子，”约翰气喘吁吁地说，“最好由我们自己来处理。”

“我们本来赶不上的，”南希说，“幸好折叠艇帮了忙。”

折叠艇照样绕来绕去，但还是靠岸了。

“我说，可怜的迪克来了，”约翰说，“在那儿。”迪克穿过芦苇丛，向湖岸跑来。

“我们必须拦住他们。”南希说，“嗨！”她扯足嗓门叫道。

划桨的水手扭头一看，更加卖力地划起来。

“我说，”约翰气喘吁吁地说，“我们想切断他们返回翼手龙号的退路，他们猜出来了。他们可能想从内陆逃走，除非小麦金蒂拦截……”

湖那头传来一声口哨，一个身穿苏格兰短裙的小小身影一闪而过。

“他在那儿！小麦金蒂。”南希说，“快点，我们从两面包围。”

“不行。”约翰说，“我们还没有靠近，他们就会下船逃走。”

但这时他们知道了，除了小麦金蒂以外，其他盟友也在不远处。岸边传来猛烈、深沉的狗吠声。船停了，杰梅林先生和水手似乎已经选定了登陆地点。水手又划了三四桨，停下来。他们看到杰梅林愤怒地向岸上指指点点，水手又划起来。约翰和南希又开始奔跑。他们现在能看到狗溅起水花，听到它们向驶来的小船狂吠。

“抓住他们！抓住他们！”约翰叫道。

小船差不多靠岸了。一条巨大的牧羊犬蹲下然后跃起，仿佛要向船上直扑过去。水手倒船，然后，他又一次靠岸。他们又听到了危险、深沉的狗吠。突然，他们看到水手收起桨，拿起杰梅林的枪，站起来……

水手瞄准牧羊犬，突然震荡了一下……

“它完了！”南希叫道。

“砰！”水花飞溅！

枪响了。折叠艇一斜，杰梅林先生和水手都掉进了湖里。动作似乎慢腾腾的。

大家看到，那人拔枪，立定，瞄准牧羊犬，感到他脚下的小船滑动。然后，他像折断的树木一样倒下了。大家看到他握枪的手挥动。只听到“砰”的一声枪响，看到枪脱手飞了出去，人和枪落入水中，水花四溅。

“他向狗开火！”约翰叫道。

“他淹死活该！”南希叫道。

但折叠艇已经到了浅滩。大家看到水手站起来，浑身滴水。杰梅林原先坐在船上，没有头部先入水，而是侧翻过去。两个人都从水中站起来，水深不过膝。水手在水中摸枪，大家看到杰梅林愤怒地推了他一把。岸上的狗没有受伤，让枪响吓了一跳，不再出声。

口哨响起，狗跑开了。

杰梅林先生和水手放弃了枪和船，涉水上岸。片刻间，山崖遮住了约翰和南希的视线。接着，他们重新出现，挣扎着穿过石南丛，向山脊走去。

“嗨！”南希叫道。

她和约翰一路赶来，听到另一声叫喊，看到两条狗跟着人上了山坡。

前面不远处是司空见惯的巨岩。他们差不多跟狗同时赶到。水手领先杰梅林先生三四码。跑在前面的狗掠过杰梅林先生，直扑水手。杰梅林先生扑倒在岩面上，仿佛他想穿岩而过。

约翰和南希气喘吁吁，从岸边赶上来。

“好狗！”杰梅林说，“好狗！”

狗盯住他的一举一动，报以咆哮。

几码外，水手倒在地上。另一条狗在他脑袋跟前咆哮，他不敢起来。

“欢呼胜利！”佩吉说。她紧接着赶到。

“叫住你的狗。”杰梅林先生下令。

“狗不是我们的。”南希愉快地说。

“狗也不是我的，”另一个声音说，“但它们听我的命令。”

小麦金蒂跟他们会合了。他虽然绕湖跑了一大圈，但一点都没有喘不过气来。

“孩子，把狗叫开！”杰梅林先生下令。

“罗伊，盯住他！邓迪，盯住他！”小麦金蒂说。两条狗都咆哮起来，仿佛在保证不会让人跑了。

牧人赶上山坡，两条狗扭头打量主人，似乎想保证一切正常。他说了一句盖尔语，狗摇摇尾巴。杰梅林先生手扶岩壁站起来，放下手，狗发出一声低沉的咆哮。

“你如果惹是生非，它会撕开你的喉咙。”牧人愉快地说。杰梅林先生重新举起手，不敢再动。

苏珊、提提、罗杰和多萝西一个接一个地赶到。

“噢，好哇！”提提说，“你们逮住他了。”

“我说，”罗杰说，“谁开枪了？我们听到枪声了。他们向你们开枪了？”

“水手向狗开的枪。”约翰说。

“没伤着吧？”提提惊恐地说。

“自己翻了船。”南希说。

“你们怎么处置他们？”苏珊说。

小麦金蒂和牧人商量了几句。牧人把手指放在嘴唇上，吹了一声口哨。海湾方向传来一声回应。牧人用盖尔语长啸一声，把大家吓了一跳。远方又传来一声回应，山脊外附近也传来一声回应。

“只是让爸爸知道，我们逮住他们了。”小麦金蒂说。

“我们已经追上了，”南希说，“至少狗追上了。我说，佩吉，可惜你没看见他们扑通落水的样子。你记得吧，我早就说过，不能在折叠艇上站起来。哎，今天就有人站起来了。”

“他们现在跑不了啦，”约翰说，“我们还是去捞船吧。”

这时，迪克终于赶到了。他从湖对面跑过来，渡过河，没有休息一下，几乎说不出话来。

“你们拿到鸟蛋没有？”他气喘吁吁地说。其他人这才注意到杰梅林先生手上没有东西。

“鸟蛋在哪儿？”迪克的声音发抖。

杰梅林先生背靠山崖，眼睛紧盯着脚下咆哮的狗，嘴唇紧闭。他虽然走投无路，还是没有放弃希望——在“杰梅林收藏品”中展出不列颠群岛发现的第一个白嘴潜鸟蛋。

“鸟儿还活着，”迪克脱口而出，“我们现在要把鸟蛋送回去。快！快！”

“鸟蛋在哪儿？”约翰问，但声音中还有一丝怀疑。

杰梅林先生恢复了勇气，回望他。

“什么鸟蛋？”他问。

“你确定鸟蛋在他手里？”苏珊问。

“我看到他拿走了鸟蛋，放在盒子里了。”迪克说，“然后他又去追鸟了。”

“翻船时，他手上有东西。”约翰说。

“那就是他拿了，”南希说，“我看到了。”

“你把盒子放在哪儿了？”迪克焦急地问。

“什么盒子？”杰梅林先生说。

南希转向小麦金蒂：“你能让狗咬他一两下吗？轻轻地，就为了帮他回忆一下。”

“我们不能这样，”苏珊插嘴说，“到目前为止，错误都在他身上。”

“我喜欢这个主意。”小麦金蒂说。

“马上把狗叫开。”杰梅林先生下令说。

“注意！”罗杰叫道，“水手跑了。”

大家都面对着山崖，专心留意鸟蛋收藏家。水手发现扑倒他的狗跟另一条狗会合，边随时待命边咆哮着，准备扑向杰梅林先生，他抓住了逃跑的机会。罗杰叫喊时，他正在匍匐挪动。这时，他站起来，拔腿飞奔。

“他带着鸟蛋逃走了！”迪克叫道。

牧人用盖尔语对狗交代了几句。狗儿立刻冲过石南丛，追上并包围了水手，就像对付掉队的羊一样。水手气喘吁吁，伸手阻止狗儿逼近。

“带他回来。”小麦金蒂叫道。

牧人又说了几句盖尔语。狗儿在水手身后咆哮，左右夹攻，把他赶回了山崖。杰梅林先生放下手。两条狗以为任务已经完成，回到主人跟前。这时杰梅林先生又举起了手。

“你怎么处置鸟蛋的？”迪克问水手。

“我没有拿鸟蛋。”水手说。大家都看到他确实没有拿鸟蛋。

“快点，”南希说，“盒子一定还在什么地方。他可能把盒子藏在石南丛中了。”

“狗没有给他留多少时间。”约翰说。

“他可能把它放在山崖上了。”南希说，“以大海雀和信天翁起誓！盒子可能就在我们的眼皮底下。”

“山崖上没有盒子。”牧人慢慢说。他个子高，能看到上面。

“一定就在这里与湖岸之间。”提提说。

“鸟蛋越来越冷，”迪克说，“鸟儿随时可能回去。”

“一定在他们登陆的地方。”南希说，“约翰，快点！你们把俘虏看好，好吗？”她对小麦金蒂说。

“他们在这里惹不出事。”牧人说。

“快！快！”迪克边说边向岸边跑去。提提已经在半路上了。

“爸爸马上就来了。”小麦金蒂叫道。

但只有罗杰和牧人跟他一起等待。罗杰犹豫片刻，觉得找鸟蛋的人已经够多了。他不想错过亲眼看见麦金蒂、弗林特船长和鸟蛋收藏家相见场面的机会。

一群人慢慢走下山脊，高个子麦金蒂穿着苏格兰短裙，弗林特船长不修边幅，穿着衬衣和法兰绒裤子，还有大块头。凯尔特族人在山脊上排成一线。麦金蒂的计划很简单，把入侵者和他们的船只切断，就胜券在握了。他派牧人和狗去确保没有人从陆上逃走。他自己、弗林特船长和凯尔特族人越过皮克特古屋，渡过海口河流，跨过山崖，前往远处的海湾。翼手龙号小艇在那里停靠上岸。

弗林特船长给麦金蒂讲迪克的发现时，他们听见了第三声枪响和激烈的犬吠声。他们排成长列，小心翼翼地向湖泊前进。牧人发出信号，他们开始考虑如何处置俘虏。

弗林特船长及其盟友从石南斜坡上下来，不慌不忙，仿佛厄运的队伍。罗杰得意扬扬地欣赏着鸟蛋收藏家的表情。

他惊讶地看到收藏家活跃起来，似乎把厄运的队伍看成了救星。他突然笑起来。

“怎么啦？”小麦金蒂莫名其妙地问。

“他怕狗超过怕你爸爸。”他说。这时，小麦金蒂也笑起来。

罗杰抬头看看队伍，怀疑自己与其等在这里，是否更应该和其他人去寻找鸟蛋。但他一看到风笛手不在队伍当中，就不再担心了。

“我们把他搞定了。”他向弗林特船长叫道，“迪克说，他没有打中鸟。迪克看见他拿走了鸟蛋，但却不在他身上，他甚至假装一无所知。”

鸟蛋收藏家仍然紧靠山岩，恶狠狠地瞪了罗杰一眼。然后，他力图保持体面，勉强把视线从咆哮的狗身上移开，面对麦金蒂。

“你是这里的管理者吗？”他问，“请你开恩，赶紧结束这场暴行。”

“什么暴行？”麦金蒂严肃地问。

“这些狗，”鸟蛋收藏家说，“你们唆使这些狗攻击我。你最好让人把它们叫走，我还有自己的事情要做。”

“这里有你的事情？”麦金蒂问，然后突然说，“湖上这几枪是你开的？”

“我开枪不是为了打猎。”鸟蛋收藏家说，“你可能熟悉我的名字。杰梅林，‘杰梅林收藏品’的杰梅林。我登岛是为了科学事业，这是我的名片……”他伸手到口袋里，似乎要取钱包，但马上引起低沉、恐吓的吠叫。他匆匆把手放回原位，摊在岩石上。

“你不把这些狗叫开，就会有大麻烦的。”他怒气冲冲地说。

罗杰后来说，麦金蒂本来就是高个子，这时仿佛突然又长了两英寸。

牧人悄悄对麦金蒂说了几句盖尔语。

“你开枪打牧人的狗，也是为了科学目的吗？”

“它们妨碍我登陆。”

“登陆？你在我的湖里有船？”

“我在这里找到了一条小船。”

“是我们的折叠艇。”罗杰插嘴说。

“我明白了。你在我的湖上偷了一条船，然后呢？”

“我打鸟不是为了打猎，”鸟蛋收藏家说，“我是为了公共利益，为科学项目搜集鸟蛋。”

“你怎么知道这儿有鸟？”

“这有什么关系？”鸟蛋收藏家恼火地说，“我知道这儿有鸟。”他说话时，视线从麦金蒂身上移向湖岸。约翰和南希在那里捞出了折叠艇，把里面的水倒空。这时，苏珊、佩吉、多萝西、迪克、提提……所有人慢慢从水边过来。他们搜索每一英寸地面、每一丛石南。

“这场闹剧还是早点收场为妙，”鸟蛋收藏家说，“我还要……”

“你打的是什么鸟？”麦金蒂问。

“白嘴潜鸟。”鸟蛋收藏家说，“我想保存标本，鸟和鸟蛋。其他收藏品没有……”他突然停下来，眼睛焦急地盯住石南丛中的搜索人员。“全世界都会前来参观。这种鸟第一次在不列颠群岛筑巢。我应该连鸟巢一起保存，请伦敦最好的标本剥制师……你的小湖会声名鹊起……”他又停下来，“我的律师……警察……要不我给你一个大方的价格吧。如果你马上让我走，你就可以……”

岸边传来一阵喊声。提提伏下身体，发现了什么，迪克、佩吉、苏珊和多萝西穿过石南丛，跟她会合。约翰和南希从船上跑过去。

“她找到盒子了。”佩吉叫道。

“那是我的个人财产。”鸟蛋收藏家叫道。

麦金蒂用盖尔语向大块头和牧人交代了几句。凯尔特族人把鸟蛋收藏家和水手围在中间。狗儿知道它们的任务，向俘虏脚下咆哮。麦金蒂和弗林特船长离开大家，跟着罗杰和小麦金蒂向岸边走去。罗杰一马当先，却在石南丛中绊倒，向前跌了下去。他站起来，发现小麦金蒂已经跑到了他前面，急忙使尽浑身解数追了上去。

“提提找到了。”多萝西正在说。

迪克和提提一起手忙脚乱地解开木盒的带子与带扣。

“让我来。”南希说。

第二十九章 “快！快！”

提提和迪克一样，主要考虑鸟儿，而不是怎样抓住鸟蛋收藏家。他们俩听到湖上的两声枪响，心脏都停止了一次跳动，这两声枪响使麦金蒂和凯尔特人与他们化敌为友。她愤怒地追踪鸟蛋收藏家，但不抱什么希望，因为她认为一切都完了：鸟蛋已经被偷走，鸟儿已经被打死。然后，迪克报信说，鸟儿已经逃脱，鸟蛋有望追回，潜鸟的故事仍然有大团圆的希望。提提和迪克一样，一心只盼望找到鸟蛋，还给鸟儿的时间不要太迟。

提提说：“迪克会需要小船，迫切之心不下于需要鸟蛋。”因此，其他人都在寻找鸟蛋，而约翰和南希却在打捞小船，展开来把里面的水倒空。提提自己飞快地从一片石南丛跑到另一片石南丛。鸟蛋收藏家和水手肯定会把鸟蛋藏在石南丛中，而不是易于暴露的岩石间。他们离开湖岸，消失在视野外的时间不过一两分钟。他们肯定知道，唯一的办法就是隐藏盒子，以后再回来取。位置不可能太远。她的手在粗糙的石南茎干之间焦急地摸索。困难在于，她并不确切清楚寻找的目标。迪克在十二码外搜寻，知道目标是一个盒子，但他也不知道盒子的大小和样子。约翰和南希见过鸟蛋收藏家手上拿着东西，但他们也不知道具体情况。提提一路搜索。这比他们在鸬鹚岛岩石下寻找弗林特船长的皮箱更难。毕竟，那个箱子里只有书和打字机，不用着急。现在却是生命与时间赛跑。快！噢，快！生死攸关！她想到潜鸟在遭劫的巢里伤心欲绝，想到小潜鸟可能永远无法破壳而出。盒子是什么样子？大吗？不可能太小。然后，她用手指深深插入一丛石南中，碰上了什么硬东西。手背在石南茎上擦出了血，现在指关节又在盒子带扣上擦出了更多的血。

“迪克！”她叫道。

迪克立刻来到她身边，其他人紧跟在后。他从石南丛下面取出盒子，想帮她解开带子。她听见多萝西说：“提提找到了。”她听见迪克说：“带扣卡住了。”她听见南希说：“让我来。”

南希没有像迪克和提提那样手指发抖，她解开了皮带。迪克和提提俯身查看盒子里的东西，头碰在了一起。是白嘴潜鸟的两个椭圆形大鸟蛋，深橄榄色夹杂深褐色斑点。每一个都放在箱子底部一格一格的棉绒槽中。

“坏了没有？”迪克气喘吁吁地问。

“还有热气！”提提说，“我不用摸都能感受到热气。”

“小船！”迪克叫道，“还有机会。快！快！把鸟蛋盖上。”

麦金蒂和弗林特船长在后面俯视他们和盒子。罗杰也来了，还有佩吉、苏珊、多萝西和小麦金蒂。迪克心中浮想联翩，无论如何，证明已经有了。北极熊号全体船员、麦金蒂父子亲眼看到，白嘴潜鸟第一次在不列颠群岛筑巢产蛋。但这些已经无关紧要，重要的事情是尽快把鸟蛋送回鸟巢。他匆匆赶往湖岸。

提提听到麦金蒂浑厚的嗓音在她头上响起：“大人从孩子手里骗取两个鸟蛋，真是怪事！”

“不仅仅是鸟蛋的问题，”弗林特船长说，“他追求青史留名。”

“如果我们再听到他惹事，我会给他一个‘名声’的。”麦金蒂说，“保存鸟儿！他保存死鸟，还有鸟蛋。从我的湖里拿东西，连‘请原谅’都没有说一声。”

“小船准备好了。”约翰叫道。

“我来划船。”南希说。

“不！不！”迪克说。他想，南希会以赛艇的速度直驶小岛。即使鸟儿没有吓得弃巢而去，这也是最后一根稻草了。

“迪克应该自己去。”多萝西说。

“好吧，教授，”南希说，“鸟蛋给你。”

“我来拿鸟蛋。”提提说。

“好。”迪克说。他直接涉水上船，坐下。

片刻后，他们俩都在水上了。迪克尽量安静地划船。提提坐在船尾，保护鸟蛋盒子。北极熊号船员、麦金蒂父子、弗林特船长、狂怒的鸟蛋收藏家和水手仍然留在岸边。两条狗和凯尔特族人一直监视着鸟蛋收藏家和水手。他们俩不再关心一切，只留意鸟蛋。他们还有时间吗？他们回到岛上，就是人类再次拜访，会不会吓跑鸟儿？上岛是必不可少的，经过了这一切以后，鸟儿还会不会回巢？一切悬而未决，可以归结于一个问题。如果放回鸟蛋纯属徒劳，那么整件事就是一个悲惨的失败。北极熊号不在港口洗船，却驶入海湾，只能悔不当初；迪克不该发现潜鸟，发现以后没有扬帆远去却偏要证实，更是大错特错。

"小岛在那边。"提提说。

"我知道。"迪克说，但他没有直接划过去。一两分钟里，他一言不发。然后，他觉得应该解释一下。"鸟巢在这一头，"他认真地说，"所以我们应该从另一头上去。"

"可是时间紧迫。"提提悄悄说。

"如果我们吓坏了鸟儿，它们就要用更长的时间才会回来。"

他稳住桨，提提坐在鸟蛋盒子旁边，越来越害怕他们来得太晚，鸟儿已经远走高飞。白嘴潜鸟失去鸟巢，受到枪击后侥幸逃生，又受到追逐，它们很可能一起离开湖区，绝望地飞向北极。如果它们飞走了，鸟蛋就没救了。鸟蛋不可能长期保暖，里面的生命早晚会灰飞烟灭。鸟蛋离巢多久了？事情发生得很快。迪克亲眼看到杰梅林拿走鸟蛋以后很久才开枪。然后，迪克叫起来，救了鸟儿。小偷和水手划向湖岸，在那儿被俘。寻找盒子没有多久，或许鸟蛋在盒子里总共不过半小时。但潜鸟在哪里？她看到迪克不断遥望对岸，希望看到它们。她也凝视对岸，但在那儿都看不到这些奇怪的大鸟。

迪克突然停止划桨。

"那儿有一只鸟，只露出脑袋。"他轻声说。

提提凝视他遥望的方向，但什么都没有看见。

"赫茨！赫茨！赫茨！"

"那是另一只鸟。"迪克说，"它们回来了。我们还有希望。"

"呼！呼！呼！"

这一次不是尖锐的警告，而是怪异的呼唤。

小船和落日之间，湖水波光粼粼。提提看到鸟儿划过水面，泛起长长的浪花。

“我没有办法。”迪克说，主要是自言自语，而不是对提提说话，“如果它们看见我们，我没有办法。它们回来了，我们直取小岛。”

他重新开始划桨，尽可能安静，转过船头，正对潜鸟筑巢的小岛远端。

“如果它们现在看见我们，也许反而更好。”他接着说，“免得我们还没有放好鸟蛋，它们正好回来。”

“我们首先要赶到那儿。”提提说。

最后，她看到一只鸟的头和颈。它游过来，仿佛是为了迎接刚从湖区飞来的另一只鸟。

“正好，”她轻声说，“它走了另一条路。”

迪克一言不发。他想把小船划到芦苇丛近处，他早上隐藏小船的那个地方。他匆匆划船，又一次难以驾驭。船头驶入芦苇丛中，沙沙作响。片刻后，船底触地。迪克停船下水，把船拖到地面上一两英尺，伸手取盒子。

“我最好不要去。”提提说。

“对，”迪克说，“即使一个人去都是不得已的。现在它们一定在监视我们。”

她把盒子递过来，继续等待。

迪克一转眼就回来了。

“放好了。”他轻声说，把船推下水，上了船，“幸好我看过它们是怎么放的……并排，但互不接触。那混蛋没有扰乱位置。他说，他想把整个巢保存下来，但他没有时间，只得原样保留，等待下一次有机会打鸟时再拿。他必须多多少少在湖边留点东西。鸟巢原封不动。只要鸟儿在鸟蛋变冷以前返回就行。”

“潜水那一只越来越近了。它又潜入水里，至少，我看不见它。”

“我们必须走远点。”迪克说。

他们差不多划到离岸只有一半路程了，又听到奇特的呼唤声。

“呼！呼！呼！”

一只鸟再次起飞，从他们头顶飞过。他们只能看见白色的腹部和折叠的大脚，鸟儿在他们头上打转。

“但愿它告诉另一只鸟，我们确实走了。”提提说。

迪克继续划桨。鸟儿经过的地方，泛起长长的波纹，延伸到五六十码外。

“好了。”迪克说。

“它们都在哪儿？”提提问。

迪克收桨，让小船顺水漂流。这时，他从背包里取出弗林特船长的双筒望远镜。

“一只鸟游得露出水面相当高。”他说，“背都露出来了……没有受惊……我没有看到另一只……看到了……还是只有头和脖子……但它们靠近小岛了……一只鸟潜入水下……又浮起来了……噢，不要让船摆动……它们都游得很不错……我说，一只鸟直接游向岸边筑巢的地方……现在它一定看到鸟蛋了……它……”他屏息静气，停顿许久……“它出来了……四肢并用……像海豹一样……它回巢了……好，你看……怎么啦？”

“没事，没事。”提提急不可耐地说，把手帕揉成一团。她总是无缘无故就流眼泪，糟透了……大惊小怪什么！

“瞧，”迪克说，“胳膊肘顶在膝盖上，稳住望远镜。”

提提接过望远镜，看过去。片刻间，小岛摇来摇去。但小船稳住了，她看到了岸边的平原，夜里长出石南的岩壁。对，在这些岩石前面，一只黑白交错的大鸟在水滨一码外的鸟巢里孵蛋。它黑色的颈部有两道条纹，无疑就是白嘴潜鸟。它的配偶在小岛外的水中游来游去。

“快点！”提提说，“我们去告诉其他人。”

“天哪！噢，天哪！”迪克用罗杰的口吻说，在眼镜后面愉快地眨眨眼睛，向岸边划去。